U0421687

教育部人文社会科学重点研究基地
安徽大学徽学研究中心基金资助

徽学文库

主编◎卞利　副主编◎胡中生

二十世纪徽学发展简史

卞利◎著

北京师范大学出版集团
BEIJING NORMAL UNIVERSITY PUBLISHING GROUP
安徽大学出版社

图书在版编目(CIP)数据

二十世纪徽学发展简史/卞利著. —合肥:安徽大学出版社,2017.12
(徽学文库/卞利主编)
ISBN 978-7-5664-1531-8

Ⅰ.①二… Ⅱ.①卞… Ⅲ.①文化史—研究—徽州地区 Ⅳ.①K295.42

中国版本图书馆 CIP 数据核字(2018)第 005088 号

二十世纪徽学发展简史

Ershishiji Huixue Fazhan Jianshi

卞 利 著

出版发行: 北京师范大学出版集团
安 徽 大 学 出 版 社
(安徽省合肥市肥西路 3 号 邮编 230039)
www.bnupg.com.cn
www.ahupress.com.cn

印　　刷: 合肥远东印务有限责任公司
经　　销: 全国新华书店
开　　本: 170mm×240mm
印　　张: 15.5
字　　数: 229 千字
版　　次: 2017 年 12 月第 1 版
印　　次: 2017 年 12 月第 1 次印刷
印　　数: 2000 册
定　　价: 49.00 元
ISBN 978-7-5664-1531-8

策划编辑: 饶 涛 鲍家全 张 锐
责任编辑: 钱翠翠 徐 建
责任印制: 陈 如
装帧设计: 张 浩 李 军
美术编辑: 李 军

总 序

尽管“徽学”一词出现的时间较早，但是，作为一门新兴的学术和学科研究领域，“徽学”则仅有不到百年的历史。1932年，徽州乡贤、近代山水画的一代宗师黄宾虹在致徽州乡土历史文化研究学者许承尧的一封信函中第一次提出了具有学术意义上的“徽学”概念。①

客观地说，黄宾虹所说的“徽学”及其研究对象，实际上还仅仅指的是徽州的地方史研究，与我们今天所称的“徽学”，在学术内涵上还有一定的差别。此后，随着富有典型特征的徽州庄仆制、徽商和徽州宗族与族谱研究的不断深入，真正具有现代学术和学科意义上的“徽学”才逐渐进入人们的视野。

正如徽学的开创者和奠基人、中国社会经济史学派创始者傅衣凌先生在总结自己20世纪三四十年代对徽州庄仆制和徽商的研究时所指出的那样，他对徽州的研究并不是立足于对徽州地方史的探讨，而是通过对徽州伴当和世仆的研究，探索中国的奴隶制度史；对徽商的研究，则是基于为中国经济史研究开辟一个新天地。也就是说，徽学研究对中国历史的意义体现为，其在充实和完善中国奴隶制度史、中国经济史以及中国社会史等领域，已经远远突破了徽州地方史的界限，而成为整体中国史研究的一部分。傅衣凌先生敏

① 卢辅圣、曹锦炎主编：《黄宾虹文集·书信编·与许承尧》，上海：上海书画出版社，1999年。

锐地预见到，“徽州研究正形成为一种专门的学问，活跃在我国的史学论坛之上”①。

然而，作为一个严格意义上的学术和学科专门研究领域，徽学的形成、发展与繁荣，主要还是借助于近百万件自宋至民国时期徽州原始契约文书的发现和研究。徽州的契约文书自 1946 年 4 月在南京首次被学者发现以来，至今已逾半个世纪。随着徽州 20 世纪 50 年代土地改革运动的展开以及 1978 年以来改革开放政策的实行，深藏于歙县、休宁、婺源、祁门、黟县和绩溪等原徽州(府)六县民间的各类原始契约文书开始被大规模地发现。据不完全统计，迄今为止，徽州原始契约文书包括卖身契、土地买卖与租佃契约、分家阄书、鱼鳞图册、赋役黄册、诉讼案卷、科举教育文书、置产簿、誊契簿、徽商账簿和日记杂钞等类型，且上起南宋，下迄民国，时间跨度近千年之久，总量约有 100 万件(册)之巨。

同祖国其他地域相继发现的原始契约文书相比，徽州契约文书具有真实性、连续性、具体性、典型性、启发性和民间性等诸多特征，而且内容丰富，类型广泛，蕴含着大量的历史信息，为我们进行宋元明清时期各种制度运行特别是明清时期历史社会实态的研究提供了丰富的资料。我们知道，敦煌文书的时间下限在北宋，徽州契约文书的上限则在南宋，正好与敦煌文书相连。如果我们把敦煌文书和徽州文书中的动产与不动产买卖和租佃文书联系起来进行考察，一部中国古代动产和不动产买卖与租佃制度及其运行史便可以完整地复原和再现出来。

正是由于徽州契约文书蕴含着如此珍贵的历史信息和丰厚的学术内涵，它的发现引起了国内外学术界的高度重视。1978 年以后，海内外学者纷纷到北京和安徽，查阅徽州契约文书，深入契约文书的发现地——徽州，进行田野调查。美国著名学者约瑟夫·麦克德谟特在对徽州原始契约文书进行全面调查后，撰文指出，徽州契约文书等原始资料是“研究中华帝国后期社会与

① 刘淼辑译:《徽州社会经济史研究译文集·傅衣凌序》，合肥:黄山书社，1988 年。

经济史的关键”，“对中华帝国后期特别是明代社会经济史的远景描述，将在很大程度上依赖于徽州的原始资料”①。日本著名学者鹤见尚弘则认为，徽州契约文书的发现，“其意义可与曾给中国古代史带来飞速发展的殷墟出土文物和发现敦煌文书新资料相媲美，它一定会给今后中国的中世和近代史研究带来一大转折”②。臼井佐知子也强调，“包括徽州文书在内的庞大的资料的存在，使得对以往分别研究的各种课题做综合性研究成为可能……延至民国时期的连续性的资料，给我们提供了考察前近代社会和近代社会连续不断的中国社会的特性及其变化的重要线索”③。

有学者认为，徽州文书是继甲骨文、汉简、敦煌文书和明清故宫档案之后20世纪中国历史文化的第五大发现。④ 正如甲骨文、汉简、敦煌文书和明清故宫档案的发现与研究催生了甲骨学、简帛学、敦煌学和明清档案学等学科一样，徽州文书的发现和研究，也直接促成了徽学的诞生。徽学是利用徽州契约文书，并结合其他相关文献资料进行研究的专门的学术研究领域。它以徽州社会经济史，特别是明清徽州社会经济史为研究主体，综合研究整体徽州历史文化以及徽州人的活动（含徽州本土和域外）。在历经半个多世纪的发展之后，徽学终于在20世纪80年代中期最终形成，正逐步走向成熟与繁荣。傅衣凌关于徽商、徽州庄仆制和土地买卖契约的研究，叶显恩的《明清徽州农村社会与佃仆制》，章有义的《明清徽州土地关系研究》和《近代徽州租佃关系案例研究》，张海鹏等主编的《徽商研究》等著作，都是利用契约文书进行研究所取得的成果中的佼佼者。

国学大师王国维曾经说过，“古来新学问起，大都由于新发见。有孔子壁中书出，而后有汉以来古文家之学；有赵宋古器出，而后有宋以来古器物、古文

---

① [美]约瑟夫·麦克德谟特：《徽州原始资料——研究中华帝国后期社会与经济史的关键》，载《徽学通讯》，1990年第1期。

② [日]鹤见尚弘：《中国社会科学院历史研究所收藏整理徽州千年契约文书》，载《中国史研究动态》，1995年第4期。

③ [日]森正夫等编：《明清时代史的基本问题》，北京：商务印书馆，2013年。

④ 周绍泉：《从甲骨文说到雍正朱批》，载《北京日报》，1999年3月24日。

字之学”。他紧接着论及了殷墟甲骨文、敦煌及西域各地之简牍、敦煌千佛洞之六朝及唐人写本卷轴、内阁大库之书籍档案和中国境内之古外族遗文等五项发现，认为：“此等发现物，合世界学者之全力研究之”，当会产生新的学科。[①]如今，甲骨学、敦煌学、简牍学和明清档案学早已创立了各自的学科研究体系，并为学术界所广泛接受和认可。而徽学作为一门新兴学科则形成较晚，它的创立，首先得力于20世纪40年代后期以来徽州近100万件（册）原始契约文书的大规模发现；包括徽州族谱在内的9 000余种徽州典籍文献与文书契约互相参证；现存1万余处徽州地面文化遗存，更是明清以来至民国时期徽州人生产与生活的真实见证。所有这些，都构成了徽学这座大厦坚实的学术支撑。因此，以徽州社会经济史，特别是明清徽州社会经济史研究为中心，整体研究徽州历史文化和徽州人在外地活动的徽学，正是建立在包括徽州契约文书在内的大量新资料发现这一基础之上的。通过对徽州文书、其他相关文献和地面文化遗存等资料的整理和分析，研究者得以综合研究明清社会实态，重新检视中国封建社会后期社会经济与文化的演变历程和发展轨迹，进而从整体上把握中国封建社会发展特征和规律。这正是徽学的学术价值之所在。

进入21世纪以来，随着教育部人文社会科学重点研究基地——安徽大学徽学研究中心的批准设立，徽学研究开始进入一个崭新的发展阶段。作为徽学基础研究、资料整理、人才培养、咨询服务的唯一一所教育部人文社会科学重点研究基地，安徽大学徽学研究中心一向重视徽学前沿领域的探讨和研究，致力于徽州文书和文献的整理与出版，致力于徽学学科的建设和人才队伍培养，致力于海内外徽学研究的交流与合作。徽州契约文书和文献的系统整理、研究与出版的全面展开，徽学理论与学科建设的有序进行，徽学专题研究成果的次第推出，特别是具有宝贵文献价值的20卷本《徽州文化全书》的整体出版，以及徽学研究国际交流与合作的繁荣，都为徽学研究向纵深领域

① 王国维：《王国维遗书》第五册《静庵文集续编·最近二三十年中国新发现之学问》，上海：上海古籍出版社，1983年。

拓展奠定了坚实的基础。在《徽学研究资料辑刊》《徽州文书》和《海外徽学研究丛书》等系列成果的基础上，此次隆重推出《徽学文库》，显示出了该研究机构开阔的学术视野和深远的学术见识。

本次推出的《徽学文库》，精选近年来徽学研究的最新成果。本丛书既有国家社会科学基金等国家级项目结项成果，也有教育部人文社会科学重点研究基地重大项目的最终鉴定结项成果，还有中国台湾学者的研究——它为祖国大陆的徽学研究提供了不同的视角和必要的补充。这些成果内容涵盖了徽学理论探讨和学科体系建设的成果、徽学专题研究，以及徽州文化遗存调查、保护与研究。因此，无论是就选题内容的广度和深度、作者队伍的结构与层次，还是就成果的质量及水平而言，本丛书都堪称目前徽学研究前沿领域的精品，集中代表和反映了徽学研究的现状与未来发展趋势。

徽学是20世纪一门新兴的学科和一块专门的研究领域，徽学所研究的徽州整体历史文化既是区域历史文化，又是中国传统文化的杰出代表，是“小徽州”和“大徽州”的有机结合。徽学的学科建设，不仅关系徽学的可持续发展问题，也直接涉及中国地域文化研究理论和范式的创新问题，是徽学融入全球化视野，与国际接轨、开展国际交流合作和构建徽学学科平台的重要基石。

因此，我们有理由相信，随着《徽学文库》的出版，徽学一定会在整体史和区域史研究中发挥积极作用，徽学的学科建设也势必在更加广阔的天地中得到进一步发展和提升。

是为序。

卞　利

2016年3月10日于

安徽大学徽学研究中心

目　录

MULU

论徽学(代前言)

徽州地处皖、浙、赣三省交界之地的山区，其所统辖的歙县、休宁、婺源、祁门、黟县和绩溪六县行政区域，自唐代中叶的歙州时期即已形成，并一直延续至近代。近千年来，相对完整的行政格局和稳定的社会秩序，使得这里虽历经多次改朝换代和社会动荡，但除了极少数兵燹外，历代战火较少波及。为躲避战乱，中原地区世家大族历经东汉末年军阀混战至西晋永嘉之乱、唐末黄巢农民大起义和两宋鼎革之际三次大规模向徽州山区移民，使徽州逐渐形成了聚族而居的宗族社会。这些移民很快融入当地社会，并与土著居民山越人一道，共同开发着相对较为落后的徽州山区。

尽管徽州山区地理环境相对封闭，但它还是通过水路与外界保持着一定的经济联系，茶叶、木材源源不断地外运浙江等地区。南宋至明代中叶，随着徽州社会经济的迅速发展，徽商的异军突起、新安理学的不断强化、“东南邹鲁”美誉的盛传，以及宗族控制的加强，无不显示出中国封建社会后期诸多典型的特征。对历史上特别是明清时期徽州整体历史文化的研究，在某种程度上说，就是对中国封建社会后期经济、文化和社会的典型个案解剖。由此而产生的徽学，表面上看似徽州地方史研究，其实早已超越了徽州地方史的空间界限，成为一种整体史架构内的区域史研究。

徽学研究肇始于20世纪30年代，初步发展于20世纪50年代，最终形成于20世纪80年代中叶。80年代中叶至90年代末，徽学逐渐走上了繁荣发展的道路。也正是从20世纪80年代起，海内外徽学研究者开始有意识地在徽学理论与方法上进行探索，从而把徽学学科建设推向了一个崭新的阶段。

不过，与敦煌学和藏学相比，徽学依然是一门相对较为年轻的学科，围绕徽学的学术内涵、学科性质、学术价值和研究方法及学科体系的建构，也还存在不少争议和分歧。

一、"徽学"的来龙去脉

作为一个专有的复合名词，"徽学"产生于元代，但它与我们今天所指的学科和专门研究领域的"徽学"含义相去甚远。

在元代，"徽学"特指的是"徽州路学"。据弘治《徽州府志》云：曾任元代衢州路儒学教授、遂昌县主簿的歙县人洪焱祖，"著有《新安后续志》十卷、《尔雅翼音注》三十二卷，已刊于徽学"。[①] 同书《名宦传》又云：舒麟卒，"谥文靖，徽学立祠祀之"。[②] 显然，弘治《徽州府志》中两次提到的"徽学"，其实是专指徽州路官办的学校，即"徽州儒学"或"徽州路学"的简称。

除作为"徽州儒学"或"徽州路学"这一徽州路官办学校的称谓外，"徽学"在历史上还有另外一种专称，即"新安理学"。对此，赵吉士在其所著的《寄园寄所寄》中云："文公为徽学正传，至今讲学，遂成风尚"。[③] 显然，赵吉士这里所称的"徽学"是指由理学之集大成者朱熹所开创的徽州地域学术流派——新安理学。

显然，历史上出现的专指"徽州儒学"或"新安理学"的"徽学"，同我们今天所称的学术或学科意义上的"徽学"，在概念上存在着较大差异。或者说，这些早期出现的"徽学"名词，并不是指一门学科或专门研究领域意义上的徽学。

实事求是地说，作为一个独立的学科或专门的学术研究领域，"徽学"肇

---

① 弘治《徽州府志》卷七《人物一·文苑·洪焱祖传》。
② 弘治《徽州府志》卷四《名宦传·舒麟传》。
③ (清)赵吉士:《寄园寄所寄》卷十一《泛叶寄·故老杂记》。

始于20世纪30年代。1932年,现代山水画家黄宾虹在致徽州乡土文献收集和研究著名学者、歙县人许承尧的一封信函中,率先提出了“徽学”的概念。此后,致力于家乡文献、文化和书画、篆刻艺术抢救与整理的两位徽州乡贤——黄宾虹和许承尧在通信中,又分别提出了“歙学”和“宣歙国学”的概念,而许承尧所指的“歙”并非是指“歙县”,而是指唐宋时期的“歙州”,故“歙学”实际上指的是“徽学”。

平心而论,黄宾虹所说的“徽学”研究对象,实际上还仅仅指的是徽州地方史研究的专门领域,与我们今天所称的“徽学”内涵还存在一定距离。不过,自那以后,随着富有特色的徽州庄仆制、徽商和徽州宗族与族谱等研究逐渐进入学者的视野,并推出了一系列深入系统的成果,现代学术或学科意义上的“徽学”才得以产生和发展。正如中国社会经济史学派创始人和奠基者傅衣凌所指出的那样,其对徽州的研究并不是立足于徽州地方史的探讨,而是旨在通过对徽州伴当和世仆的研究,借以探索中国的奴隶制度史;对徽商的研究,则是基于为中国经济史开辟一个新天地。也就是说,徽学研究对充实和完善中国奴隶制度史、中国经济史及中国社会史等领域,已经远远突破了徽州地方史的空间界域,而成为整体中国史研究的一部分。傅衣凌敏锐地预见到,“徽州研究正形成一种专门的学问,活跃在我国的史学论坛之上”。①

二、徽州文书的发现和研究与徽学学科的形成

作为一门严格意义上的独立学科和专门研究领域,徽学的真正形成主要得力于徽州原始文书的发现与研究。

如果从1946年4月方豪在南京地摊上购买12件徽州文书算起的话,那么,历经了50年代至今,近百万件(册)各类徽州文书的大规模发现、收藏和研究,直接促进了徽学学科的最终形成与繁荣发展。

据不完全统计,在近百万件(册)的徽州文书中,既有土地买卖与租佃契、

① 傅衣凌:《徽州社会经济史译文集·序言》,合肥:黄山书社,1988年,第2页。

卖身契、雇工契、分家阄书、鱼鳞图册、赋役黄册、置产簿、誊契簿、徽商账簿等社会经济类文书，也有科举、民俗及医药文书等教育、文化和科技类文书，可谓是内容丰富，类型广泛。它上起南宋，下迄民国，时间跨度达千年之久。

徽州文书具有真实性、连续性、具体性、典型性、启发性和民间性等诸多特征。它为我们对宋元明清特别是明清时期历史社会实态的综合研究提供了可能。敦煌文书时间下限至北宋，徽州文书的上限自南宋正好与敦煌文书的下限相连，将敦煌文书和徽州文书中的动产与不动产买卖与租佃文书联系起来考察，一部中国古代动产和不动产买卖与租佃制度史便可以完整地复原和再现。正是因为徽州文书蕴含着如此丰富的内涵和珍贵的学术价值，故美国学者约瑟夫·麦克德谟特曾断言："对中华帝国后期特别是明代社会经济史的远景描述，将在很大程度上依赖于徽州的原始资料。"因此，徽州文书等原始资料，是"研究中华帝国后期社会与经济史的关键"。[①] 日本学者鹤见尚弘指出：徽州文书的发现，"其意义可与曾给中国古代史带来飞速发展的殷墟出土文物和发现敦煌文书新资料相媲美，它一定会给今后中国的中世和近代史研究带来一大转折"。[②] 臼井佐知子也强调："徽州研究的大特征可以说还是其丰富的资料。包括徽州文书在内的庞大的资料的存在，使我们得以把以往要分别研究的各种课题相互联系，做综合性研究。这些课题包括土地所有关系、商工业、宗族和家族、地域社会、国家权力和地方行政系统、社会地位和阶级以及思想、文化，等等。这种研究也可以纠正局限于具体课题研究中易于产生的失误。而且，上述这些资料是延至民国时期的连续性的资料，给我们提供了考察前近代社会和近代社会连续不断的中国社会的特性及其变化的重要线索。"[③]

徽州文书是继甲骨文、简帛、敦煌文书和故宫档案之后 20 世纪中国历史

---

① 译文见《徽学通讯》，1990 年第 1 期。

② 译文见《中国史研究动态》，1995 年第 4 期。

③ 译文见森正夫等编：《明清时代史的基本问题》，北京：商务印书馆，2013 年，第 473 页。

文化的第五大发现。[①] 正如甲骨文、简帛、敦煌文书和故宫档案的发现与研究催生了甲骨学、简帛学、敦煌学和明清档案学等学科一样,徽州文书的发现和研究,也直接导致了徽学的形成。利用徽州文书契约,结合其他相关文献资料,以徽州社会经济史特别是明清徽州社会经济史研究为主体,综合研究整体徽州历史文化及以徽州人活动(含徽州本土和域外)为对象的一个专门的学术研究领域——徽学终于在20世纪80年代中期形成。傅衣凌关于徽商、徽州庄仆制和土地买卖契约的研究、叶显恩出版于1983年的《明清徽州农村社会与佃仆制》、[②]章有义《明代徽州土地关系研究》和《近代徽州租佃关系案例研究》[③]等著作的推出,都显示出利用徽州文书进行徽学研究的卓越成就。

在1985年第1期的《江淮论坛》杂志上,叶显恩发表了一篇题为《徽州学在海外》的论文,率先在学术界提出了具有学术或学科意义的"徽州学"概念。此后,"徽学"抑或"徽州学"的概念逐渐被海内外学界所接受,成为一门极富生命力的新兴学科和专门研究领域。

三、徽学研究的方法

每一门学科都有其自身最基本的研究方法,徽学当然也不例外。

徽学的研究方法,既包括宏观的学科理论与方法,也包括微观的具体研究方法。就宏观研究理论与方法而言,由于徽学所研究的问题涉及徽州的经济、文化、思想、艺术、人物、科技、建筑、医学、文物等诸多领域,因此,在研究某一问题时,我们提倡和主张使用宏观的历史学研究理论与方法,充分收集、整理、鉴别和利用文献史料,并运用辩证唯物主义和历史唯物主义的原理,进行分析、考辨、归纳和综合。同时,我们更提倡在研究某一具体而专门领域的

---

① 周绍泉:《从甲骨文说到雍正朱批》,载《北京日报》1999年3月24日;《新华文摘》1999年第8期转载。

② 叶显恩:《明清徽州农村社会与佃仆制》,合肥:安徽人民出版社,1983年。

③ 章有义:《明代徽州土地关系研究》,北京:中国社会科学出版社,1984年;章有义:《近代徽州租佃关系案例研究》,北京:中国社会科学出版社,1988年。

问题时，对问题所涉及的某一学科理论与方法，能够有着足够的了解和掌握。如研究新安医学、徽派建筑，我们在使用史学理论与方法的同时，还必须掌握和使用中医学和建筑学等学科领域的基本理论与方法，否则，我们的研究便无从开展，更谈不上得出科学的结论了。

在宏观上提倡运用历史学理论与方法的同时，我们还特别强调要使用其他领域的理论与方法，比如文献研究的方法，所谓“考镜源流，辨章学术”。但我们还应当利用田野调查的理论与方法，深入历史事件和人物活动的历史现场，去收集田野的史料，包括口述资料和实物资料。这样，我们在分析问题时，才能有深度，才能不至于犯常识性的错误。

应当指出的是，在研究包括徽学在内的某一地域或区域史时，还要立足于整体史视野，将某一特定区域发生的事件和人物的活动，放在整体史的视野内审视。如研究歙县的渔梁坝，我们不仅要分析它在歙县水利史上的作用和地位，而且要研究它在整个中国水利史中占据什么样的位置。这样的问题，不是夸大区域史研究的地位，而是要研究者的视野开阔，心中时刻装着一部大历史。只有这样，我们的研究成果才有深度，才更具普遍性的意义。

还要强调指出，包括徽州在内的区域史研究千万不能就区域而区域，否则永远都难以更上一层楼，难以深入发展。即如徽州契约文书而言，我们在充分肯定徽州契约文书学术价值的同时，还必须将其同其他的区域文书作比较，诸如四川南部县衙档案、重庆巴县文书、天津宝坻文书、福建文书、浙江文书、贵州清水江文书及台湾淡新档案等，只有比较才能有鉴别。事实上，徽州契约文书时间上的连续性、来源上的民间性、类型上的丰富性、内容上的典型性等，所有这些，都是它区别于包括贵州清水江文书和台湾淡新档案等其他区域文书的重要特点。没有这样的视野和格局，我们对徽州契约文书学术价值的估量，可能就不会准确。

历史学研究方法强调所使用文献的真实性，真实性是历史学的生命。在强调进行文献研究的同时，我们还提倡和鼓励田野调查，即运用回溯分析的方法，并利用所掌握的史料，重新回到历史的现场，对人物活动和事件发生的空间,进行田野考察。但必须指出的是,在田野调查中,由于时代和社会的变迁,我们所观察到的现场,已经不是当年的现场。这就要求我们必须立足所搜集和掌握的史料,采用回溯分析的方法,对其进行复原和重构。因为今天的现场尽管还有历史遗存的痕迹,有时甚至是非常完整的现场,但不管怎样,这一现场都不是历史的整体和全部,它只是一些历史的零星碎片。我们所做的研究工作,就是要对这些历史的零星碎片进行修复和还原,使零星的碎片连串起来,成为一个整体。这就有点像我们对考古发掘的陶器、瓷器碎片进行复原一样,徽学和区域史研究碎片的复原,是建立在大量第一手文献和实地调研资料基础之上的。

再现与重构整体的包括徽州在内的区域史,是目前徽学和区域史研究的主流和趋势。它要求我们在进行徽学和区域史研究时,面对经历一定时期的空间,不仅要有中国乃至世界整体史的意识,而且要有徽学和区域整体史意识。在研究徽州或某一个区域发生的重要事件或重要人物活动时,如果我们孤立地看待这些事件和人物,就可能给人造成徽学和区域史就是地方史的错觉,这种错觉即使在当下也是客观存在的。为防止和避免这一倾向,我们认为,研究者务必要弄清这一事件或人物究竟在徽州或某一区域历史发展长河或断面中究竟占据着什么样的地位,发挥着什么样的作用,比如,是否改写了徽州或某一区域的历史,是不是影响了徽州和该区域史的走向与进程等。

总之,徽学研究领域和范围的广泛性,决定了徽学研究方法的创新性和综合性。正如张立文所指出那样:“研究徽学必须有合理的、科学的方法,学科的研究方法之完善程度在一定意义上体现着该学科的成熟程度;一种学科理论的创新,往往以方法的创新为先导。没有方法的创新,就不能打破旧的理论思维方法、运思的理路及其框架,陷入‘祖宗之法不可变’的老套子,就不可能有理论的创新。因此,徽学研究方法的创新,是徽学研究水平提高和走向世界的保证。”为了体现徽学研究方法的创新,张立文提出了“徽学研究可采取进化论的历史方法、心理学的历史方法、社会学的历史方法、功能论的历史方法，以及解释学的历史方法、统计学的历史方法等”。[①] 的确，张立文把所有方法归结为历史的方法，是较为符合徽学研究实际的。其实，徽学研究最基本的方法，归根到底还是历史学理论与方法。离开了历史学的理论与方法，徽学研究就可能走向歧途。但是，历史学研究方法本身，并不排斥其他相关学科理论与方法的利用。同样，仅仅采用历史学的理论与方法开展徽学研究，而拒绝参考和使用其他相关学科的理论与方法，同样不能把徽学研究推向深入，也无助于徽学研究整体水平的提高，更难以使徽学真正走向世界。

徽学是20世纪新兴的学科和专门研究领域，徽州文化是中国区域文化的典型代表，是中国传统文化的范本。徽学研究理论与方法的创新，不仅关系徽学的可持续发展问题，也直接涉及中国区域文化研究理论和范式的创新问题，是徽学融入全球化视野，与国际接轨、开展国际交流合作和构建徽学学科平台的重要基石。因此，以整体史的视野，开展对徽学理论与研究方法的系统探索，构建严密而科学的徽学研究理论体系，是徽学健康发展的基础和前提。我们主张，徽学研究的方法，应当在坚持以历史学研究方法为主的前提下，进行多学科交叉的综合研究。这既是徽学研究发展的必然趋势，也是区域史研究和发展的基本路径与选择。

四、徽学研究的基本资料

徽学研究的基本资料，主要由纸质的文书文献资料、碑刻等金石资料、文化遗存等实物资料，以及田野调查的口述资料等构成。

20世纪40年代后期至今连续发现并流传于世的近百万件（册）自宋至民国类型丰富的徽州契约文书，是徽学得以建立的学术基础，是徽学研究最基本的史料支撑。对此，徽学界同仁业已形成共识，我们务必要予以强调。否则，我们的研究成果就可能不被学术界所接受和认可，徽学就有被视为一门伪学科之嫌。

---

① 张立文：《徽学的界定及其研究方法》，《光明日报》2000年9月12日。

但是,徽州契约文书并不是徽学研究的唯一的资料,徽州契约文书也并不等于徽学。徽学内涵丰富,博大精深,所涉及的领域极其广泛。因此,徽学研究在充分利用徽州原始契约文书的基础上,还要依托大量的典籍文献和田野调查资料。在对诸如徽商、徽州宗族、新安理学、徽州契约文书本身等徽学核心问题进行探讨和分析时,我们还要具备整体史的知识与视野,将其纳入整体史的框架内进行考察,不能就事论事。如果我们就事论事,而不能把这些问题放到当时中国乃至世界历史发展的背景和架构内审视和考量,由小见大,由个别到一般,由特殊到普遍,那么,徽学研究的学术价值和理论意义就会大打折扣。所以,在利用契约文书进行徽学研究的时候,应当对主要文书所涉及的当时历史制度背景、社会背景、经济背景及思想文化背景等有深刻的了解和认识。如果不了解和掌握明清时代土地与赋役制度的基本背景,我们就很难对徽州现存的鱼鳞图册和赋役黄册进行分析与研究。同样,如果我们不知晓和掌握明清时代封建专制制度条件下新的生产关系因素的萌芽,我们对徽商及其商业资本的投向就很难得到科学而合理的认识与解释。

开展徽学研究时,我们还要搜集和占有地方志等基本文献。徽州现存近百种的从南宋淳熙《新安志》到当代徽州各种府(市)志、县(区)志、乡镇(村)志和山水志等专门志书,是我们了解和认识徽州不同历史时期区域发展的最基本文献资料。没有对徽州方志资料的熟读和掌握,我们就无法对徽州历史文化发展的背景有最基本的了解,更谈不上对徽学进行深入的研究,甚至肤浅的探讨也做不到。当然,这些地方志文献并不限于徽州本土,徽州本土之外的地方志资料同样需要搜集和利用,这也是我们开展徽商暨徽州籍历史人物研究的重要参考文献。

谱牒文献是徽学研究不可或缺的史料之一。现存有关徽州的谱牒文献有 2000 余种之多,且这些谱牒文献内容丰富,类型广泛。自宋代以来,徽州就是一个聚族而居的宗族社会,谱牒编纂是徽州宗族制度和宗族活动的最基本标志之一。徽州各类谱牒综合记录了徽州宗族制度及其运行的基本轨迹,承载了徽州宗族的群体记忆。无论我们选择徽学哪一个领域暨具体问题来分析和研究，如果不占有、掌握和利用徽州谱牒文献，那将是不可想象的。即如对徽商的研究，历代徽州谱牒中对徽商传记的记录，可以说最为详细。不能对徽州谱牒中徽商经营史料进行认真收集、整理和解读，我们就很难了解与研究徽商资本的来源及出路以及经营方式等问题。而谱牒的编纂、刊刻等又涉及人员组织、资金筹措和印刷出版业发展等问题。因此，占有和掌握了徽州的谱牒文献资料，就洞察了徽州聚族而居宗族社会的冰山一角，并进而从中发现和探索其他重要而有价值问题的线索。再寻此路径深入下去，徽学研究的其他相关问题也就迎刃而解了。

我们还注意到，徽州历史上的碑刻资料极为丰富。据不完全调查和统计，仅现存于徽州本土和域外的反映徽州历史文化、徽商、徽州社会经济、徽州教育和历史人物等碑刻文献，就有不下 1000 通(处)之多。这些珍贵的金石文献是徽州历史上政治、经济、社会、教育、文化和徽商发展的真实记录，它对我们复原和重构整体徽州历史与文化，推进徽学研究向纵深领域发展，具有不可估量的学术价值与理论意义。如徽州本土的各类禁赌、徽州学校和书院、徽州宗族活动及保护森林、水口等碑刻，以及徽州本土之外的徽商会馆与行业公所碑刻资料等，对研究历史上徽州的社会问题、教育与科举、宗族社会运行实态、移民与环境变迁、制度设置及实际操作，以及徽商经营与管理等，都具有其他文献资料所无法取代的优势和特点，其学术价值弥足珍贵。

徽州地面文化遗存众多。现存约 12000 余处，包括古村落、祠堂、民居、牌坊、寺庙、宫观、古塔、古桥、古戏台、古码头和古书院等，其中既有世界文化遗产，也有国家、省、市、县(区)等各级各类重点文物保护单位、中国历史文化名城、历史文化乡镇与街区等。这些文化遗存是历史上徽州人生产与生活的重要空间，是民众用自己的勤劳与智慧所创造的结晶，是历史发展长河中徽州人生产与生活的真实记录和反映。这些文化遗存反映了不同历史时期徽州人的生产与生活实践情况，是最为真实的历史记录。结合文集、杂记、方志、谱牒、文书和碑刻等文献资料进行田野调查，对生产与生活于此空间中的群体、个体及其由此发生的重大事件与日常生活进行深度描述、全面探讨和系统阐释,是徽学研究的主要任务,也是整体史下徽州区域史研究体系建构的基本要求。

将“小徽州”和“大徽州”结合起来,才能真正把徽学做大做强。因此,我们在提倡使用徽州本土留下的基本文献文书、碑刻和文化遗存的同时,还要放宽视野,多方面综合收集和使用徽州本土之外乃至外国人对徽州及徽州人活动的记载,如明清时期的文人文集、徽州本土之外的方志文献甚至海外的文献等,只有广泛地涉猎不同的史料,才能全面分析所谓“无徽不成镇”和“钻天洞庭遍地徽”的深刻含义,才能真正理解徽州当时在全国乃至世界史上的地位和影响。

当然,徽学暨区域史研究中文献资料的真伪与考辨问题也十分重要。包括徽学在内的很多区域史研究的资料都是第一手的。但是,务必要注意的是,正如文物存在赝品一样,徽学和其他区域史研究中的各类文献资料也有造假和作伪的问题。这多是缘于当时人的作假和作伪,比如谱牒文献中普遍存在的攀附名人、攀附富贵、为尊者讳、为贤者讳等问题。这就要求我们在使用此类文献时,一定要慎之又慎,认真地进行考证和鉴别,去粗取精、去伪存真,绝不能信手就用,否则将贻害无穷。

五、徽学的学科性质和学术价值

应当指出的是,尽管作为一门新兴的学科,徽学有一个被人们不断认识、熟悉、理解、接受和深化的过程。但是,其学科性质应当首先明确,学科研究对象与研究主体也应当予以确认。国学大师王国维曾经说过,“古来新学问起,大都由于新发见(同‘现’——引者注)。有孔子壁中书出,而后有汉以来古文家之学;有赵宋古器出,而后有宋以来古器物、古文字之学”。他紧接着论及了殷墟甲骨文、敦煌塞上及西域各地之简牍、敦煌千佛洞所藏之卷轴、内阁大库之书籍档案和中国境内之古外族遗文等五项发现,认为:“此等发现物，合世界学者之全力研究之”，当会产生新的学科。①

如今，甲骨学、敦煌学、简牍学和明清档案学早已创立了各自的学科研究体系，并为学术界所广泛接受和认可。而徽学作为一门新兴学科则形成时间相对较晚，它的创立，主要得力于 20 世纪 40 年代后期以来的徽州近百万件（册）原始契约文书的发现。加之有包括 2000 余种徽州族谱在内的 10000 余种徽州典籍文献传世，可供与文书契约互相参证。现存 12000 余处徽州地面文化遗存，更是明清以来至民国时期徽州人生产与生活的真实见证。所有这些，都构成了徽学这座大厦坚实的学术支撑。因此，以徽州社会经济史特别是明清徽州社会经济史研究为中心，整体研究徽州历史文化和徽人在外地活动的徽学，正是建立在包括徽州契约文书在内的大量新资料的发现这一基础之上的。

徽学研究的意义在于，它是以徽州文书为中心，结合其他文献和地面文化遗存等资料，综合研究明清社会实态，以重新反省和认识中国封建社会后期社会经济与文化发展的历程和特征，并从整体上把握中国封建社会发展的脉络和规律的一门学科或研究领域。这正是徽学的学术价值之所在。

因此，徽学研究的内容与对象尽管涉及各个领域和方面，具有一定的综合性特征，但就学科性质而言，它应当隶属于历史学研究范畴。徽学是以历史学科为主、多学科交叉的专门史研究领域。

自 20 世纪 90 年代起，部分学者将徽学与敦煌学和藏学并提，称之为“中国三大地方学”，甚至是“三大地方显学”。这其实是误解了敦煌学和藏学的学科性质，同时也是对徽学的肤浅认识所致。应当指出的是，徽学研究的任务远非徽州地方史所能承载，徽学研究的性质亦非徽州地方学，更遑论敦煌学与藏学从未声称自己为地方学。徽学实际上是以更宏大的背景、更广阔的视野，从整体史的角度，来考量和审视中国封建社会后期社会经济、历史与文化发展的专门研究领域。

---

① 王国维：《王国维遗书》第五册《静庵文集续编 · 最近二三十年中国新发现之学问》，上海古籍出版社，1983 年。

第一章 20 世纪上半叶徽学的萌芽与早期发展

以徽州社会经济史特别是宋元明清时期徽州社会经济史研究为主体，综合研究徽州整体历史文化为对象的徽学，是 20 世纪一门新兴的学科或专门研究领域。它的形成、发展和繁荣，使我们有更多的机会来重新考察和反思中国封建社会后期社会经济与文化发展的历程和特征，从而更深刻地认识中国封建社会运行和发展的整体历史过程及规律。

第一节 徽州历史与文化的演进和发展轨迹

徽州地处今安徽、浙江和江西三省交界之地，境内群山环抱，峰峦叠嶂，山隔壤阻，“万山环绕中，川谷崎岖，峰峦掩映，山多而田少”。[①] 只有新安江水阳江和阊江等为数不多的河流与浙江、长江及江西等地相通。这样一个相对较为封闭的山区，使得徽州在历史上较少受到兵燹之灾的影响与破坏，为徽州文化的独立发展和徽州原始契约文书的收藏保管，提供了理想的物质环境。

徽州历史上是一个移民地区，早在秦汉时期，这里就设立了黟、歙二县的行政建制。境内原始居民为百越中的一支——山越人，他们刀耕火耨，出入

① 民国《徽商便览·缘起》。

山林，如履平地，过着一种与世隔绝的生活。三国时期，孙吴征服山越后，徽州历史上的封闭之门逐渐被打开。与此同时，自东汉末年以来，为躲避中原地区频繁的战乱，北方世家大族纷纷南迁，其中不少人进入了徽州。北方世家大族迁徙并定居于徽州，一方面带来了中原地区先进的技术与文化，加速了徽州山区经济的发展；另一方面，迁徙而来的人群为在徽州山区生存并努力巩固自己的地盘，扩大自己的势力范围，逐渐形成了聚族而居的格局。历史上，大规模迁往徽州定居的中原地区移民主要有三次，即东汉末年至魏晋南北朝、唐末五代和南北宋之交。对此，民国《歙县志》云："邑中各姓，以程、汪为最古，族亦最繁，忠壮越国之遗泽长矣。其余各大族，半皆由北迁南。举其时，则晋、宋两南渡，及唐末避黄巢之乱。此三期为最盛。"除此之外，官于徽州爱其山水、致仕以后而定居于此的也不在少数。所谓"半皆官于此土，爱其山水清淑，遂久居之以长子孙"。[①] 另外，清代中叶还有一次移民徽州的高潮，那就是居住于徽州周边的安庆府怀宁、潜山、望江、太湖、宿松、桐城等县以及江西、浙江等毗邻地区的棚民移民，"徽郡属境，俱有棚民，不下数十万人"。[②] 徽州历史上这三次大规模的移民再加上清代中叶棚民的徙入，基本上奠定了徽州居民和人口的格局。

值得注意的是，历史上不同时期进入徽州的移民并不是单向的净流入，而是呈现出各个不同时期流入与流出的双向移动格局。如果说自东汉末年开始至南宋初年来自中原地区的移民是净流入的单向移民的话，那么，明代中叶以降，由于人多地少的矛盾日益突出，徽州遇到了前所未有的生存危机，大批徽州人离乡背井，为寻求生存与发展的空间，到外地经商，则成为徽州地区净流出的移民。这些因经商而外出的移民"借怀轻赀，遍游都会。因地有无以通贸易，视时丰歉以计屈伸。诡而海岛，罙而沙漠，足迹几半禹内"。[③]

---

① 民国《歙县志》卷一《舆地志・风土》。

② （清）高廷瑶：《宦游纪略》卷上。

③ 万历《休宁县志》卷一《舆地志・风俗》。

形成“十三在邑，十七在天下”[①]的局面。徽商“贾而好儒”，注重商业合同与契约文书的凭证作用，因此留下了数以百万计的原始契约文书资料，从而为徽学研究提供了丰富的资料基础。徽州双向移民的结果，使得徽州历史文化充满了开放性的鲜明特色。

自南宋以来，经过历史上三次中原地区的移民徙入，徽州逐渐形成了聚族而居的社会局面：“大抵新安皆聚族而居，巨室望族，远者千余年，近者犹数百年，虽子孙蕃衍一二千丁，咸有名分以相维，秩然而不容紊。”[②]

徽州宗族在一定程度上促进了徽商的成功与致富，奠定了徽州的社会基础。而自南宋以来祖籍婺源以朱熹为代表的新安理学的形成，则又在某种程度上成为了宗族和徽商发展的思想基础。徽州人事事恪守朱文公家礼的做法，对朱熹的顶礼膜拜，这是其他地区所罕能与比的，“粤自孔孟而下，倡明道学，羽翼坟典，上以续千圣之统，下以开万世之蒙者，莫过于紫阳夫子，而我新安实其故土也”。[③] 在徽州，“自井邑田野，以至于远山深谷，居民之处，莫不有学有师，有书史之藏。其学所本，一以郡先师子朱子为归。凡六经传注、朱子百氏之书，非经朱子论定者，父兄不以为教，子弟不以为学也。是以朱子之学虽行天下，而讲之熟、说之详、守之固，则惟新安之士为然。故四方谓‘东南邹鲁’”。[④] 徽商也以朱子所倡导的儒家伦理纲常相砥砺，把封建的三纲五常特别是仁、义、礼、智、信的五常思想转化成为自己的经商理念。

徽州人注重文化知识的学习与积累，重视教育，在很多地区流传着“三代不读书，好比一窝猪”[⑤]的民谣，甚至在不少僻远山区，“十家之村，不废诵读”，“以故贤才辈出，士大夫多尚高行奇节，在朝、在外多所建树，其潜心性命之学，代不乏人。厥土坚刚，故用之善，则为正直、为高明、为风节；用之不善，

---

① （明）归有光：《震川先生文集》卷十三《白庵程翁八十寿序》。

② 嘉庆《桂溪项氏族谱》卷二十一《风俗》。

③ 嘉靖《新安休宁汪溪金氏族谱》卷三《家训》。

④ （元）赵汸：《东山存稿》卷四《商山书院学田记》。

⑤ 绩溪县地方志编纂委员会：《绩溪县志》，合肥：黄山书社，1998年，第1023页。

则为忿戾、为褊固、为狷急”。[①] 因此，自宋代以来，徽州就已产生了“健讼”的民俗，“新安健讼，每有一事，冒籍更名，遍告各衙门，数年不已”。[②] 因此，为避免在商业和其他活动中引起纠纷而诉诸词讼，徽州人无论是在商业经营还是在日常经济和文化活动中，都十分重视文字记录和凭据作用，并注重将这些记录和凭据进行收藏与保管。这是徽州包括契约文书在内的原始文献得以保存下来的关键之所在。而正是这些契约文书和家谱等原始资料的大规模发现，才使得“一个以研究徽州历史文化为对象的新学科——‘徽学’（又称‘徽州学’）在学术界逐渐形成，并日益为国内外学者所瞩目”。[③]

20 世纪 40 年代后期至今，随着近百万件（册）徽州契约文书的陆续发现，并被国内外众多图书馆、博物馆、档案馆和学术机构以及个人广泛收藏，以对这些原始文书资料进行研究并结合其他徽州文献的探讨为契机，使得以徽州社会经济史特别是宋元明清徽州社会经济史为主体，综合研究整体徽州历史文化的徽学得以形成和确立，并逐渐成为令海内外学术界所瞩目的学术研究领域。徽州契约文书也因此被学术界誉为 20 世纪继甲骨文、敦煌文书、大内档案和秦汉简帛之后中国历史文化的第五大发现。[④]

徽州契约文书的发现，促成了徽学的产生，但徽学并不等同于对徽州契约文书本身的研究。对以徽州社会经济史特别是宋元明清徽州社会经济史为主体，兼及整体徽州历史文化为研究对象的徽学研究，应当说主要还是在 20 世纪 30 年代以后，特别是 20 世纪 50 年代徽州契约文书的大规模发现以后。

---

① 康熙《婺源县志》卷二《疆域志・风俗》。

② （明）傅岩：《歙纪》卷五《纪政迹》。

③ 王钰欣、周绍泉等：《徽州千年契约文书前言》，石家庄：花山文艺出版社，1991 年。

④ 周绍泉：《从甲骨文说到雍正朱批》，载《北京日报》1999 年 3 月 24 日；《新华文摘》1999 年第 8 期转载。

第二节　徽州历史文化研究的初起与徽学的萌芽

一、国内学者对徽州历史文化研究的展开

追溯徽学的源头，我们可以将其定位在20世纪之初，它缘起于当时利用新的理论与方法研究徽州历史、文化与社会等问题的思潮。

1908年，署名"黄质"即黄宾虹的作者在《国粹学报》发表《滨虹羼抹》系列论文，对新安画派继承人黄宾虹绘画进行初步探讨，这是20世纪徽学研究萌芽的前奏。

同年，在清末掀起的纂修乡土志热潮中，董钟琪、汪廷璋编纂的《婺源县乡土志》刊刻出版。此后不久，李家骧编纂的《祁门县乡土地理志》(不分卷)也相继付梓。民国初年，《歙县乡土志》和《黟县乡土地理》等也出版了排印本。这些乡土地理志的编纂和出版，实际上是开创了徽州地方历史叙述和研究的先河。尽管这种叙述和研究还只是初步的、不自觉的。但是，许多历史上徽州文化的特殊现象，在这些用新的体例、新的方法编纂的乡土历史、地理志中得到了较好的展现。如《婺源县乡土志》就是采用章、课等新的叙事方式，将婺源县的建置沿革、官制、宦迹、人物、风俗和兵事等内容，以7章、104课的框架结构，用较为通俗的语言文字进行叙述和说明。其中部分内容甚至完全是研究式的总结，如第六章《婺源风俗》中第71课《风俗举要》，就是用最简洁的语言，对婺源地理风俗情况进行了概括叙述，如云"我婺山多田少，西南稍旷衍，东北则多依大山之麓，垦以为田，概田岁入不足供通邑十分之四。幸三面与饶接壤，得资其余以补不足。然山林之利，我婺独擅，惜农力不勤，半成荒秽。故今日讲求实业，断以提倡林学为先"。[①]《祁门县乡土地理志》则以9章88节的篇幅，对祁门县的疆域、山脉、河流、交通、险要、田赋、物产、

---

① 光绪《婺源乡土志》。

人物和古迹等状况进行说明和阐释，并突出了极为浓郁的地域特色，如第7章第58节中对“物产种类”的论述，就以现代经济学为标准，将祁门物产划分为动物、植物和矿物三大类，其中植物一节特别强调：“祁门山多田少，宜于森林，每岁输入江西之柴树，为数甚巨。景德镇设有木业公司。仍当极力提倡，以保天然固有之利权。果属之梨、栗、柿、枣，药属之白术、黄精，均称佳产。米、麦、麻、豆之谷类，所产均微。茶虽为出产之大宗，然对洋商终未能获大利益，而产茶之家以力不暇给，所在需人，故其所得亦薄。”[①]这类乡土地理风俗志，由于采用新式编纂方法，且是在利用史料的基础上经过研究而形成的成果，其本身就是一种徽学研究成果。

除乡土地理风俗志的编纂和出版外，徽学的萌芽阶段，正处于清末民初反清思潮大兴的特殊时期。因此，适应这一形势发展的需要，以今喻古、带有为现实服务目的的有关明末清初徽州抗清义士研究受到了当时研究者特别的关注。

明末抗清义军首领休宁瓯山人金声，是这一时期研究者关注的重点人物。金声（1598－1645年），字正希，号赤壁，明崇祯元年（1628年）进士，著名学者。治学严谨，道德和文章，堪称楷模，撰有《金太史文集》《尚志堂集》等著作。在清军南下徽州之际，金声先后率领义军与清军作战。顺治元年（1645）八月，金声同江天一等坚守徽州门户——绩溪县丛山关，与清军展开激烈交战，终因力量悬殊，不久即兵败被俘，当年年底就义于南京。临刑前，金声遥拜明孝陵后端坐饮刃，时年48岁。与金声同时殉国的还有门生歙县人江天一等。这样一位抗清义士的事迹，引起了清末民初研究者的特别关注。1913年至1914年，熊鱼山在《神州丛报》发表《金正希年谱》，[②]对金声一生的活动事迹进行了较为系统的梳理和分析。1916年，古欢在《进步杂志》第9卷第2期上发表《金正希与基督教》一文，对金声和基督教的关系作了较有深度的探讨。

---

① （清）李家驤：《祁门县乡土地理志》。

② 熊鱼山：《金正希年谱》，载《神州丛报》1913年第1卷第1期、1914年第1卷第2期。

在徽学发展的早期阶段，对金声的研究在1931年日本发动侵华的“九一八事变”后又掀起了一个小高潮。1935年，吴景贤在由安徽省图书馆主办的《学风》月刊上，连续推出4篇研究金声的系列文章，它们是《金正希与抗清运动》[①]《金正希之地方自卫》[②]《金正希之学术》[③]和《金正希之思想研究》，[④]4篇论文分别从抗清运动、地方自卫和学术思想等方面对金声生平事迹及其学术思想进行系统的研究，这是当时金声研究最具影响力的成果之一。抗日战争爆发后，又有陈友琴的《金正希与江天一》、[⑤]陈垣的《休宁金声传》[⑥]等关于金声的研究论文相继问世。对金声等抗清义士等的研究，显然是为了适应抗日战争的政治需要而产生的。

在这一阶段的徽学研究中，除金声外，还有对徽州著名历史人物的研究成果面世。这些历史人物包括史学家黟县人俞正燮、绩溪经（礼）学“三胡”、数学家汪莱、马克思《资本论》中唯一提及的中国人王茂荫、经学家程瑶田等。

俞正燮（1775—1840年），字理初，清徽州府黟县北城外嘉祥里人。幼随父居于江苏句容，喜读书，拥书数万卷。以附监生留京师，考中道光元年（1821年）举人。他著述宏丰，如《钦定左传读本》《行水金鉴》《癸巳类稿》《癸巳存稿》等，又协助陈用光校勘《读史方舆纪要》。后应邀主讲南京惜阴书院。治经以汉儒为主，曾谓秦汉去古不远，可信者多。生平除治经外，于史学、诸子、天文、舆地、医方、星相，以及释道等，无不探究。论事甚有见识，不拘于世俗偏见。1933年，梁园东在《人文月刊》第4卷第2期上发表《俞正燮的史学》一文，对俞正燮的史学思想进行了系统梳理。两年后，孙忓绮又在《晨报》（1935年9月17日）《艺圃》专栏上发表《俞理初先生年谱摘误》一文，对俞正燮年谱中有关讹误作了摘录与考证。此后，洪素野和知堂分别写了《清代大

---

① 吴景贤：《金正希与抗清运动》，《学风》，1935年第5卷第1期。

② 吴景贤：《金正希之地方自卫》，《学风》，1935年第5卷第6期。

③ 吴景贤：《金正希之学术》，《学风》，1935年第5卷第8期。

④ 吴景贤：《金正希之思想研究》，《学风》，1935年第5卷第9期。

⑤ 陈友琴：《金正希与江天一》，《青年界》，1937年第11卷第1期。

⑥ 陈垣：《休宁金声传》，《真理杂志》，1944年第1卷第4期。

著作家俞正燮故乡访问记》[1]和《俞理初的诙谐》[2]二文。1942年至1943年，《真知学报》连载了柳雨生的《黟县俞理初先生年谱》，[3]对俞正燮的一生事迹及学术贡献进行系统梳理，这是当时俞正燮研究领域的力作之一。

对作为马克思在《资本论》中唯一提及的中国人——清代咸丰年间的户部侍郎——歙县杞梓里人王茂荫的研究，是这一时期徽学研究相对较为集中的热点。

王茂荫(1798－1865年)，字椿年，号子怀，歙县人。道光十二年(1832年)进士。历任吏部主事、江西司员外郎等职。咸丰元年(1851年)，补授陕西道监察御史。咸丰三年(1853年)被擢升为户部右侍郎。王茂荫最大的贡献在于提出了发行纸币和反对发行大钱的主张。

1936年，著名学者郭沫若在《光明半月刊》第2卷第2期上发表了《资本论中的王茂荫》一文，揭开了当时学界研究王茂荫的序幕，这篇论文"不但解决了许多经济学家所不能解决的事，而且对研究近代经济史的，指出了一条新的整理的途径"。[4] 在这之后，先后有谭彼岸的《资本论中的王茂荫问题》、[5]王璜的《王茂荫的生平及其官票宝钞章程四条》[6]《王茂荫后裔访问记》，[7]以及谭彼岸的《王茂荫与咸丰时代的新币制》发表。[8] 王璜的两篇文章是受郭沫若研究成果的启发而撰写的，更为重要的是，王璜的论文是在深入歙县王茂荫故里调查的基础上写成的，文中披露了不少关于王茂荫鲜为人知

---

① 洪素野:《清代大著作家俞正燮故乡访问记》,《学风》月刊,1935年第5卷第7期。

② 知堂:《俞理初的诙谐》,《中国文艺》,1939年第1卷第1期。

③ 柳雨生:《黟县俞理初先生年谱》,《真知学报》,1942年第2卷第3期、1943年第3卷第1期。

④ 张明仁:《我所知道的资本论中的王茂荫》,《光明半月刊》,1937年第2卷第4期。

⑤ 谭彼岸:《资本论中的王茂荫问题》,《岭南学报》,1937年第12卷第1期。

⑥ 王璜:《王茂荫的生平及其官票宝钞章程四条》,《光明半月刊》,1937年第2卷第9期。

⑦ 王璜:《王茂荫后裔访问记》,《光明半月刊》,1937年第2卷第10期。

⑧ 谭彼岸:《王茂荫与咸丰时代的新币制》,《中国社会经济史集刊》,1939年第6卷第1期。

的诸如“行状”等原始资料，从而为对王茂荫的生平和这位清末理财家的理财思想研究打下了扎实的史料基础。作为一代史学名家，谭彼岸对王茂荫与清代咸丰时期的币制改革研究，堪称是这一阶段王茂荫研究的代表之作。在这篇论文中，谭彼岸从《资本论》中王茂荫的音译，讲到王茂荫的生平和咸丰时期由王茂荫提出的币制改革及其失败过程和原因。作者还利用了《东华录》《王侍郎奏议》等材料，对郭沫若论文的内容和资料作了很多必要的补充。

1934年，光大中发表《安徽才媛纪略初稿》，[①]对包括徽州在内的安徽历代才女及其贡献作了简单阐述；1935年，王集成发表《绩溪经学三胡先生传》[②]一文，对清代著名的绩溪“经(礼)学三胡”——胡匡衷、胡秉虔和胡培翚的生平及其学术事迹和贡献进行了初步探讨。1943年，《中日文化》杂志第3卷第8、9、10期合刊发表了沈筱瑜的《绩溪三胡氏学通论》一文，对驰名于世的绩溪“三胡”进行了较为深入的探讨与研究，概括和归纳了“三胡”治经学的内容、特点。文章指出：“胡匡衷、胡秉虔、胡培翚，世称绩溪经学三胡。以今观之，匡衷尤精易礼，秉虔淹贯六经，培翚则远绍旁征，折中至当，以绍礼家绝业。盖匡衷开之，秉虔宏之，至培翚乃集其成。”[③]1936年，钱宝琮发表《汪莱衡齐算学评述》，[④]对数学家汪莱与衡齐进行了比较研究。对经学家程瑶田的研究，也是这一时期徽学研究的一个方面。1938年，著名学者商承祚发表《程瑶田桃氏为剑考补正》，[⑤]对程瑶田的古文字训诂进行了研究。1943年，朱芳圃又发表《程瑶田年谱初稿》，第一次系统地对经学大家程瑶田的生平活动与学术事迹作了系统的研究。

此外，徽州的艺术也得到了学界较多的关注。著名版画家与藏书家郑振铎于1934年发表《明代徽州的版画》，对中国版画史中重要的学术流派徽州版画作了初步的研究，指出：徽州版画“他们自成一大宗派，父以是传子，子以

---

① 光大中：《安徽才媛纪略初稿》，《学风》，1934年第4卷第8、9期。

② 王集成：《绩溪经学三胡先生传》，《浙江省图书馆馆刊》，1935年第4卷第6期。

③ 沈筱瑜：《绩溪三胡氏学通论》，《中日文化》杂志，第3卷第8、9、10期合刊。

④ 钱宝琮：《汪莱衡齐算学评述》，《浙江大学科学报告》，1936年第2卷第1期。

⑤ 商承祚：《程瑶田桃氏为剑考补正》，《金陵学报》，1938年第8卷第1—2合期。

是传孙，兄以是传弟。他们在版画坛上占了极大的势力，这势力从歙县蔓延到杭州、湖州、苏州，蔓延到南京，蔓延到福建南部。这势力从万历二十年直蔓延到天启、崇祯，蔓延到顺治、康熙。至康熙末而始衰焉。出版家未必集中在徽地，而一言到刻工，则在这一百三十余年间，莫不推重歙人。而插图之刻工则尤非歙人不办”。[①] 新安画派及其代表人物渐江也受到了学界的重视，1940年《中和》月刊于第1卷第5、6期连续发表了予向的《渐江大师事迹遗闻》(上、下)，对明末清初新安画派的创始人渐江的事迹及其遗闻作了详细考证与披露。其后，《中和》月刊又刊发予向的《垢道人佚事》一文，对明末著名书画金石家程邃的生平、家族、姻戚、师友和作品进行了钩沉与考辨。[②] 郑秉珊的《新安画派概况》，[③]则对著名的新安画派及其艺术特色进行了介绍。

在新安画派研究领域，黄宾虹用功最勤，取得了堪称划时代意义的成就。他首次从学术上对新安画派及其代表人物进行了系统地梳理和初步研究，初步勾勒了新安画派的源流和演变的基本轨迹。无论是在往来书简中，还是在其撰写的人物传记中，黄宾虹都对新安画派及其代表人物的生平特别是绘画风格与成就，予以较多的论述。黄宾虹对新安画派的研究及其成果，主要集中体现在《新安派论略》《新安画派源流及其特征》《渐江大师事迹佚闻》《黄山丹青志》《增订黄山画苑论略》和《绩溪画家传略》论著中。关于新安画派的名称由来，黄宾虹经过认真考订之后，撰写了《新安画派论略》，指出：“昔王阮亭称新安画家，宗尚倪黄，以渐江开其先路。歙僧渐江，师云林，江东之家，至以有无为清俗，与休宁查二瞻、孙无逸、汪无瑞，号新安四大家，新安画派之名，由是而起。”[④]关于新安画派的发展脉络，尽管囿于时间和精力等原因，黄宾虹终其一生并未完成大部头的《新安画派史》著作的撰写，但他确实为我们理清了新安画派的基本轮廓及其代表人物，他将新安画派分为《新安画派之先》

① 郑振铎：《明代徽州的版画》，《大公报艺术周刊》，1934年11月11日。

② 予向：《垢道人佚事》，《中和》月刊，1943年第五卷第3—4期合刊。

③ 郑秉珊：《新安画派概况》，《中央日报》，1946年6月11日。

④ 卢辅圣、曹锦炎：《黄宾虹文集·书画编下》，上海书画出版社，1999年，第20页。

《新安派同时者》《新安四大家》和《清代新安变派画家》，并列出了其代表性人物。在《新安画派之先》中，他把明代新安画家作为新安画派之先。在《清代新安变派画家》中，他将程士镳、僧雪庄、程松门、方士庶、黄椅和吴之驎作为清代新安画派的变派画家。在对这些新安画派画家及其成就的评价中，黄宾虹有一段十分精彩、画龙点睛的文字：

> 论者独以新安画派为近雅。然新安画家，前乎渐江者，为丁南羽、郑千里，道释仙佛，山水花鸟，靡不精妙，兼工诗词；李长蘅、程孟阳，品行文章，见重于世，文翰之余，雅擅水墨。后乎渐江者，程松门、方循远，师资授受，家学渊源，各有专长，无愧作者。至若萧尺木、汪元植、吴去尘、李杭之、凌起翔，虽与渐江同时，尚沿文、沈之旧，惟戴鹰阿、程穆倩、汪璧人、谢承启、郑遗甦、汪素公、汪允凝，多宗倪黄。而程士镳、僧雪庄，已变新安派之面目，黄柳溪、吴子野，转移于江淮之余习，尽失其真。要之山林野逸，轩爽之致，未可磨灭，犹胜各派之萎靡，独为清尚之风焉。①

黄宾虹对明末清初的新安画派评价极高，不过，黄宾虹对新安画派并未停留在毫无保留地称赞上，对其不足，也予以了公允的评价，他在《讲学集录》之《画史》讲义中，以简短的文字进行了精辟地分析和概括，认为："清之际新安派特称僧渐江。王渔阳云：新安画派，渐江开其先路，宗倪黄简笔之法，系由繁而简，后之学者直由简单入手，不习北宋极繁笔之法，故不易佳。"②"新安派以程孟阳、僧渐江开之，笔墨超逸，腕力清劲，学者多用干笔渴墨，枯槁无味，笔墨失真，徒存章法，不足观也。"③实际上，即使是对渐江，黄宾虹的评价也是实事求是、有褒有贬的，在《题黄山图》中，黄宾虹指出："渐师以倪迂笔写之，可谓骨骼，而沉雄浑厚，似尤不足。"④在《题减笔山水》中，黄宾虹甚至点

---

① 卢辅圣、曹锦炎：《黄宾虹文集·书画编下》，上海书画出版社，1999年，第20～21页。
② 卢辅圣、曹锦炎：《黄宾虹文集·书画编下》，上海书画出版社，1999年，第99页。
③ 卢辅圣、曹锦炎：《黄宾虹文集·书画编下》，上海书画出版社，1999年，第375页。
④ 卢辅圣、曹锦炎：《黄宾虹文集·题跋编》，上海书画出版社，1999年，第43～44页。

名批评了新安画派之祝昌等人，"今见渐师画以庚子后为多。余谓迂老格用关仝，而笔上追道子，所谓磊磊落落如蓴菜条也，后祝昌、姚宋辈学渐江，干笔无润泽气，王孟津言其奄奄无生气，洵然"。[①] 又在《鉴古名画论略》中，批判新安画派后世宗倪黄者"非枯即滑，又不足观，而大好山水之乡，嘅无董巨名手，以为云海生色矣"。[②]

这一时期，安徽省图书馆主办的《学风》杂志在徽州乡土文献和徽州历史文化研究方面发挥了重要的阵地作用。1933 年，《学风》第 2 卷第 5～9 期，连载了吴景贤撰写的《安徽书院志》，对历史上书院教育较为发达的安徽书院进行了钩沉和疏正。其中尤其是对徽州的书院研究内容极其丰富。徽州的书院在全国书院发展史上占有重要的地位。康熙《徽州府志》云："海内书院最盛者四，东林、江右、关中、徽州，南北主盟，互相雄长。"[③]因此，吴景贤对徽州书院的研究，是对徽学研究的重大贡献，具有一定的开创意义。此外，蒋元卿还对徽州著述人物进行了考证和研究，《黟县著述人物考》[④]《休宁县著述人物考》[⑤]是这些考证和研究的代表性作品。

在这一阶段中，徽州地区各县还编纂出版了 9 部颇有水平和深度的县志、乡土地理志和乡镇志。除上面提及的婺源和祁门两部乡土志或乡土地理志外，还有黟县、婺源、歙县 3 部县志和 1 部歙县乡土志，另有 1 部绩溪县志和歙县丰南、西干 2 部乡镇志、名山志稿也先后完成。这些志书不仅为徽学研究者提供了研究资料，而且从某种程度上说，这些志书本身就是徽学研究的最具代表性的成果之一。如 1925 年刊刻的 71 卷本《重修婺源县志》中的徽商人物传记、1937 年付梓的 16 卷本《歙县志》中的风俗志等，堪称当时徽商研究、徽州宗族研究和徽州风土民情研究的集大成之作。而胡光钊编纂出版于 1944 年的《祁门县志艺文考》和《祁门县志氏族考》，则对祁门县历代人

---

① 卢辅圣、曹锦炎：《黄宾虹文集 · 题跋编》，上海书画出版社，1999 年，第 45 页。

② 卢辅圣、曹锦炎：《黄宾虹文集 · 书画编上》，上海书画出版社，1999 年，第 273 页。

③ 康熙《徽州府志》卷十二《人物志上 · 儒硕》。

④ 蒋元卿：《黟县著述人物考》，《学风》，1933 年第 3 卷第 9 期。

⑤ 蒋元卿：《休宁县著述人物考》，《学风》，1933 年第 3 卷第 10 期。

物的著述、名门望族进行了系统的考证，是对徽学研究颇有贡献的重要成果之一。

尤其值得一提的是，作为明代盐商重要制度之一的开中法，在这一阶段中也受到了个别学者的关注。1936 年，王崇武发表了著名的《明代的商屯制度》[①]一文，对明初的开中法和弘治五年(1492 年)开中折色改革对盐商的影响，进行了初步的考察。尽管这一成果尚未完全集中于对徽州盐商探讨，但它为徽州盐商的研究奠定了重要的制度史基础。

二、海外学者对徽州历史文化的研究

与此同时，海外学者也零星地开始了对徽州历史文化的探讨与研究，其中尤以日本学者的徽商与徽州宗族问题研究较具代表性。

根岸佶在《上海徽宁思恭堂》[②]一书中，对徽州商人和宁国商人共同在上海建立的会馆组织——思恭堂进行了翻译和简要介绍。在《中国行会的研究》[③]著作中，根岸佶对徽商问题曾有片段的论述，但尚未对徽商的活动进行系统考察。

进入 20 世纪 40 年代后，日本学界对徽商的研究逐渐趋于具体和深化，特别是藤井宏对徽州盐商的研究，堪称海外研究徽商的拓荒者。1943 年 5～7 月，藤井宏撰写的《明代盐商的一考察》[④]系列论文在《史学杂志》连载，开创了集中对以徽州盐商为代表的明代盐商极为深入而系统的研究先河。该文针对左树珍关于明代盐商随着开中法的变化，分化为边商、内商和水商的现象，对边商和内商的分离及其原因作了探讨，认为在明代边商、内商和水商中，内商是最重要的角色。指出："明代盐商分离的首要原因，即是有名的商

---

① 王崇武:《明代的商屯制度》,《禹贡》,1936 年第 5 卷第 12 期。

② 载《支那キルドの研究》,东京:斯文书院,1932 年。

③ [日]根岸佶:《中国行会的研究》,东京:斯文书院,1932 年。

④ [日]藤井宏:《明代盐商の一考察(1)》,《史学杂志》,第 54 编第 5 号,1943 年 5 月;《明代盐商の一考察(2)》,《史学杂志》,第 54 编第 6 号,1943 年 6 月;《明代盐商の一考察(3)》,《史学杂志》,第 54 编第 7 号,1943 年 7 月。

屯的崩坏和盐商的内徙。而商屯的崩坏，又是和所谓弘治五年户部尚书叶淇推行的运司纳银制有密切关系。”①在论述徽商和山商、陕商人所经营的领域与活动范围时，该文指出：“从以上以两淮为中心的盐业界徽商、山陕商两大势力的对抗情况来看，北方山陕商人和南方徽商的抗争似乎不仅仅限于盐业界，在一般商业界中，大概各自也拥有相当大的势力……明代后期至清代前期，中国商业界中徽商和山陕商（特别是山西商人）这二大势力，形成了南北对峙的局面。”②“明代徽商的活动范围极其广泛，营业种类也很多。”③“明代徽商、山陕商的主体是盐商，而这些盐商大多是在成化、弘治年间移徙淮、浙并由之形成内商。但是内商的形成，并不是由于徽商、山陕商有意识的结为一体，从而形成内商团体的意思。换言之，向两淮内徙的徽商和山陕商人，作为同北方边商群体相对立，从而自然的形成职能的内商群。”④该文在最后的结论中鲜明地指出：“盐政纲法的成立，是中国盐法史上具有重大意义的事件。”⑤中山八郎则对明代的开中法与两淮盐业中的占窝问题展开了论述。⑥佐伯富对明代的盐与中国社会的关系也作了较为深入的考察。⑦

这一时期，海外对聚族而居的徽州宗族史研究，以牧野巽为代表。1940年，他在《明代同族的社祭记录之一例——关于〈休宁茗洲吴氏家记·社会记〉》一文中，通过比较中日两所图书馆收藏的休宁县《茗洲吴氏家记》抄本版

---

① 转引自刘淼辑译：《徽州社会经济是研究译文集》，合肥：黄山书社，1988年，第262页。

② 转引自刘淼辑译：《徽州社会经济是研究译文集》，合肥：黄山书社，1988年，第290页。

③ 转引自刘淼辑译：《徽州社会经济是研究译文集》，合肥：黄山书社，1988年，第293页。

④ 转引自刘淼辑译：《徽州社会经济是研究译文集》，合肥：黄山书社，1988年，第298～299页。

⑤ 转引自刘淼辑译：《徽州社会经济是研究译文集》，合肥：黄山书社，1988年，第338页。

⑥ [日]中山八郎：《开中法と占窝》，池内博士还历纪念东洋史论丛刊行会：《池内博士还历纪念东洋史论丛》，东京：座右宝刊行会，1940年。

⑦ [日]佐伯富：《盐と中国社会》，《东亚人文学报》，第3卷第1号，1943年。

本，并以其中最具价值的《社会记》文字记述为个案，探讨了明代同族的社祭情况及徽州区别于其他相关地区不同的诸多历史现象，认为："徽州的事实，证明了其他学者关于强大的宗族制出现于可以聚集起足够的公积金作为世系组织资金的较富裕地区的结论；另一方面，徽州的情况与分布在华中、华南稻作产区的强大宗族制的类型是不同的。在徽州，由于缺乏稻田，作为强大宗族制的经济基础是兴种的树木、营商以及缙绅官僚赚来的财富。徽州是商业最发达的地区之一，商人财富的增殖及其贸易的活跃，是国内无可匹敌的。因此，虽然血缘组织通常被视为'原始'的社会组织，但是在中国，最发达的宗族组织却出现在更'近代'和经济更发展的地区。"该文由此进一步指出："传统的家族制度，同商业、土地占有制相互作用，在历史发展过程中产生了矛盾的特征，它维护了中国社会的旧秩序。"①牧野巽还结合《茗洲吴氏家记》之《社会记》中关于奴仆的记录，对中国历史上的阶级和阶级区别展开论述，并得出结论，认为："从记载关于徽州的史料看来，历史上存在的阶级区别并不明显。例如，奴仆属于贱民阶层，但对土地却可占有、继承、出卖或租出，还可以从事商业，放高利贷，剥削其他奴仆，一些奴仆是被剥削者，一些奴仆却是剥削者。在中国，阶级并不像西欧那样与土地占有制相一致。"②这一观点与传统的看法不同，显然具有重大学术意义上的突破，也凸显了徽学的独特学术价值。

第三节　许承尧、黄宾虹的交往和"徽学"概念的提出

随着对徽州历史文化和人物研究的不断增多与深化，对徽州乡土文献的抢救、收集与整理工作也提上了日程。

---

① 原载日本《东洋学报》2卷1号，1940年；中译文载刘淼辑译：《徽州社会经济史研究译文集》，合肥：黄山书社，1988年，第148页。

② 原载日本《东洋学报》2卷1号，1940年；转引自刘淼辑译：《徽州社会经济是研究译文集》，合肥：黄山书社，1988年，第150页。

作为抢救、收集与整理徽州乡土文献的两位徽州籍先贤，许承尧和黄宾虹在其中做出了卓越的贡献。两人在20世纪30～40年代中，相互通信，彼此联络，为购置或收集、借阅徽州特别是徽州府治歙县文献及徽州籍书画艺术家作品，进行了持续不懈的努力。

许承尧(1874—1946年)，曾单名芚，字际唐、芚公，号疑庵、婆娑翰林，室名眠琴别圃、晋魏隋唐四十卷写经楼等，安徽歙县唐模(今属安徽省黄山市徽州区)人。是方志学家、诗人、书法家及文物鉴赏家。21岁中光绪甲午科举人，光绪三十年(1904年)中进士，入翰林，成为中国末代翰林之一。旋而告假南归，返回歙县，创办新安中学堂、紫阳师范学堂。后因与陈巢南、陈鲁得秘密组织旨在废除君主的“黄社”、推行新学而被人告发，遂辞去二校监督之职，回京销假。安徽巡抚冯煦奏称“皖南学务以皖歙最早，歙县兴学，则自许氏”，使许承尧得以重入翰林院，任编修兼国史馆协修。辛亥革命后，应皖督柏文蔚聘，任全省铁路督办等职，筹建芜(湖)、屯(溪)铁路。后随甘肃督军张广建入陇，任甘肃省府秘书长、甘凉道尹、兰州道尹、省政务厅长等职。1924年辞官回京，同年由京返歙，虽时任安徽省府顾问，但基本不过问政事。从此绝迹仕途，在家乡以著述终老，著有《歙县志》《歙事闲谭》等。

许承尧生平喜爱收藏古物，在甘肃时，收集唐人敦煌写本藏经较多，以后又陆续收藏了不少珍贵书帖和绘画作品。这些收藏鉴赏活动提高了他的艺术表现力和鉴赏力，其书法作品即受汉简和唐人写经的影响，风姿绰约，流畅大方。

黄宾虹(1865—1955年)，徽州府歙县人，出生于浙江金华。原名懋质，名质，字朴存、朴人、亦作朴丞、劈琴，号宾虹，别署予向、虹叟、黄山山中人等。中国近现代美术史界的开派巨匠，有“千古以来第一的用墨大师”之誉。幼喜绘画，课余之暇，兼习篆刻。6岁时，临摹家藏的沈庭瑞(樗崖)山水册；光绪十三年(1887年)赴扬州，从郑珊学山水，从陈崇光(若木)学花鸟。由于黄宾虹在美术史上的突出贡献，在他90岁寿辰的时候，被国家授予“中国人民优秀画家”荣誉称号，有“再举新安画派大旗，终成一代宗师”之誉。

许承尧和黄宾虹这两位徽州乡贤，在彼此交流徽州文献和书画信息的同时，于往来书信中，对自己的研究心得和徽州历史文化亦多有深入的切磋、交流与互动。1932年，黄宾虹在给许承尧的一封信函中，率先提出了“徽学”的概念，指出：“歙中他姓族谱记载轶闻，往往有所见。如见书画篆刻之人，能分类录存，亦徽学之关系于国粹者，祈公赞助之。”[①]这里，黄宾虹不仅提出了“徽学”的概念，而且提出了徽学和国粹之间的关系，或者说，黄宾虹认为，“徽学”对中国的国粹具有重要影响，是国粹的重要组成部分。后来，他还在与许承尧的通信中提出了“歙学”的概念。1937年，在致许承尧的信函中，黄宾虹进一步提出了“宣歙国学”的概念，认为，“宣歙国学占中邦最高地位，至今任其销沉，极为可惜”。[②]

从“徽学”“歙学”到“宣歙国学”概念的不断提出，反映了黄宾虹对徽州历史文化、文物文献研究价值认识的不断深化，同时也说明作为一门独立学术研究领域，徽学所处的萌芽阶段的稚嫩和不成熟。但不可否认的是，黄宾虹对徽学学科产生和早期建设确实作出了卓越的贡献，是徽学学科萌芽阶段的奠基人和开创者之一。正如诸伟奇在为点校整理许承尧《歙事闲谭》一书所作的《序》文中指出的那样：“二十世纪二、三十年代以许承尧、黄宾虹为代表的学人对徽州文化的关注和所做的大量工作，可不可以视作徽学研究的早期阶段或预备阶段……本书几乎囊括了当今徽学研究领域的所有问题，对徽歙文化的各种文化现象都进行了较为全面的整合和展示，为徽学研究提供了一系列的重要资料和线索。可以这样说，在许承尧之前没有任何人、在《闲谭》之前没有任何书，如斯人书这样对徽歙各种文化现象给予如此丰富而精致的载述。即使在《闲谭》问世以后的六十余年间，尽管徽学界在研究的学理性和专题的深度、力度上有了重大的进展，但像《闲谭》这样从原始文献出发、全面

---

① 卢辅圣、曹锦炎：《黄宾虹文集·书信编·与许承尧》，上海书画出版社，1999年，第162页。

② 卢辅圣、曹锦炎：《黄宾虹文集·书信编·与许承尧》，上海书画出版社，1999年，第154页。

展示徽州历史文化、具有学术见解的史料长编，仍告阙如。从这个意义上说，许承尧为徽学研究的先导，《歙事闲谭》为徽学研究的开山之作，似尚不为过誉。”①

可见，许承尧和黄宾虹对徽学之学术贡献，学术界是予以充分肯定和高度评价的。这也从一个侧面说明，在徽学学术发展史上，许承尧和黄宾虹这两位徽州先贤确实具有开创之功。黄宾虹不仅最早提出了具有现代学术和学科意义的“徽学”概念，而且以自己的实际行动，为徽学的早期发展，作出了自己应有的贡献。

第四节　傅衣凌和徽学的早期发展

同其他许多地区一样，对徽州地方历史人物和历史文化研究，只是一个纯粹的徽州地方史研究问题，它并不能产生或形成一门被学界认可的真正学术意义上的独立学科。只有具有独一无二的专门研究对象、丰富的第一手研究资料和极具代表性意义的研究方法以及研究成果，才能真正促成一个专门研究领域的形成，一门真正学术意义上学科的出现。这一时期，真正构成徽学主体研究中核心内容的徽州奴(佃)仆制和徽商等问题，开始进入傅衣凌等学界先贤的视野，并受到高度关注。

吴景贤于1937年在《学风》月刊发表了题为《明清之际徽州奴变考》②的长文，对明清之际徽州各地爆发的奴变起因及黟县、休宁和歙县奴变，进行了专题考证与探讨。指出：“明清之际的‘奴变’，正史上说的极少，史家亦多忽略。但这件事在社会经济史上，却有很大的价值。”这是国内对徽州奴(佃)仆制进行探索的开拓性研究力作。

1947年，著名社会经济史研究学者、中国社会经济史学派创始人傅衣凌

① 许承尧撰，李明回、彭超等校点：《歙事闲谭》上册《序二》，合肥：黄山书社，2001年，第18～20页。

② 吴景贤：《明清之际徽州奴变考》，《学风》，1937年第7卷第5期。

对明清时期商业舞台上最大的地域性商帮——徽商作了拓荒性研究。在其撰写和发表的《明代徽商考——中国商业资本集团史初稿之一》论文中，[①]傅衣凌对徽州人从事商业的时间、经营的领域、活动的范围、商业资本的出路和徽商在中国商业史上的地位与作用等问题，进行了详细而深入的系统研究。指出：徽商最早的活动时期为宋代，徽商经营遍及盐业、木材、典当、刻书、茶业、陶瓷和海外贸易等领域。作者认为：徽州人大量外出经商，主要是为了生计问题。在对徽商商业资本进行了深入剖析后，傅衣凌指出："在中国封建社会里，凡是商业资本愈发达的地区，乡族势力也愈为浓厚。"徽商资本在分解封建社会的过程中起了一定的作用，"且产生有不少新的资本主义成分的萌芽因素，然终被这旧生产方式的坚固性和内部结构紧紧的限制着，于是遂使得徽商资本的发展，一方面，受着古旧的老朽的生产方式的残存所压迫；另一方面，又为资本主义生产的不断发展所苦，死者捉住生者，形成了徽商资本的一个基本特点"。《明代徽商考——中国商业资本集团史初稿之一》一文，是迄今为止系统深入研究徽商的最具代表性成果之一。同时也奠定了徽学作为整体史研究架构下的区域史而不是徽州地方史研究的理论基础。对此，徐晓望指出："在他（指傅衣凌——引者注）看来，每一个地方的商帮都有其经营特点、内容及商帮组织，一篇以地方商人研究为主的论文，应当能够揭示它的地域性特点。因此，他对地域性商人集团的研究，开拓了中国区域史研究的先河。以徽商的研究来说，今天对徽商的研究已经成为国际学术界的显学，而查其源头，徽商最早在学术界引起注意，实与傅先生这篇论文有关。"[②]

在《明代徽商考》发表40年之后，傅衣凌应邀为刘淼辑译的《徽州社会经济史译文集》作序。在这篇《序言》中，傅衣凌回忆当初撰写这篇论文的背景时指出："我对于徽州研究的发端，应追溯到三十年代。那时对于中国奴隶制

---

① 傅衣凌：《明代徽商考——中国商业资本集团史初稿之一》，《福建省研究院研究汇报》，1947年第2期。

② 徐晓望：《论傅衣凌的史学道路》，载陈支平主编：《相聚休休亭：傅衣凌教授诞辰100周年纪念文集》，厦门大学出版社，2011年，第17页。

度史研究感兴趣，曾从事于这一方面史料的搜集。嗣又见到清雍正年间曾下谕放免徽州的伴当和世仆。唤起我的思索，特别是接触到明清时期的文集、笔记等等，发现有关徽商的记载甚多。当时最引起注意的是谢肇淛的《五杂俎》内云：'富室之称雄者，江南则推新安，江北则推山右。'因而决心进行徽商资料的搜集和研究，曾于 1947 年写成《明代徽商考》一文，发表在《福建省研究院研究汇报》。解放前后，从徽商的研究中，又引起我对于明代其他地区商人的探讨，如山陕商人、洞庭商人、闽粤海商、江西商人，以及其他小地区的商人如龙游商人等。"①

《明代徽商考》问世两年之后，傅衣凌又发表了关于明末"奴变"研究的专题论文《明季"奴变"史料拾补》。该文对明代盛兴于徽州地区的佃仆制多有揭示，并将其与福建、广东等地的奴仆制进行比较，认为："在长期的中国封建社会里，由于地主经济的存在，商业资本的畸形发展，以及游牧民族的不断内侵这许多因素的作用，于是使得这东方型的家内奴仆的残存物，遂长久地渗透于中国人的经济生活里维持不坠。因而这个地方，我们见到奴隶的使用，于家庭劳役之外，还广泛地参加农工商业甚至政治诸方面的劳动，为了此故，当历代动荡之际，特别是宋元明清诸朝，奴仆也如求解放的佃农一样，同样扮演着社会运动中的重要角色。关于明清之际的奴变问题，自梁启超先生首先提出之后，嗣陈守实、谢国桢、吴晗诸氏均有所述作，其规模之大，波及之广，为中国史上奴变之最，举凡江苏、浙江、安徽、山东、陕西、湖北、广东、福建诸省，差不多都爆发有或大或小的奴变风潮。下面，我拟掇拾同时代的徽州、广东、福建三地的奴变史料，为上引诸氏所未及者，补述如次。很有趣的，这三个地方都是中国的主要商业社区，同时，又是使用奴仆最多之地，像我们所晓得徽州的伴当、世仆，是很有名的，使用奴婢亦多……以上虽只是史料的类辑，不过我们为理解中国商业资本的发展特性与东方型的家内奴仆的长久存

① 傅衣凌：《序言》，刘淼辑译：《徽州社会经济史研究译文集》，合肥：黄山书社，1988 年，第 1 页。

在的社会根据，那么，对于现存史料的搜集，当不会没有意义的”。[①]

对明清徽商和徽州佃仆制研究的开启，标志着早期徽学研究得到了初步发展，并逐渐进入了徽学研究的主流轨道。对此，陈支平指出：“这篇文章的发表，反映了傅衣凌先生已经奠定了日后从事徽学研究的两个基本点，即徽州商人及商业资本与农村农民、佃仆制度的研究……他对徽学的研究，更多的是作为区域例证之一融入到这些较为宏观的研究之中，因而他对徽学的研究，始终没有间断过……纵观傅衣凌先生四十年来对徽学的研究，人们无不公认傅先生的论著是建国前研究徽州的代表作和奠基作，其学术地位是无可替代的。”[②]由此说来，傅衣凌堪称徽学学科的真正开创者和奠基人。

徽学正是在徽州乡贤的自觉提出和老一辈史学家的潜心研究中，才逐渐显示其重要的学术价值，并最终发展成为一门专门的学科和学术研究领域。

这一时期，徽学从萌芽到早期发展，尽管经历的时间不到五十年，但总体进展却十分顺利。这一现象出现的原因，既有时代的因素，也有学术本身内部的要求。当然，学者的价值取向和研究旨趣也是推动徽学早期发展不可或缺的要素之一。

从时代上说，20世纪上半叶正处在中国新旧社会交替的转型时期，西方人文社会科学的研究理论与方法开始被大量引入中国，传统中国史学处在不断变革与发展之中，逐步接受了这种新的理论，并运用这些所谓新史学的理论与方法，对包括徽州在内的有关专题进行探讨与研究。晚清至20世纪30年代，用新式体裁编纂的徽州乡土地理志，以及对新安画派代表人物、徽州传统经学、金声及王茂荫等历史人物、明清之际徽州奴仆制度和奴变、徽商等领域的研究，都充分体现出了新史学理论与方法运用的成果。而日本发动侵华战争后，对明末清初金声等抗清斗争的研究，显然又反映了借古喻今的中国传统史学资政功能的发展。

大量本土学者对乡邦文化的抢救、挖掘与整理，正是在欧风美雨浸淫的

---

① 傅衣凌：《明季“奴变”史料拾补》，福建协和大学《协大学报》，1949年第1期。

② 陈支平：《傅衣凌与徽学研究》，《徽学》第七卷，合肥：安徽大学出版社，2012年。

背景下展开的，是整理“国故”热潮的一个侧面反映。许承尧和黄宾虹对徽州乡邦文献的搜集、抢救与整理，吴景贤等对徽州各县历史人物著述的研究等，都集中反映了这一时期徽学研究的基本价值取向。

综上所述，在徽学萌芽和早期发展阶段，海内外学术界对徽州历史文化的初步研究，呈现出以下几大特征：

首先，鲜明的时代特征。无论是清末民初徽州的县志、乡镇志、乡土地理志等地方志的编纂，还是历史人物的研究，这一时期都显示出了极为鲜明的时代特征。尤其是乡土志的编纂，完全是在清王朝政策指导下的产物。但它接受了西方教材式的编纂方法和形式，内容也以该县的风土民情、经济社会、文化、物产和历史人物等为主，既是萌芽时期徽学研究的重要成果，也起到了爱乡、爱土、爱国教育的积极作用。而对金声、江天一等抗清历史人物的研究，更是基于当时民国初年反清和抗击日本帝国主义侵华战争的需要，它唤醒和激起了人们进行抗日斗争的意志。

其次，运用马克思主义史学理论与方法研究徽州历史人物开始出现，郭沫若等马克思主义史学家对《资本论》中唯一提及的中国人——清代咸丰年间的户部侍郎、歙县杞梓里人王茂荫的研究，成为这一时期徽学研究的一大亮点。它不仅开辟了对王茂荫和咸丰币制研究的新领域，而且挖掘和整理了一批关于王茂荫的新史料。在研究方法上，也开创了文献史料和田野调查相结合的研究方法。就此而言，这一时期对王茂荫的研究为后世徽学研究提供了重要的方法论上的指导。

第三，开辟了徽州历史文化研究的新领域。举凡徽州历史上的书院、徽州文献和徽州著名历史人物，都在这一时期进入了学者的视野，成为研究和讨论的热点或热门领域。可以说，这些研究对徽学的早期发展具有拓荒性的作用和意义。

第四，这一时期的徽州历史文化研究尽管取得了开拓性和奠基性成果，但就整体而论，它还处在一种相对自发而不是自觉的状态，还不是我们今天所指的完全意义上的徽学研究。此外，学者们所利用的史料文献亦较为单一，秘藏民间的千年徽州契约文书资料还未能被大规模地发现并被学者们在研究中加以利用。

最后，尽管这一时期海内外学者所发表的徽学研究成果还多系徽州地方历史文化范畴，但从区域史、制度史和整体史的视角，开展对徽商和徽州宗族史等领域的研究已经出现。这正是徽学研究的学术价值和理论意义之关键所在。

总之，这一阶段的徽学研究整体上还处于萌芽状态和早期发展阶段。

第二章　20世纪50至70年代中期徽学研究的展开

20世纪50至70年代初，徽州契约文书的大规模发现和流传，利用徽州契约文书研究徽商和徽州社会经济史特别是明清徽州社会经济史，伴随50年代中期对资本主义萌芽问题讨论的展开，在学术界形成了一股潮流。而在"文化大革命"期间，中国大陆徽学研究几乎全部中断，此时海外徽学研究却在蓬勃发展。

第一节　20世纪50至70年代中期中国大陆徽学研究的开展

一、以徽商和徽州佃仆制为中心的徽州社会经济史研究受到关注

在这一阶段，随着50年代对资本主义萌芽问题讨论的全面展开，徽商研究受到学界的特别关注，以傅衣凌为代表的一批学者对徽商研究投入了极大的热情，并推出了一批徽商研究扛鼎之作。1956年，中国社会经济史学派的开拓者傅衣凌将其发表的有关明清商人与商业资本的论文集结成《明清时代商人及商业资本》[①]一书，由人民出版社出版。其1947年发表的徽商研究的奠基性论文《明代徽商考》被收入该书。1957年，曹觉生发表《解放前武汉的

① 傅衣凌：《明清时代商人及商业资本》，北京：人民出版社，1956年。

徽商与商帮》一文，对明清以来聚居于武汉的徽商和商帮进行了回忆式叙述，介绍了武汉明清以来徽商经营的行业，并从徽商会馆、武汉总商会和新安六邑同乡会的视角，分别探讨了其功能与作用，认为："徽商和徽帮只是旧的封建社会的产物。虽然具有丰富的、传统的、旧的商业知识、技能，但只能适应旧的商业市场，只能在国内地方市场上显其身手，露其头角，还不能像广东、福建、浙江宁波、青田人那样，远至世界各国经商。在半殖民地的政治环境下，他们既与帝国主义没有关系，又与军阀官僚没有关系，且因他们资本有限，不能经营新兴事业，不能抵抗国内官僚资本的压迫。"该文尤其对徽商与武汉土著居民的关系着墨较多，一句"哪怕你湖北人刁，徽州人买断你汉口的腰"，即是对徽商与汉口居民关系消长的最好说明。[①]

在1958年第2期《安徽史学通讯》上，傅衣凌又发表《明清时代徽州婺商资料类辑》一文，着重对徽商中的婺源县商人资料进行爬梳与钩沉。这是傅衣凌继《明代徽商考》之后推出的又一徽商研究论著。在这篇论文中，傅衣凌以大量新发现的史料，对以木材和茶叶为主要经营对象的婺源商人的发展及其商业资本，进行了深入的个案探讨与研究。指出：明代中叶以后，包括婺商在内的"中国各地商业资本因受着新因素的刺激而迅速地成长起来。其虽为中国资本主义的发展准备了若干前提条件，却又因这些商业资本基本上是为封建势力服务的，于是在鸦片战争之后，便很容易和买办资本相结合，而显现出半殖民地半封建的性格"。同年，陈学文以"陈野"的笔名撰写了《论徽州商业资本的形成及其特色——试以徽州一地为例来论证明清时代商业资本的作用问题》一文，发表于1958年第5期的《安徽史学通讯》。该文从徽州商业资本形成的条件和背景分析、徽州商业资本的特色和作用等三个方面，对徽商及其商业资本的形成、徽商资本特色和作用等方面进行了论述。指出："从徽州商业资本的形成和特色、作用的初步研究中，有力地提供了明清时代商业资本对瓦解自然经济和推动商品经济向资本主义性的经济过渡中所起的

① 曹觉生：《解放前武汉的徽商与商帮》，《史学工作者通讯》，1957年第3期。

巨大作用。此时的商业资本已开始离开土地独立地发展，对货币资本的积累和集中上也是起了积极的作用，更重要的是有和手工业结合形成了产业资本的雏形。且在徽州已经出现了技术分工为基础的，拥有较多数量的雇佣劳动的手工作坊或工场，这就是资本主义的萌芽。”但作者也认为：“以徽州为例的商业资本在明清时代确还受旧的生产方式所拖着而有发展不足所苦的现象，仍带有商业资本古老的消极因素，因此，如果夸大了它的作用，那同样是错误的。”[①]杨德泉《清代前期两淮盐商资料初辑》[②]一文，从文献资料和实地调查访问扬州耆老等两个方面，按清初两淮盐法和垄断商人的形成、盐业资本的巨大及其奢侈生活、盐商和清政府的关系、道光年间的“废引改票”等专题，对包括徽州盐商在内的两淮盐商资料进行了初步辑录。秦佩珩的《徽商考略》，[③]则对徽商起源、活动地域和经营领域等问题进行了简要考述。

这一阶段，以徽商研究为中心，国内还出现了利用50年代以来发现的徽州契约文书，开展徽州社会经济史探讨与研究的现象。胡兆量在1955年第2期《教学与研究》发表了《徽州专区经济地理调查报告》。刘序功研究了清初徽州的奴变，[④]程梦余也撰写了《宋七（乞）与徽州奴变》，[⑤]对明末清初徽州黟县以宋乞为代表的佃仆反抗斗争即奴变进行了探讨。

值得一提的是，在这一阶段中，傅衣凌在利用徽州契约文书引领徽学研究发展方向上，继续发挥着先行者和引路人的作用。1960年，傅衣凌利用中国科学院历史研究所新近购买和收藏的明代徽州庄仆文约，撰写并发表了《明代徽州庄仆文约辑存——明代徽州庄仆制度之侧面研究》[⑥]一文，对明代

---

① 陈野：《论徽州商业资本的形成及其特色——试以徽州一地为例来论证明清时代商业资本的作用问题》，《安徽史学通讯》，1958年第5期。

② 杨德泉：《清代前期两淮盐商资料初辑》，《江海学刊》，1962年第11期。

③ 秦佩珩：《明清社会经济史论稿》，郑州：河南人民出版社，1984年。

④ 刘序功：《略谈清初徽州的所谓“奴变”》，《史学工作通讯》，1957年第1期。

⑤ 程梦余：《宋七与徽州奴变》，《安徽日报》，1958年5月25日。

⑥ 傅衣凌：《明代徽州庄仆文约辑存——明代徽州庄仆制度之侧面研究》，《文物》，1960年第2期。

历史上根深蒂固的徽州庄仆制形成的原因、庄仆的身份、类型和性质等问题进行了深入研究，认为："明代徽州庄仆制的成因，不用说，是由于中国地主阶级的经济压迫的结果。而又通过'族权、政权、绅权、夫权'四大绳索，残酷的(地)使一部分无地或少地的农民，失去人身的自由，成为他们的仆役……庄仆的身份，显然不是古代的奴隶，而是封建的农奴，这又是庄仆和佃户相同的地方……在明代徽州民间的文约里，我认为庄仆、地仆地火、伙佃，只是同一名词的异称。"尤为令人惊喜的是，该文还以原样缩小方式影印公布了为数不菲的明代徽州各类庄仆文约。据笔者所知，这是学术界第一次向外批量公布徽州原始契约文书。该文还引起了时任中国科学院经济研究所副所长的严中平的高度重视。他在致中央档案馆的信中说："这些文书对皖南地区社会经济史的研究有极大价值，厦门大学傅衣凌教授已根据所见契约等件研究过皖南的'世仆'制度"。[①] 另外，苏诚鉴则利用契约文书对徽州的封建地租剥削制度作了考察。[②]

此外，在此阶段，有关祁门的茶叶史、陶瓷史和徽州制墨史研究等，也有一些论文问世。

二、徽派建筑受到学界重视，并取得了重要的研究成果

徽州是明清古建筑保存相对较为完整的地区之一，境内明清古民居连屋累栋，错落有致，粉壁黛瓦马头墙的徽派建筑特色鲜明；各种牌坊鳞次栉比，矗立徽州街头、路口和巷道；古祠堂村村皆有，阴森威严。这些数量巨丰、内涵丰富的徽派建筑遗存，不仅反映了徽州古代高超的建筑水平和雕刻(木雕、砖雕和石雕)艺术，而且折射出了徽州深刻而厚重的历史与文化。因此，对其进行调查和研究，并进行抢救、保护与利用，不仅有着重要的学术价值和理论意义，而且有着极为重要的应用价值，它自然也就成为徽学研究不可或缺的

---

① 1962年2月日严中平给中央档案馆的信。

② 苏诚鉴：《从一批租佃契约看鸦片战争前徽州地区封建地租剥削》，《安徽日报》，1963年2月9日。

重要课题之一。

1953年，著名建筑史研究专家刘敦桢发表《皖南歙县发现古建筑的初步调查》，[①]对歙县西溪南乡古建筑进行了初步调查和了解，考证认为其系明中叶的遗存。作者同时还在附近乡村中发现了明代住宅和祠堂20余处。鉴于这些古建筑亟需维修与保护，作者还提出了6项紧急措施，即(1)修补屋顶、防梁架腐朽；(2)抽换已朽梁柱；(3)禁止毁坏门窗、栏杆、匾额、神龛等；(4)不论用作学校或仓库、农场，宜尽量避免改变原状；(5)严防火烛；(6)在没人居住的房屋里不可喂牲口或堆积稻草及其他引火物件。次年夏季，张仲一、曹见宾、傅高杰和杜修均等组成调查研究小组，专门赴歙县、绩溪、休宁和屯溪等地，前后利用40余天时间，对20余处徽州明代古民居建筑，分别从自然条件、社会背景、建筑概况(包括总体布置、大小住宅面积、外观、结构与建筑装饰特色)等方面进行了考查和研究，撰写并出版了《徽州明代住宅》著作一部。作者认为：

> 总的说来，徽州建筑的发展原因，主要由于徽人出外经商构成它的经济背景。其次，这些明代住宅的平面布置与建筑形式，都显然与所受当地商业经济发展情况的影响有关。例如平面的紧凑狭小虽然一方面是为了满足山区平地少必须节约面积的要求，但与出外经商者众多，及当时封建政治对人民居住建筑的种种限制都有关系。所以这里见不到一般南方住宅中所常见的客厅、书房和倒座之类的布置，也没有像苏州官僚住宅中附设的花园，除必需的房间外，没有浪费之处。就功能方面说来，是适合于当地特殊情况和要求的。
>
> 其次就建筑的形式方面来说，也可看出它们完全反映了过去当地人民的现实生活和思想意识。徽人经营商业的才能使他们在当时几乎操纵长江下游的金融，因此能在经济方面有充实的力量来建

① 刘敦桢：《皖南歙县发现古建筑的初步调查》，《文物参考资料》，1953年第3期。

造雕刻华丽的二层楼房。

就文化方面说来，远在宋代，该区已是文人萃集之地。宋代有名的理学家朱熹就是徽州人。当地的紫阳书院，就是他以前讲学的所在地。尚有很多其他文人为了当地风景美丽入画，来此游览，就便讲学者颇不乏人。明代后不但文风相当盛，绘画与手工艺也很发达。因此文化水平较高。这点无疑影响了建筑细部处理的手法。例如室内的雕花梁架将雕刻与结构融为一体，室外的雕花木栏杆构图富于变化而雕工也很精美，与木料不加髹漆听任木纹透露等等，都是与过去该区文化程度有关的。

至于这些建筑物的确实年代，因系私人住宅，既无碑碣或其他文字记载可供查考，而屋主又屡经更易，很难找出线索。但从当地现存明代宗祠、社所、牌坊等有确实年代可查考的建筑中，可提供很多结构和装饰方面的佐证。[①]

《徽州明代住宅》一书，是这一阶段徽学研究的标志性成果，同时也是新中国建立后第一部研究徽州建筑的学术专著。它的出版，填补了徽学研究中徽州建筑研究的空白。该书除3万余字的研究文字外，还附录了90幅明代徽州住宅建筑的原样图，这就为研究徽州建筑提供了大量有价值的第一手实物资料。

除此之外，这一阶段研究徽州古建筑的著述还有：殷涤非的《皖南古建筑调查中的一些认识》、[②]胡悦谦的《徽州地区的明代建筑》等。[③] 这两篇论文是作者对包括徽州在内的皖南地区古建筑进行调查后所撰写的研究成果。

总而言之，这一阶段的徽州古建筑研究，基本上还处于发现、调查、保护等初步研究状态。

---

① 张仲一、曹见宾、傅高杰、杜修均：《徽州明代住宅》，北京：建筑工程出版社，1957年，第36～37页。

② 殷涤非：《皖南古建筑调查中的一些认识》，《文物参考资料》，1957年第2期。

③ 胡悦谦：《徽州地区的明代建筑》，《文物参考资料》，1957年第12期。

三、文化艺术史和历史人物研究继续受到学界重视

以徽派版画和新安画派及其代表人物为中心的徽州文化艺术史研究，在这一阶段继续得到了学界的关注，取得了一系列研究成果。

马彬在《徽派版画》一文中，对徽派版画作了简单的介绍，此文虽篇幅极短，但对徽州版画的历史地位和发展状况却有着非常独到的见解。文章指出："徽州的版画，在我国美术史上占有非常重要地位。我国版画起源很早，唐末制作技艺已经很高，再经历代艺人不断地凿辟新径，展布精诣。到明万历中叶，徽派版画崛起，以凌驾当时、超越前世的姿态，主宰此后的版画艺坛百余年之久。这期间，欧洲版画尚处在初级阶段，而徽派已经相当成熟。于是，徽州便成为当时全国版画的重心和我国版画史上黄金时代的诞生地。就世界范围来看，徽州也是那时版画最繁荣的地区。在百余年的鼎盛期中，歙县虬村始终居于徽派的核心地位。"[①]蒋元卿将徽州雕版印刷术置于中国印刷术发生和发展史的视野中进行审视，对徽州雕版印刷术演变和发展的历程及历史背景和原因进行了较为深入的剖析，指出："我国雕版印刷发展的情况，从时代上说，始于唐代，扩于五代，精于宋人，元明以后趋于鼎盛。从地区上说，先从吴（扬州）、蜀（成都）、越（绍兴）开始，到宋代，两浙刻书最盛，其中又以杭州为最发达，福建地区也盛，以建安为中心……四川地区，由成都南移，以眉山为中心，也在继续刻书。北宋的京城汴梁（开封）刻书也很多。再从刊印技术上说……则可以说，诸刻之中，又以蜀本、杭州本、临安书棚本为最精，蜀本及杭州本称胜北宋，临安书棚本称誉南渡以后。"徽州的雕版印刷即刻书业产生于南宋，至南宋后期进入繁荣状态，"字体秀劲圆活，线条绵密、细致、柔和而又极其精确，可与临安（杭州）的刊本相抗衡"。明代则是徽州雕版印刷即刻书业的鼎盛时期，"徽州的刻书业在明代已成为安徽刻书的中心地区，刻书的范围很广，而且从万历以后，刻工尤精"。蒋元卿还分析了明代

---

① 马彬：《徽派版画》，《安徽日报》，1957 年 1 月 19 日。

万历以后“歙刻骤精”的原因，即刻工技术的提高、徽州山区盛产良材、朱熹等人的藏书之风促进了刻书业发展、徽商的崛起，以及彩色套印技术的兴起等，对歙县虬村黄氏刻工、胡正言的彩色套印技术给予了高度评价。[①] 王重民对中国套版印刷术的起源进行了考证，认为，彩色套版印刷术起源于 17 世纪之初的徽州，后由徽州传播到南京、苏州和杭州等地。[②] 戎克则对徽派版画中复制西洋作品问题进行了初步探讨，指出“徽派版画中有一个突出的问题，就是复制西洋的版画作品。这种作法成为当时全国版画界的先导”。作者进一步考证了《程氏墨苑》著者与意大利传教士利玛窦的交往，认为《程氏墨苑》中的《宝象图》“就是当时徽派版画中有代表性的复制作品”。戎克还由此得出结论，认为“徽州版画促进了全国版画事业的发展，而在其复制西洋版画方面，也同样起了不小的推动作用。因为它不仅大大地影响了后来的曾鲸画派、熊秉真画派，而且还产生了一些有价值的版画作品”。[③]

包括徽州在内的安徽绘画艺术一向十分繁荣，知名画家层出不穷，但长期以来，对这些绘画艺术家的研究则很少。郑秉珊在《安徽画家概述》[④]中，首次对作为安徽画家群体的徽州籍画家进行了概述，其中涉及丁云鹏、郑重、程嘉燧、李流芳、程邃、郑旼和汪采白，以及新安画派的“海阳四家”等明清时期徽州著名画家。汪世清和汪聪在 1964 年出版了研究新安画派代表人物渐江的资料集——《渐江资料集》，[⑤]全书内容由传记、诗录、画录、题赠、评述、杂记和附录 7 个部分组成。渐江（1610－1664 年），俗姓江，名韬，字六奇，又名舫字鸥盟；出家后，法名弘仁，字无智，徽州府歙县人。汪世清在该书的《前言》中指出：“入清以后，他身虽出家，而心怀故国，在他的题画诗中，有时还流露出家国身世之感。他富有民族思想，称得上是一位有气节的明代逸民。渐江以画著名，是新安画派的奠基人。他的画从宋人入手，后来归学元季四家，

---

① 蒋元卿：《徽州雕版印刷术的发展》，《安徽史学通讯》，1958 年第 1 期。

② 王重民：《套版印刷法起源于徽州说》，《安徽历史学报》，1957 年第 1 期。

③ 戎克：《徽州版画中的复制西洋作品问题》，《安徽史学通讯》，1958 年第 4 期。

④ 郑秉珊：《安徽画家概述》，《安徽史学通讯》，1958 年第 4 期。

⑤ 汪世清、汪聪：《渐江资料集》，合肥：安徽人民出版社，1964 年。

尤其喜欢倪云林。""他的画的特点是：境界宽阔，笔墨凝重；看似清简淡远，实则伟峻沉厚，寓伟峻沉厚于清简淡远之中。他虽然学倪云林，但又有新的创造，形成了自独特的风格。他并对当时及以后的新安画家有着很大的影响。在新安画派的形成中，他的功绩是不可磨灭的"。[①]

徽州的文房四宝是徽州版画与绘画的主要材料，因此，在对徽派版画与新安画派进行研究的同时，徽州文房四宝也引起了学界的兴趣和关注。鲍幼文在《徽州的"文房四宝"》一文中，对拥有笔、墨、纸、砚合称的中国"文房四宝"进行了探讨，指出文房四宝"起源于徽州，徽州宋时就兴建了四宝堂"。[②]蒋元卿在《史学工作通讯》1959 年第 12 期上发表《略谈"徽墨"的发展》一文，对作为文房四宝之一的徽墨发展历程作了简要概述，对奚超、李廷珪父子的贡献，以及宋至明清时期徽州的制墨名家如耿仁等耿氏家族制墨世家和方于鲁、程君房、罗龙文、曹素功、胡天注等进行了初步探讨，认为徽州制墨源远流长，自唐末奚超父子避乱迁居徽州，徽墨方始知名，南唐被赐以国姓的李廷珪墨名扬天下。宋代徽墨除李氏后人以外，还涌现出了一批名家。至明代，徽州制墨业进入鼎盛时期，其中制墨最上者推方于鲁、程君房和罗龙文。清代中叶以后，特别是在曹素功之后，徽墨开始走向衰落，因为汪近圣调入宫廷专司制墨工作，只有胡开文在支撑徽墨的残局。周玄则以《曹素功制墨考》为题，对歙县著名制墨工曹素功及其子孙的制墨活动进行了详细而深入的考证，指出"曹素功是安徽歙县岩镇人，名圣臣，字昌言，号素功，一字荩庵，生于明万历四十三年乙卯(1615 年)，卒于清康熙二十八年(1689 年)"，是清初的制墨名家，制有紫玉光、天琛、苍龙珠、薇露浣等 18 种名墨。曹素功之子孙继承父业，自子永锡后绵延达九世之久，"素功七世孙毓东、佑光造墨于道光年间。八世孙云崖造墨于咸丰年间，九世孙端友造墨于光绪年间"。[③] 张子高

---

① 王世清、汪聪：《渐江资料集》，合肥：安徽人民出版社，1964 年，第 1 页。

② 鲍幼文：《徽州的"文房四宝"》，《安徽史学通讯》，1959 年第 4—5 期合刊。

③ 蒋元卿：《略谈"徽墨"的发展》，《史学工作通讯》，1959 年第 12 期。

则对清乾隆年间的制墨师程一卿和他所制的墨进行考证和讨论。[①] 由芜湖市工商业联合会集体撰写的《芜湖胡开文墨店的历史调查》,[②]对芜湖市的传统徽墨老店胡开文墨店发展史进行了调查与研究。

在这一阶段中,学界对徽州文化艺术重要组成部分的徽剧研究也得到加强。洪非发表了《谈青阳腔与徽剧的源流》[③]长文,对中国戏剧史上青阳腔与徽剧的源流关系进行了考辨。认为"明代嘉靖以前,安徽池州(即今贵池)、太平等地流行的是余姚腔;嘉靖以后,江西的弋阳腔流行到安徽来成了'青阳腔';隆庆、万历之间昆山腔又流入到安徽。万历之后,北曲变体的'弦索',安徽人歌之又变成了枞阳腔(又名石牌腔,亦名吹腔。)外来声腔互相掺杂,又受到当地歌者语音影响,不会不起新的变化,因此产生了新的曲调,而且在不断发展着"。著名戏曲史学者赵景深则考证了包括汪道昆、汪廷讷、吴大震、汪宗姬、程丽先和郑由熙等明清徽州曲家在内的安徽曲家情况。[④]

在这一时期,对徽州的历史人物研究仍然集中在金声、江天一、王茂荫、程瑶田、郑复光、汪廷讷和程大位等少数几个著名人物身上。只是个别研究,如对王茂荫的研究,在材料和内容上更加充实和深入而已。

四、20世纪50至70年代中国大陆徽学研究的特点和意义

在20世纪50至70年代,中国大陆地区的徽学研究是在对资本主义萌芽等号称中国史学界"五朵金花"之一讨论的热潮中展开的,至"文革"爆发而中断。因此,这一时期的徽学研究深深打上了时代的烙印,呈现出鲜明的时代特点。

第一,徽商研究进一步得到学者的关注。这一时期对徽商及其商业资本的研究,随着对中国资本主义萌芽问题的讨论而得到进一步的深入开展,发

---

① 张子高:《程一卿和他所制的墨》,《文物参考资料》,1958年第12期。

② 芜湖市工商业联合会:《芜湖胡开文墨店的历史调查》,《光明日报》,1962年4月9日。

③ 洪非:《谈青阳腔与徽剧的源流》,《安徽史学通讯》,1958年第4期。

④ 赵景深:《安徽曲家考略》,《安徽史学通讯》,1958年第4期。

表或出版了大量高水平的学术研究成果，出现了相对较为繁荣发展的局面。这不仅反映了作为徽学研究主体内容——徽商研究的整体史学术价值和意义，而且直接促进了对有关徽商研究文献等徽学研究资料的挖掘、整理与利用，从而在很大程度上推动了徽学研究的发展。

第二，徽州文书在50年代土地改革运动后被大量发现，并流传至北京、上海、南京与合肥等全国各地的图书馆、博物馆、档案馆、高等学校和科研院所，受到学术界特别重视，个别知名学者呼吁保持徽州文书原始归户性单位，以便有利于学术研究。同时，一批徽商和徽州佃仆制文书被部分学者在研究中利用，推出了不少高水平的学术研究成果，有力地促进了徽学研究向纵深领域拓展。

第三，对处于明清徽州社会最底层的庄仆、奴仆和佃仆的研究，也在徽州文书的不断发现中展开，并呈现出繁荣发展的态势。对诸如清初宋乞等佃仆的研究，有利于了解和澄清明清时期徽州社会各类下层庄仆的身份与地位等问题，为后来徽学以徽州宗族制和佃仆制为主的研究领域的拓展奠定了扎实的学术基础。

第三，出于保护与利用目的的徽州建筑调查和研究开始起步，并在一个较高的起点上展开。一批著名古建筑研究专家深入徽州山区，对当时较为完整遗存的徽州祠堂、社屋和民宅等公私建筑结构及建筑装饰，进行了全面的实地调查和测量，拍摄和绘制了大量徽州建筑的图片，并对其自然环境、社会背景和建筑概况等进行了卓有成效的探讨和研究，形成了不少极具科学性和开拓性的研究成果，其中尤以张仲一、曹见宾、傅高杰和杜修均合著的《徽州明代住宅》最具代表性。

第四，明清时期特别是明代徽派版画、徽州刻书业和新安画派十分繁荣。继30年代郑振铎揭开徽派版画研究的序幕之后，这一时期对徽派版画的研究取得了更为丰硕的成果，形成了徽派研究的第二个高峰。尤其是将徽派版画和徽州发达的刻书业联系起来进行考察，是这一时期徽派版画研究的突出特点。它不仅勾勒了徽州版画和徽州刻书业产生、发展和演变的历史轨迹，而且澄清了中国版画史研究中的是与非，特别是对明万历年间徽州饾版套色印刷技术发明对刻书业的进步与繁荣作用的见解，尤为值得肯定。这一时期，新安画派的研究也在继黄宾虹等之后，得到了进一步延续和发展，其中最具代表性的成果当推汪世清和汪聪编纂的《渐江资料集》。也就是说，这一时期对新安画派及其代表人物的研究，已由对其山水绘画本身的探讨阶段转向以专题资料整理与汇编工作为主的阶段。专题资料整理与编纂，对夯实新安画派及其代表人物研究的根基，推进新安画派研究向更深层次的发展，具有极为重要的学术价值和理论意义。

第五，对笔、墨、纸、砚等"文房四宝"的研究取得了长足的进展。其所发表和出版的很多成果，具有拓荒性的意义。"文房四宝"是中国的国粹，早在宋代，徽墨、歙砚、澄心堂纸和汪伯玄笔就被誉为"新安四宝"。这一时期，中国大陆学术界对"文房四宝"研究侧重于对徽墨和歙砚等领域，特别是对徽墨及其制墨名家的研究取得了突出的成就，不仅完整勾勒出了徽墨和歙砚产生与发展的谱系，而且对程君房、方于鲁、曹素功和胡天注等名家制墨技艺与突出特点进行了系统的总结。

最后，初步开展了对徽剧艺术的研究，澄清了青阳腔与徽剧之间的源流关系，并首次系统深入地建构了徽剧产生、发展和演变的历史脉络与谱系，极大地拓展了徽学研究的领域。

第二节　20世纪50至70年代海外徽学研究的进展

一、20世纪50至60年代中叶海外徽学研究的起步

在中国大陆徽学研究逐步发展、个别领域取得突破性进展的同时，海外徽学研究也取得了不少新的成就。

日本学者藤井宏于1953年在《东洋学报》上连续发表了徽商研究的长篇

巨作《新安商人的研究》,[①]是这一时期海外徽学特别是徽商研究的划时代和标志性成果。由于学术价值连城,理论意义深远,在该文问世不久,傅衣凌即通过种种渠道,和黄焕宗一道将其译成中文,并在《安徽历史学报》(1958 年第 2 期)和《安徽史学通讯》(1959 年第 1 期)上连续刊载。藤井宏的徽商研究,是海外徽商研究的扛鼎之作,它开创了海外系统研究徽商的先河。在这篇洋洋 10 余万言的论文中,藤井宏根据汪道昆在《太函集》中记录的徽商史料,结合万历《歙志》等其他相关文献史料,将徽商即新安商人置于明清中国的整体史视野中,对明清时代的徽商进行了非常系统而深入的考察。全文共分序言、明末清初物质流通的一般状况、新安商人的活动范围与营业项目、商业资本蓄积的过程与经营的诸形态、新安商人与生产者和消费者的接触面、新安商人与国家及官僚的关系以及结论等七个部分。认为"新安商人早在宋代就多少开始活跃,其全盛时代则是明代后期到清代前期"。[②] 指出"明清时代,新安商人的足迹,几乎遍及今天整个中国"。[③] 新安商人即徽商资本的形成方法主要有共同资本、委托资本、婚姻资本、援助资本、遗产资本、官僚资本和劳动资本等七种类型。其商业经营立足于血族乡党的结合,亦即是以族商的形态存在的,而"以族为结合基础的徽商的经营形态是复杂的、多角的"。[④] 对于徽商经营的领域,作者也以盐商为主,全面探讨了包括典当商人在内的徽商经营实态。至于徽商与生产者和消费者、徽商与国家及官僚的关系,他认为:"新安商人攫取商业利润,与前期的商人大体相同,主要在流通领域

---

① [日]藤井宏:《新安商人の研究(1)》,《东洋学报》,1953 年 6 月第 36 卷第 1 号;《新安商人の研究(2)》,《东洋学报》,1953 年 9 月第 36 卷第 2 号;《新安商人の研究(3)》,《东洋学报》,1953 年 12 月第 36 卷第 3 号;《新安商人の研究(4)》,《东洋学报》,1954 年 3 月第 36 卷第 4 号;

② [日]藤井宏撰,傅衣凌、黄焕宗译:《新安商人的研究》,《安徽历史学报》,1958 年第 2 期。

③ [日]藤井宏撰,傅衣凌、黄焕宗译:《新安商人的研究》,《安徽历史学报》,1958 年第 2 期。

④ [日]藤井宏撰,傅衣凌、黄焕宗译:《新安商人的研究(续)》,《安徽史学通讯》,1959 年第 1 期。

……对于客商而言，生产者在许多场合内同时作为消费者而出现。在这两重结合下，生产者、特别是占生产者最大多数的农民，连其生产费用的工资部分也多被客商高利贷行为所榨取……新安商人，是以批发行预付资本的机能与佃户等的直接生产者相接触。至于他们更进一步的自己控制生产、组织生产的行动，也不是没有的。""在明代，以徽商为中心的淮商，作为与政府交涉的代表者，恐怕是被认为囤户（内商中之有力者）的中心人物的盐筴祭酒。但到了清代，则称之为总商。国家以总商作为连接其他中小商人的工具，以便在军需、赈救、河工等各个方面，要求盐商捐输，尽量把盐商资本吸收到国库来。而在盐商方面，作为借以获得各种特权而参与政治的收夺上的分赃，两者于虚虚实实的权谋之中，就相依为命的勾结起来"。[①] 在系统而全面地分析了徽商的诸多问题之后，藤井宏就徽商的性质得出结论，指出："新安商人是集中地体现着以旧中国社会的性质为背景的最典型的前期的商人。新安商人系与中国中央集权的官僚制国家到达顶点的明清两朝同时兴起的。自清朝乾隆以后，新安商人也随着专制国家的衰落而同时走向没落的命运……在嘉庆、道光以后，就逐渐拜倒于新兴的广东、浙江两财阀之后，这是无可讳言的铁的事实。"[②]他还尝试探讨了徽商在中国历史发展特别是中国近代化过程中的作用。这是迄今为止海外研究徽商的最为系统、最具开创性的研究成果之一。

《新安商人的研究》发表，受到了海外学界的高度肯定和称赞，美籍华裔学者何炳棣不仅对该文给予很高评价，而且在其著作中大量引用该文所用的史料及观点。[③] 此前的1954年，何炳棣发表了对包括徽商在内的扬州盐商研

---

① ［日］藤井宏撰，傅衣凌、黄焕宗译：《新安商人的研究（续完）》，《安徽史学通讯》，1959年第2期。

② ［日］藤井宏撰，傅衣凌、黄焕宗译：《新安商人的研究（续完）》，《安徽史学通讯》，1959年第2期。

③ 参见藤井宏：《新安商人的研究中译本序言》，《中国社会经济史研究》，1984年第3期；Ping-ti Ho, Studies *on the Population of China* (1368－1953), Massachusetts: Harvard University Press, 1959.

究成果，在这篇题为《扬州盐商：18 世纪的中国商业资本主义研究》[①]的论文中，他将包括徽商在内的扬州盐商的商业资本与商业资本主义联系起来进行考察，这是一篇划时代的宏观与微观相结合的对包括徽商在内的盐商研究的成果。1959 年，何炳棣发表《中国社会流动的面向，1368—1911》，[②]进一步阐述了明清时期商人与社会流动情况，其中徽商的社会流动是其所论述的重点。

20 世纪 50 至 60 年代中叶，不仅徽商研究受到了海外学者的关注，而且随着徽州契约文书和一批徽州珍稀文献的发现，有关徽州社会经济史的研究也引起了海外学者的强烈关注。日本著名学者多贺秋五郎研究了明代嘉靖年间编纂的《新安名族志》的纂修过程、名族姓氏分布和徽州的历史文化及经济背景，这是日本学者对徽州宗族研究的代表性成果。[③] 著名法制史学者仁井田陞则从劳役婚的视角，对明末盛行于徽州的庄仆制进行了探讨。[④]

在中国台湾、香港地区，徽学的研究此时也开始起步。赵元任于 1962 年发表了他的《绩溪岭北音系》，[⑤]对绩溪县岭北的独特音系进行了系统研究。接着，赵元任又将他与杨时逢合撰的《绩溪岭北方言》[⑥]刊发，从而形成了对徽州绩溪县岭北地区音系和方言的系统研究。此外，张千帆撰写的《徽墨》也

---

① Ping-ti Ho, "*The salt Merchants of Yang-chou: A Study of Commercial Capitalism in Eighteen-Century China*", Harvard Journal Asiatic Studies, Vol. 17, No. 1/2, Jun., 1954.

② Ping-ti Ho, "*Aspects of Social Mobility in China*, 1368 — 1911", Comparative Studies in Society and History, Vol, 1, No. 4, Jun., 1959.

③ [日]多贺秋五郎：《〈新安名族志〉について》，原载《中央大学文学部纪要》1957 年 1 月第 6 号；中译本载刘淼辑译：《徽州社会经济史研究译文集》，合肥：黄山书社，1988 年，第 96～124 页。

④ [日]仁井田陞：《明末徽州の庄仆制——とくにの劳役婚について》，原载《东洋史论丛：和田博士古稀纪念》，东京：讲谈社，1961 年；中译本载刘淼辑译：《徽州社会经济史研究译文集》，合肥：黄山书社，1988 年，第 153～2226 页。

⑤ 赵元任：《绩溪岭北音系》，《中央研究院历史语言研究所集刊》第 34 本上册《故院长胡适先生纪念论文集》，台北：中央研究院历史语言研究所，1962 年。

⑥ 赵元任、杨时逢：《绩溪岭北方言》，《中央研究院历史语言研究所集刊》第 36 本上册《纪念董作宾、董同龢两先生论文集》，台北：中央研究院历史语言研究所，1965 年。

收录在其所著的《南星集》一书中，于1962年在香港出版。[①]

二、20世纪60年代中叶至70年代中叶海外徽学研究的发展

20世纪60年代中叶至70年代中期，正值十年“文革”时期，中国大陆学术研究事业几近中断，徽学研究也陷入了停顿状态。

与此同时，日本和中国台湾的学者则在徽学研究领域取得了显著进展。日本的相浦知男于1966年发表专文，对徽州的歙砚和广东的端砚所用石材进行了比较研究。[②] 寺田隆信则研究了包括徽商在内的商业书。[③] 日本的徽商研究继藤井宏之后，又在60年代有了新的进步。重田德于1967年发表了《清代徽州商人的一个侧面》[④]一文。在该文中，作者以民国《婺源县志》的《人物志》为中心，全面系统地论述与分析了清代婺源人弃儒经商的传统和婺源的木商与茶商经营之一般状况，同时对清末徽州商人和婺源商人进行了比较，特别对学界盛行的清末徽商衰落的观点进行了辩证的分析，指出清末“徽商的衰微，从宏观方面确是无疑。可是，对于这个过程，我感到不是单调的推移。从微观方面看，当然不知有多少曲折包含其中。假如将徽商构成分子之一的婺源商人作为焦点，则是以盐业、典当业之外的茶、木业作为经商的业种，尤其在茶业方面，则乘五口通商之机，得到新的成长和发展，这可以说是徽商的营业活动进入新阶段的标志。换言之，则徽商的代表性行业——盐、典当业，在尚未完全衰败之前，便向新兴的以茶、木业为代表的新阶段转移。因此，这不是单纯的衰败过程，而且随着这个过程的展开，徽商本身也在构造

---

① 张千帆：《南星集》，香港：上海书局，1962年。

② [日]相浦知男：《端溪砚の子石と歙州砚の卵石について》，《福冈教育大学纪要》第5分册“艺术保健教育家政·技术科编”，1966年第16号。

③ [日]寺田隆信：《明清时代の商业书について》，《集刊东洋学》，1969年10月第20号。

④ [日]重田德著，刘淼译：《清代徽州商人の一面》，《人文研究》，1968年3月第18卷第2号；中译本载刘淼辑译：《徽州社会经济史研究译文集》，合肥：黄山书社，1988年，第417～456页。

方面发生变化，这就是婺源商人的抬头”。[1] 应当说，重田德的观点是非常有说服力的。1972年，斯波义信发表了《宋代徽州的地域开发》，将徽州地域置于宋代江南开发的典型山村型社会经济视野内，从关于江南开发的山村型、历史地理、殖民与开发及经济的开发等方面，对宋代徽州的社会经济开发进程及其表现方式进行了全面而深入的论述。文章指出宋代徽州的地域开发，一般说是在黄巢起义以后。宋代徽州地域的经济开发，同福州和江南地区一样，受到高课税政策的压榨，“但从反面来说，却使徽州山区和江苏平原地区的相互联系由此加强，随着山村产业的开发，其商业化恰恰借此高税课政策而得到发展，这种反作用力也是应当给予充分估量的。徽州的经济开发，固然不能完全归结于吴、南唐以来的苛税，还有当地经济状况的自身发展，它起着决定性的作用。在徽州，宋代以来人口激增，不能不认为是一重要因素。尽管宋代州一县一乡这样的行政组织，依然墨守唐中叶的一乡五里制，但这一时期的人口增长，却是制度本身所无从约束的”。[2] 这些增长的人口正是来自中原地区躲避战乱的世家大族移民。“宋代徽州的开发，是与大姓所共同具有的小宗分立倾向分不开的。反过来说，小宗的分立活动，是使徽州山区各地得以开发的重要因素”。如果说汉唐时期徽州地域从事农业开发的主要是豪族，那么“唐宋时期，土豪、地主对徽州土地的开发活动依然继续着……但是，同土豪这种分散的、小规模的开发活动相比，唐宋以来地方官或地方政权有组织的开发，似乎对于打破徽州的封闭状态，使其和更为广大区域之间经济结合的加强，起着更重要的作用”。[3] 尤其值得重视的是，该文还涉及了早期徽商的活动问题，认为“所谓的新安商人，作为这一地区同乡商人集团来说，在宋代是否已经成立，尚不敢遽断。但是，在唐宋时代，徽州商人

---

① [日]重田德撰，刘淼译：《清代徽州商人之一面》中译本，载刘淼辑译：《徽州社会经济史研究译文集》，合肥：黄山书社，1988年，第447页。

② [日]斯波义信撰，刘淼译：《宋代徽州的地域开发》，载刘淼辑译：《徽州社会经济史研究译文集》，合肥：黄山书社，1988年，第5页。

③ [日]斯波义信撰，刘淼译：《宋代徽州的地域开发》，载刘淼辑译：《徽州社会经济史研究译文集》，合肥：黄山书社，1988年，第14页。

已相当活跃，这也是不难看到的”。为此，该文引用唐张途《祁门县新修阊门溪记》中记事文字，指出：“徽州山村型的开发，实际上是以劳动集约和商业化两种形式并存，而劳动集约所获得效益是有限的，商业化的加强，对于克服这一地区自然方面的劣势，显然作用更大些。”[①]由于该文开拓了宋代徽州地域开发的研究领域，影响巨大，至今仍是宋代徽州研究的经典力作之一。[②] 在该文的基础上，1975 年，斯波义信又发表了宋代徽州商业研究的成果——《宋代徽州商业的发展》。该文从人口的聚集与增长、土地的开发和茶、漆、木材、纸等地方产品的生产与运销及非农业活动等多个角度，对宋代徽州的地区性商业中心、跨地区商业活动、商业化进程和商业路线等问题，进行了简要的探讨，认为宋代“徽州还是一个地区性商业中心。为了同国内其他区域进行贸易方面的竞争，徽州已开始形成一定的社会分工，这样可以使其产品更加特产化，从而占据市场，更加促进了本地商业活动的开展”。“徽州商人跨地区商业活动的开展，并不完全是为了满足本地的需求，而是其他地区对徽州特产的需求增加的结果。因此，徽州山区商业化的进程，一方面是农业收入和人口的缓慢增长；另一方面则是贸易路线从外地逐渐向本地延伸，这就促进了徽州居民更多的转向商业性农业或其他非农业活动，并利用当地特有的资源来生产特产品。由于徽州山区商业化的发展，使商业路线的沿途出现许多集镇和贸易点，具有多层次市场功能的大都市艰难发展起来”。[③]

值得关注的是，对徽商特别是两淮盐商的研究在这一时期进入了中国台湾地区学者的视野。徐泓是这一时期研究两淮盐商的代表。1970 年，他发

---

① ［日］斯波义信撰，刘森译：《宋代徽州的地域开发》，载刘森辑译：《徽州社会经济史研究译文集》，合肥：黄山书社，1988 年，第 16～17 页。

② ［日］斯波义信：《宋代徽州の地域开发》，原载《东洋史论丛：山本博士选历纪念》，东京：山川出版社，1972 年；又见中译本斯波义信：《宋代江南经济史研究》，南京：江苏人民出版社，2012 年。

③ ［日］斯波义信撰，刘志伟译：《宋代徽州商业的发展》，载刘森辑译：《徽州社会经济史研究译文集》，合肥：黄山书社，1988 年，第 232 页。

表了《清代两淮的场商》,[①]对包括徽州盐商在内的清代两淮盐商中的场商展开了系统的探索。1972年,徐泓出版了他的硕士学位论文《清代两淮盐场的研究》。[②] 此后,徐泓对清代两淮盐场和盐商的研究,逐渐将视野投到明代食盐的生产和运销的制度史上,连续发表了《明代前期的食盐运销制度》[③]《明代前期的食盐生产组织》[④]《明代中期食盐运销制度的变迁》[⑤]《明代后期盐业生产组织与生产形态的变迁》[⑥]和《明代后期的盐政改革与商专卖制度的建立》。[⑦] 徐泓对明清盐业、盐商、盐场和食盐运销与专卖制度等的研究,澄清了明清盐业制度中的诸多问题,将明清盐业制度及包括徽商在内的盐商研究大大向前推进了一步。

1971年至1973年,方豪在台湾公布了他1946年于南京收集到的徽州契约文书资料,并对此进行了初步的整理与研究。计有《明万历年间之各种价格——战乱中所得资料简略整理报告之一》[⑧]《明万历年间富家产业抄存——战乱中所得资料简略整理报告之二》[⑨]《乾隆五十五年自休宁至北京旅行用账——战乱中所得资料简略整理报告之三》[⑩]《光绪元年休宁万安某家入泮贺礼——战乱中所得资料简略整理报告之四》[⑪]《康熙时期重建祠楼之文献——战乱中所得资料简略整理报告之五》[⑫]《乾隆十一年至十八年杂

---

① 徐泓:《清代两淮的场商》,《史原》,1970年7月第1期。

② 徐泓:《清代两淮盐场的研究》,台北:嘉新文化基金会,1972年。

③ 徐泓:《明代前期的食盐运销制度》,《台大文史哲学报》,1974年第23期。

④ 徐泓:《明代前期的食盐生产组织》,《台大文史哲学报》,1975年第24期。

⑤ 徐泓:《明代中期食盐运销制度的变迁》,《台大历史学报》,1975年第2期。

⑥ 徐泓:《明代后期盐业生产组织与生产形态的变迁》,《沈刚伯先生八秩荣庆论文集》,台北:联经出版事业公司,1976年。

⑦ 徐泓:《明代后期的盐政改革与商专卖制度的建立》,《台大历史学报》,1977年第4期。

⑧ 载《食货月刊》复刊,1971年6月第1卷第3期。

⑨ 载《食货月刊》复刊,1971年8月第1卷第5期。

⑩ 载《食货月刊》复刊,1971年10月第1卷第7期。

⑪ 载《食货月刊》复刊,1971年12月第1卷第9期。

⑫ 载《食货月刊》复刊,1972年2月第1卷第11期。

账及嫁妆账——战乱中所得资料简略整理报告之六》[①]《明朝各朝契据四十二件抄存——战乱中所得资料简略整理报告之七》[②]《光绪元年自休城至金陵乡试账——战乱中所得资料简略整理报告之八》[③]《乾隆二十六年等赴六合事录——战乱中所得资料简略整理报告之九》[④]《道光咸丰光绪大婚事记——战乱中所得资料简略整理报告之十、十一》[⑤]和《乾隆二十二年汪朱氏丧事账——战乱中所得资料简略整理报告之十二》。[⑥] 这是台湾迄今为止最早对徽州文书进行系统研究的开创性之作。

在美国，麦茨格尔发表了《清代商业领域中的国家组织能力和容量：以1740年至1840年的两淮盐业垄断和专卖经营为例》，对1740年至1840年两淮盐业垄断和专卖及组织容量等进行了探讨。[⑦]

20世纪60年代中叶至70年代中叶，海外的徽学研究以日本、美国取得的成果最为显著，中国台湾地区取得的成果也很显著，也集中代表了这一时期海外徽学研究的最高成就。徽学的核心问题——徽商、徽州契约文书研究水平得到了进一步提升。

---

① 载《食货月刊》复刊，1972年4月第2卷第1期。

② 载《食货月刊》复刊，1972年6月第2卷第3期。

③ 载《食货月刊》复刊，1972年8月第2卷第5期。

④ 载《食货月刊》复刊，1972年10月第2卷第7期。

⑤ 载《食货月刊》复刊，1973年2月第2卷第11期。

⑥ 载《食货月刊》复刊，1973年4月第3卷第1期。

⑦ Thomas A. Metzger, The Organizational Capabilities of the Ch'ing State in the Field of Commerce: The Liang-gyua Salt Monopoly, 1740－1840, W. E. Willmott ed., Economic Organization in Chinese Society, Stanford University, Calif. Stanford University Press, 1972.

第三章　20世纪70年代后期至90年代末徽学学科建设和文献整理

1977年至2000年是徽学走向繁荣和徽学学科正式被学者提出的重要发展阶段。这一时期，在学术界思想解放、百家争鸣的大背景下，徽学研究迎来了灿烂的春天。无论是在研究的领域与选题、研究成果的数量和质量上，还是在研究队伍的组织与学术活动的开展方面，都取得非常优异的成就，徽学研究真正进入了繁荣发展时期。

据不完全统计，截至2000年底，这一时期共出版徽学原始资料及资料汇编近40种(含点校和影印出版)、徽学研究专著和译著近20部(不含未公开出版者)、徽学国际学术讨论会论文集3部，公开发表徽学学术论文近1 000篇。

第一节　徽学研究组织和机构的建立及其学术活动的开展

一、徽学研究学术团体和研究机构的建立

徽学研究学术团体和研究机构的纷纷建立，使徽学研究进入一个正规的大兵团作战的新阶段，也是这一时期徽学研究领域的一个最突出特点。

1976年10月粉碎“四人帮”、特别是在中国共产党十一届三中全会以后，在解放思想、实事求是的思想指导下，同全国其他学术研究领域一样，徽

学研究也得到了前所未有的发展，出现了百花齐放、百家争鸣的喜人景象。一批海外学者也纷纷来到中国、来到安徽、来到徽州，访幽探古，调阅资料，参与交流，研究徽学。

与此同时，为加强对徽学研究的组织与协调，广泛开展徽学研究，这一时期徽学研究的学术团体和研究机构纷纷建立。1985年，在徽州故里，徽州地区徽州学研究会获准成立，这是迄今为止国内最早建立的徽学研究的学术团体。紧接着，安徽省徽州学研究会也在合肥成立。两大徽学学术团体建立后，致力于团结海内外徽学研究人士，并创办了《徽学通讯》(后改为《徽学研究》)，至2014年，共出版了50期《徽学》，《徽州学研究丛刊》共出版了2期。1989年，在徽商聚居地杭州，也成立了杭州市徽州学研究会，并出版了《杭州徽学通讯》，到2017年10月已出版了90期。值得一提的是，这些徽(州)学学术团体成立后，积极开展徽学的学术活动，创办了融学术和信息为一体的内部交流刊物，并组织了多次学术讨论会，出版论文集或资料集，以彰显和发挥民间学术团体的作用。绩溪县成立的县级徽学会甚至还组织编撰了徽学丛书多辑。这些徽学学术社团组织在推动徽学的普及和研究的深入发展方面作出了重大的贡献。

在徽学研究学术团体不断成立和壮大的基础上，徽学研究的专门学术机构也应运而生了。首先，1983年，收藏徽州契约文书数量较多且研究实力较强的中国社会科学院历史研究所设立了徽州契约文书整理组，负责整理研究该所收藏的徽州契约文书和徽州社会经济史文献资料。1992年，安徽大学创建了徽学研究所，致力于徽州宗族、民俗、法制与农村社会经济等领域的调查研究。1993年，安徽师范大学成立了徽商研究中心，并将徽商、新安理学与徽州教育作为重点研究课题。1994年，为适应徽学研究发展的需要，中国社会科学院历史研究所徽州契约文书研究室改组为徽学研究中心。同年，徽州师范专科学校也成立了徽州文化研究所。1999年，安徽大学抓住历史机遇，充分发挥自身区位优势和研究特色，把徽学研究所改组为实体性的研究机构——徽学研究中心，并联合安徽师范大学徽学研究队伍，共同申报教育部人文社会科学重点研究基地。经过教育部专家的严格评审，安徽大学徽学研究中心通过了评审与考察，成为该年度教育部建设的首批 15 所人文社会科学重点研究基地之一。徽学研究中心跻身教育部人文社会科学重点研究基地，在徽学研究史上具有里程碑的意义，标志着徽学研究从此走向了一个新阶段。

在这一阶段中，徽学研究得到了海内外学术界的高度重视和强烈关注。在徽州故里的安徽省，一些学术杂志开始较早开辟徽学研究专栏，集中重点发表徽学研究的最新成果。安徽省社会科学院主办的《江淮论坛》杂志率先开辟了《徽商研究》专栏，而后随着徽学研究的深入发展，该栏目又进一步扩大为《徽州学研究》。1984 年，复刊后的第一期《安徽史学》杂志即发表了多篇徽学研究论文和资料辑录。在徽州，由徽州地区社联（后易名为"黄山市社会科学界联合会"）创办的《徽州社会科学》和徽州师范专科学校主办的《徽州师专学报》（后易名为《黄山高专学报》《黄山学院学报》）发挥地区优势，创刊伊始，即用较大篇幅开辟了徽学研究专栏，刊发徽学研究成果。除此之外，《安徽大学学报》和《安徽师范大学学报》等安徽省内高等学校学报的哲学（人文）社会科学版，也先后开设徽学研究专栏，发表海内外徽学研究的最新成果。应当说，上述学术刊物徽学研究专栏的开辟，对促进徽学的发展和海内外徽学界的学术交流，扩大徽学的学术和社会影响，起到了极其重要的桥梁与纽带作用。

二、徽学研究的学术活动频繁开展

在这一阶段中，徽学研究的学术活动极为活跃，徽学学术内涵也在争鸣的过程中不断得到拓展和延伸。

20 世纪 80 年代中期以后，随着徽学研究的深入发展，徽学研究者们深深感到加强徽学界的学术交流的必要性和迫切性。徽学研究者只有在学术活动中才能得到有益的交流，而徽学的研究水平也只有在交流中才能得到提高。

有鉴于此，1988 年，由中国社会科学院历史研究所、经济研究所，安徽大学和安徽省博物馆共同发起主办的“徽州契约文书整理学术讨论会”在安徽大学召开。与会代表围绕徽州契约文书的价值与整理、出版问题进行了热烈讨论，并达成了很多共识。1990 年，中国社会科学院历史研究所、经济研究所，广东省社会科学院和安徽师范大学联合主办的“徽州社会经济史学术讨论会”在芜湖举行。与会 30 余位代表重点围绕徽商、徽州土地买卖与租佃制度、徽州家庭一宗族结构、徽州宗族族产、徽州乡约，以及徽州契约文书等问题展开了广泛的讨论。这次研讨会呈现出两大特点：“一是注重对具体问题的研究和个案分析，二是注意把数量史学的方法应用于社会经济史研究”。与会专家认为：徽州具有“东南邹鲁”和“商贾之乡”的特殊地位，保存了大量契约文书、家族谱牒、文物遗迹，是进行区域史研究的一个极好对象。为此，与会学者一致呼吁徽学研究者今后应加强联系与合作，抓紧时间进行徽学研究的资料整理与编纂，进一步开拓徽州社会经济史研究的新领域，深化已有课题研究，使徽学研究尽快走向世界。①

经过广大徽学研究者的不懈努力，1993 年 10 月 22 日至 28 日，由中国社会科学院历史研究所、安徽大学和黄山市社会科学界联合会三方共同主办的首届全国徽学学术讨论会暨黄山建设关系研究会在徽学故里黄山市隆重召开，来自京、津、沪、冀、赣、皖等地的 55 名代表参加了会议；美国和韩国 3 位学者也闻讯到会，参加交流与讨论。会议着重就徽学的内涵、徽商、徽州宗族、徽州文化与黄山建设的关系等问题进行了深入研讨。这次会议的成功举行，“不仅有力地推动了徽学学术事业的繁荣和发展，而且也标志着徽学研究进入了一个新的时代”。② 会后，经过精心挑选，张海鹏的《徽商与徽州文化》、周绍泉与赵亚光合著的《徽学研究系年》等 22 篇代表性论文被收入由张

---

① 李琳琦：《徽州社会经济史学术讨论会综述》，《安徽师范大学学报》（哲社版），1991 年第 1 期。

② 张脉贤：《迎接徽学研究新时代（代前言）》，载《徽州社会科学》编辑部编：《徽学研究论文集》，黄山市社联，1995 年铅印本。

脉贤主编的《徽学研究论文集(一)》。

伴随徽学国际交流的日益频繁,举办国际性徽学研讨会的时机已经完全成熟。1994年11月8日至13日,由安徽大学、安徽师范大学、安徽省社会科学院、安徽省社会科学界联合会暨黄山市人民政府联合主办的首届国际徽学学术讨论会在黄山市成功举行,来自日本、美国、韩国和中国大陆、台湾、香港的82名专家和学者参加了会议。会议共收到论文53篇,内容围绕徽学学科名称、研究对象及其价值,徽商小本经营、消费行为与心理、政治态度与政治行为、经营领域与行业组织,以及徽州社会经济、徽州宗族与阶级关系、徽州学派、学术与人物等问题进行了热烈的讨论,堪称"是一次高层次高水平的会议,是徽学研究成果和队伍的一次检阅"。[①] 会后,会议组织者精选了与会者提交的14篇论文,汇编成《首届国际徽学学术讨论会文集》,由黄山书社1996年公开出版发行。[②]

1995年8月,规模更大的'95国际徽学学术讨论会再次在黄山市召开。这次由中国社会科学院徽学研究中心、安徽大学徽州学研究所和黄山市社会科学界联合会共同发起主办的徽学国际盛会,吸引了来自国内8个省、直辖市和日本、韩国、美国及中国台湾、香港等国家与地区的近50位代表出席。与会者围绕徽州宗族、法制、社会变迁、民间社团组织等徽州社会形态与变迁、徽州农村经济与徽商、新安理学等徽州儒家文化与徽州历史人物等专题,展开了热烈的讨论。这次会议所讨论和研究的问题具有广泛性和前沿性,它在徽学发展史上具有里程碑式的意义。正如刘淼所指出的那样:"从本次会议可以看出,关于传统徽州社会问题,已经引起各学科的关注和研究兴趣,而通过中外学者的广泛交流和徽州学研究国际化的展开,以及理论与方法的不断创新,必将会为下一步的研究找到突破的方向,从而在更高的层面上取得

---

① 曹天生:《徽学研究的新动向——"首届国际徽学学术讨论会"综述》,《中国史研究动态》,1995年第6期。

② 参见赵华富:《首届国际徽学学术讨论会文集》,合肥:黄山书社,1996年。

优秀成果。"[①]会后，会议主办方从提交会议的40篇学术论文中精选了25篇，收入由周绍泉和赵华富主编的《'95国际徽学学术讨论会论文集》，由安徽大学出版社1997年出版发行。[②] 1998年8月16日至20日，由安徽大学、中国社会科学院徽学研究中心、安徽师范大学和绩溪县人民政府联合主办的第三届国际徽学学术讨论会在绩溪隆重召开，来自中国大陆、台湾、香港和日本、韩国等国家和地区的70余位专家学者共聚一堂，着重就徽州文书与徽学、徽州赋役与诉讼、徽州宗族与社会、徽州商人、徽州教育与文化、徽州民俗以及徽州历史人物等专题进行了深入而全面的讨论。会议主办者会后从参会论文中精选了38篇具有代表性的论文，收入由周绍泉和赵华富主编的《'98国际徽学学术讨论会论文集》，提交安徽大学出版社出版。[③]

三、徽学的学术内涵讨论不断深化

在这一阶段中，随着徽学研究团体和学术研究机构的相继建立，特别是徽学学术活动的不断举行和徽学国际交流的深层次开展，有关徽学的内涵与外延问题受到学术界的特别关注和重视。从80年代中叶开始，对徽学学术涵义的讨论就已初步展开，并逐步深化，渐渐使徽学这一崭新的研究领域得到学术界的普遍认可和接受。但迄今为止，关于徽学的涵义仍然存在一些分歧。概而言之，这些争议的焦点主要集中在研究对象及研究对象的时空界限划分上。关于徽学的研究对象问题，学术界主要观点有：

第一，历史文化说。持这一观点的人较多，以安徽省徽州学研究会、[④]

① 刘淼：《徽州学：面向世界的传统中国区域社会研究——"国际徽学学术讨论会"论题述要》，《江淮论坛》1996年第1期。

② 参见周绍泉、赵华富：《'95国际徽学学术讨论会论文集》，合肥：安徽大学出版社，1997年。

③ 周绍泉、赵华富主编：《'98国际徽学学术讨论会论文集》，合肥：安徽大学出版社，2000年。

④ 参见《徽州学丛刊》，1985年11月《创刊号》。

《江淮论坛》杂志社、[①]周绍泉、[②]张海鹏、[③]赵华富、[④]刘伯山[⑤]等为代表。张海鹏在《徽学漫议》一文中指出:"徽学即徽州学,或曰徽州文化。它是在原徽州(府)下属六县(歙、黟、休宁、祁门、绩溪、婺源)所出现的既有普遍性又有典型性并且具有一定学术含量的各种文化现象的整合。它植根于本土,伸展于各地,即是由'小徽州'和'大徽州'文化融合形成的内容丰富、品位较高的一座文化宝藏。"[⑥]赵华富称"徽州学是研究中国封建社会后期——特别是封建社会衰落时期,在徽州这个封闭、落后、贫困的山区出现的一种具有丰富性、辉煌性、典型性、全国性五大特点的徽州文化产生、繁荣、衰落的学问……徽州学是研究在一定时间和一定空间出现的一种特殊社会历史文化现象"。[⑦]

第二,徽州区域社会整体史说。这一观点以唐力行为代表。[⑧]

第三,社会经济史说。最先提出这一见解者为叶显恩,[⑨]但多年后,叶显恩修正了自己的观点,转而采用历史文化之说,认为"自 20 世纪 80 年代以来,一个以徽州历史文化为研究对象的新学科——'徽学'(或称'徽州学'),才勃然兴起"。指出"在 80 年代中期,基于当时的情况,我曾提出徽学的研究对象是徽州社会经济史。重新审视,此说显然过于狭窄"。[⑩]

第四,徽州契约文书说。最初主张这一观点的主要是刘和惠。尽管这一观念受到了不少学者的反对,如周绍泉认为"徽学的确不是徽州文书学"。但

---

① 《"徽州学研究"专栏致读者》,《江淮论坛》,1994 年第 1 期。

② 周绍泉:《徽州千年契约文书前言》,石家庄:花山文艺出版社,1991 年。

③ 张海鹏:《徽学漫议》,《光明日报》,2000 年 3 月 24 日。

④ 赵华富:《论徽州学的研究对象和意义》,《徽州社会科学》编辑部编:《徽学研究论文集》,黄山市社联,1995 年铅印本。

⑤ 刘伯山:《徽州文化简论》,《光明日报》,1996 年 4 月 16 日。

⑥ 张海鹏:《徽学漫议》,《光明日报》,2000 年 3 月 24 日。

⑦ 赵华富:《论徽州学的研究对象和意义》,《徽州社会科学》编辑部编:《徽学研究论文集》,黄山市社联,1995 年铅印本,第 21 页。

⑧ 唐力行:《徽州学研究的对象、价值、内容与方法》,《史林》,1999 年第 3 期。

⑨ 叶显恩:《徽州学在海外》,《江淮论坛》,1985 年第 1 期。

⑩ 叶显恩:《序一》,载姚邦藻主编:《徽州学概论》,北京:中国社会科学出版社,2000 年,第 4 页。

徽州文书的发现和研究又确实催生了徽学的产生。为此,周绍泉从新资料的发现促进新学科的产生这一视角,论述了徽州文书具有启发性、连续性、具体性、真实性和典型性五大特点,指出:"正是因为徽州文书具有上述诸多优点与特点,吸引了许多研究者全力以赴地研究它,以致出现了一门以徽州文书研究为中心、综合研究社会实态、探寻中国封建社会后期发展变化规律的新学科——徽学。""徽学所以会成为一门新学科,其根本原因还是大量徽州文书的发现。但这绝不是说,徽学只是研究徽州文书。不仅不是,而且必须在研究徽州文书的同时,研究内容异常丰富、成果异常辉煌的徽州历史文化。"①

第五,以徽州社会经济史为主体兼及徽州历史文化说。此说以卞利为代表。② 卞利早先亦主张徽学研究对象为徽州历史文化,③但随着研究视野的开阔,逐渐认识到历史文化说过于宽泛,遂改由此说。

关于徽学研究的性质与范围,学术界也有不同看法。相对而言,赞成徽学为徽州地域史研究范畴的观点较多。④ 但近来也有不少人认为,徽学研究范围不应局限于徽州本土地域范围,而应扩大至全国乃至海外,即要包括"小徽州"和"大徽州"的地域空间。徽学不仅要研究"小徽州",即徽州本土,而且应关注"大徽州",即徽商及徽州士人活动或聚居的中心地区,或者说是受徽州文化影响较大的地区。⑤ 对此,唐力行认为:"徽州学是以徽州区域社会整体历史作为自己的研究对象的,因此,举凡该区域曾经出现过的人以及由人的活动所造成的经济、文化、社会等各种事物均属徽州学研究的范畴。"他还套用胡适的"小绩溪"与"大绩溪"的概念,进一步指出:"徽州学虽是以徽州区域整体历史作为自己的研究对象,但是它的研究视野决不能局限于徽州本土

---

① 周绍泉:《徽州文书与徽学》,《历史研究》,2000年第1期。

② 卞利:《徽学的魅力》,《新安晚报》,2000年7月2日。

③ 卞利:《徽骆驼精神与徽州文化》,《江淮时报》,1998年10月2日。

④ 张海鹏:《徽学漫议》,《光明日报》,2000年3月24日;方利山:《徽州学与敦煌学之异同》,《徽州师专学报》(哲社版),1994年第5期。

⑤ 张海鹏:《徽学漫议》,《光明日报》,2000年3月24日。

一府六县范围，徽州学覆盖的地区大体可以分为三个层次，徽州本土是它的核心层次，中间层次涵盖沿长江、运河的市镇农村，其中心区乃是无徽不成镇的江南，外围层次则遍及全国远至海外了。如果说核心层次是小徽州的话，那么中间和外围层次可称之为大徽州……徽州学若无大徽州，徽州学也难成局面。"[①]至于将徽学纳入文化学的研究范畴的，也不乏其人。不过，即使将徽学纳入文化学范畴者，也都主张徽学属于历史文化学研究范畴。张海鹏即认为："徽学即徽州学，或曰徽州文化。它是在原徽州（府）下属六县（歙、黟、休宁、祁门、绩溪、婺源）所出现的既有普遍性又有典型性并且具有一定学术含量的各种文化现象的整合。它植根于本土，伸展于各地，即是由'小徽州'和'大徽州'文化融合形成的内容丰富、品位较高的一座文化宝藏。"[②]陈学文甚至将徽学研究对象提升至中华文化的高度，指出："徽学既是区域文化，又是中华文化。从徽学的产生和形成过程来说，它是中原文化的移植，也是中华多种文化在徽州这一特定的地域的汇合和凝聚，它不是单一的徽州地域文化。当然多种文化汇聚于徽州之后，也融入了徽州区域文化的特征。所以它仅是以徽州为命名的中华传统文化。其内核应是中华传统文化，即以儒学为中心的传统文化。"[③]然而，随着徽学研究向纵深发展，徽学作为一门综合性学科的看法，已经渐渐成为主流观点。毕竟徽学研究的对象，既有徽州历史、社会、经济、文化等人文社会科学研究的内容，也有数学、医学等自然科学研究的内容。因此，说徽学是综合性学科应当说不是没有道理的。教育部人文社会科学重点研究基地安徽大学徽学研究中心就是将徽学研究确定为综合性研究学科范畴的。

关于徽学研究的时间范围，有的学者将其定为中国封建社会后期的明清时期；[④]有的则认为主要为自北宋宣和三年（1121年）改歙州为徽州起至民国

---

① 唐力行：《徽州学研究的对象、价值、内容与方法》，《史林》，1999年第3期。

② 张海鹏：《徽学漫议》，《光明日报》，2000年3月24日；

③ 陈学文：《徽商与徽学》，北京：方志出版社，2003年，第103页。

④ 赵华富：《论徽州学的研究对象和意义》，《徽州社会科学》编辑部编：《徽学研究论文集》，黄山：黄山市社联，1995年铅印本。

元年(1912 年)废徽州府止,但应适当往前和向后延伸。[①] 有人则主张徽学研究时间应横跨古今,以明清时期为主。[②] 有人则明确反对徽学的时限之说,如刘伯山对将徽学研究时限定于中国封建社会后期的观点持不同意见,认为"将宋之前及鸦片战争之后的徽州文化断然割除在徽学研究之外……仅就其忘记了徽州文化当有其来源即产生的历史条件基础及以后演变来说,就应是不够完整的"。"南宋至清末的徽州文化应是徽学研究的主要内容或重点内容而不应是惟一内容"。另外,"徽州文化不能仅仅指在徽州本土上存在的文化,亦包括由徽州而发生,由本籍包括寄籍、侨居外地的徽州人而创造从而辐射于外、影响于外的文化,这其中的关键是要有对徽州的强烈认同"。[③]

对徽学或徽州学概念内涵与外延的讨论热潮,是在徽学研究繁荣发展、研究队伍不断壮大的基础上出现的。它标志着对徽学内涵和徽学学科的认识与讨论,已由过去个体研究者的自发行为转变为学者群体的自觉意识和行为。这一讨论有力地推动了徽学研究的进一步发展与徽学学科的规范化建设,其学术理论价值和实践意义是显而易见的。

第二节　徽学研究文献的系统整理和出版

这一时期,徽学研究资料的系统整理与出版取得了非常显著的成就。随着徽学研究的深入发展,收藏在海内外的大量徽学原始资料受到了学者们的高度重视。为了更好地开展徽学的专题研究,一批徽学专家开始把大量精力投向了徽州原始资料的搜集与整理工作,并取得了极其突出的成果。

在对徽学资料进行搜集和整理的过程中,张海鹏和周绍泉等作出了重要的贡献。1985 年,张海鹏、王廷元主编,张海鹏、王廷元、唐力行、王世华合编

---

① 张海鹏:《徽学漫议》,《光明日报》,2000 年 3 月 24 日。

② 卞利:《徽骆驼精神与徽州文化》,《江淮时报》,1998 年 10 月 2 日。

③ 刘伯山:《徽州文化的基本概念及其研究价值》,《杭州徽学研究会十周年纪念文集》,徽学研究会 1997 年印刷。

的《明清徽商资料选编》由黄山书社正式出版并向海内外公开发行，这是迄今为止最早也是最权威的徽学专题资料汇编之一。鉴于徽商研究资料分散、研究者查阅和利用不便等窘状，《明清徽商资料选编》一书的编纂者们筚路蓝缕，克服重重困难，将散见于各类文献记载中的徽商资料分别以“明清时期的徽州社会”“徽商资本的来源与积累”“徽商经营的行业”“徽商的活动方式和经营方式”“徽商资本的出路”“徽商的政治态度以及徽商与学术文化”等七个专题，并对其进行科学的归类与排列，书后还专门附有引用书目的索引，供研究者查对原书参考。关于该书的编纂情况和学术价值，编者在《前言》中指出：“我们集研究室全体同人之力，并借‘地利’、‘人和’的有利条件，在最近几年中，利用教学之余，冒寒暑，舍昼夜，到有关图书馆、博物馆、科研单位以及徽州各地，访求珍藏，广搜博采，从史籍、方志、谱牒、笔记、小说、文集、契约、文书、碑刻、档案中，进行爬梳剔取，初步摘录近四十万言，编辑成册，定名为《明清徽商资料选编》。这部徽商资料集共涉猎各类书籍共二百三十余种，其中徽州各姓的族谱、家规近百种。我们在搜集资料的过程中发现，徽商的事迹，谱牒所载往往比史、志更翔实而具体，有不少是史、志所不载而家谱记述之……我们从所披阅的族谱中，采摘了不少徽商活动的资料，从而也使这部资料集别具特色。当然，族谱中不乏夸张溢美之词，但其史料价值则是必须肯定的。”①《明清徽商资料选编》的问世，为中外学者研究徽商提供了极大的便利，有力地促进了徽学研究的发展，“正是这部书，为徽商研究竖立了第一座里程碑，奠定了张海鹏教授在徽学研究中的重要学术地位”。②

从 80 年代后期开始，由安徽省古籍整理出版规划委员会组织的《安徽古籍丛书》，致力于对 1912 年前安徽人著作的整理与出版，从 1990 起，先后推

① 张海鹏、王廷元等：《明清徽商资料选编》，合肥：黄山书社，1985 年。

② 王世华：《张海鹏与徽学研究》，《安徽师范大学学报》（人文社科版），2001 年第 1 期。

出了民国许承尧的《疑庵诗》、[①]宋罗愿的《尔雅翼》、[②]清王茂荫的《王侍郎奏议》、[③]明朱升的《朱枫林集》、[④]明程昌的《窦山公家议校注》、[⑤]清黄生的《杜诗说》、[⑥]宋方岳的《方秋崖诗词校注》[⑦]等多种徽州籍著名学者、官员和宗族文献的点校或校注本。

有关徽州著名历史人物的文集,也得到了整理、研究和出版。仅戴震的文集就有多种版本问世,如汤志钧校点的《戴震集》。[⑧] 张岱年主编的6卷本《戴震全书》,[⑨]更是汇集了皖派朴学家戴震的几乎全部著述。戴震研究会组织编纂的《戴震全集》,[⑩]也已由清华大学出版社出版。有关徽州的经学家和史学家的著述,这一时期也受到了各地研究者的重视,相继推出了一系列整理和研究成果,如钟哲点校整理的清代经学家江藩的《国朝汉学师承记》、[⑪]王延陵点校的清著名经学家凌廷堪的《梅边吹笛谱》[⑫]等。诸伟奇和胡益民点校、元朝诗人方回撰的《瀛奎律髓》,也在1994年由黄山书社出版。

在徽商、徽州宗族资料和徽州契约文书相继整理出版的同时,作为徽学研究重要内容的新安医学典籍的整理出版工作也在积极进行之中。由王乐匋等著名新安医学传人、中医学家组成的《新安医籍丛刊》编委会,从1985年起相继对140余种新安医学古籍文献进行了点校整理,并由安徽科技出版社

---

① (民国)许承尧撰,汪聪、徐步云点注:《疑庵诗》,合肥:黄山书社,1990年。

② (宋)罗愿撰,石云孙点校:《尔雅翼》,合肥:黄山书社,1991年。

③ (清)王茂荫撰,张新旭、张成权、殷君伯点校:《王侍郎奏议》,合肥:黄山书社,1991年。

④ (明)朱升撰,刘尚恒校注:《朱枫林集》,合肥:黄山书社,1992年。

⑤ (明)程昌撰,周绍泉、赵亚光校注:《窦山公家议校注》,合肥:黄山书社,1993年。

⑥ (清)黄生撰,徐定祥点校:《杜诗说》,合肥:黄山书社,1994年。

⑦ (宋)方岳撰,秦效成校注:《方秋崖诗词校注》,合肥:黄山书社,1998年。

⑧ (清)戴震撰,汤志钧校点:《戴震集》,上海古籍出版社,1980年。

⑨ (清)戴震撰,张岱年主编:《戴震全书》,合肥:黄山书社,1997年。

⑩ (清)戴震撰,戴震研究会、徽州师范专科学校、戴震纪念馆编纂:《戴震全集》,北京:清华大学出版社,1991—1997年。

⑪ (清)江藩撰,钟哲整理:《国朝汉学师承记附国朝经师经义目录 国朝宋学渊源记》,北京:中华书局,1983年。

⑫ (清)凌廷堪撰,王延陵校:《梅边吹笛谱》,哈尔滨出版社,1991年。

陆续出版。由梅荣照和李兆华校释的明代珠算学家程大位的《珠算统宗校释》,也于1990年由安徽教育出版社影印出版。

总而言之,在这一阶段中,对徽学研究各类资料的搜集、整理、研究与出版工作取得了极为突出的成就。这些“藏在深闺人未识”的珍稀徽州文献资料的系统整理与出版,为这一时期徽学研究的全面深入开展打下了一个坚实的学术基础,有力地促进了徽学研究的健康与快速发展。

第四章　20世纪70年代中后期至90年代末徽商研究领域的拓展

20世纪70年代中后期至90年代末，在徽学组织和研究机构的大量建立、学术活动的频繁开展以及徽学研究资料整理出版不断繁荣的背景下，徽学研究也开始向纵深领域拓展，出现了研究成果数量大、质量高的良好局面。综合学术界业已取得的各类研究成果，我们大体可将这一时期的徽学研究成果分成以下几个方面加以综述。

第一节　徽商的起源与发展阶段探讨取得新进展

徽商研究向来是徽学研究不可或缺的重要内容之一。在前两个阶段徽商研究取得丰硕成果的基础上，20世纪70年代中后期至90年代末，徽商研究在许多方面和领域又取得了突破性进展。

自40年代末、50年代初傅衣凌和日本人藤井宏相继发表《明代徽商考》与《新安商人研究》以来，由于“文革”十年浩劫的影响，除了美国和中国台湾地区的两淮盐商研究有所推进外，中国大陆学术界对徽商的研究同其他史学研究领域一样，几乎陷入低迷甚至停滞状态。1978年12月，随着中国大陆改革开放政策的推行，这一局面渐渐有所改观。而伴随我国社会主义现代化建设步伐的加快，徽商研究再度受到研究者的特别关注，并相继推出一批有分量和力度的研究成果。

1980年,叶显恩率先在《中国史研究》杂志发表了《试论徽州商人资本的形成与发展》一文,全面对徽商的资本形成与发展过程进行了考察。这是"文革"结束后第一篇公开发表的有关徽商研究的学术论文。① 从此,揭开了这一阶段徽商研究的序幕,促成了一批有价值的徽商研究论著问世。其中尤以张海鹏、王廷元主编的《徽商研究》最为突出。在这部近55万言的徽商研究专著中,作者们分别从徽州商帮的形成与发展、徽商的资本积累、徽商在长江流域的经营活动、徽商与两淮盐业,以及徽商在茶、木、粮、典和棉布业中的经营活动,徽商与封建势力、徽商的贾儒观与商业道德、徽商资本的出路、徽商与徽州文化、徽商个案研究和徽商的衰落等十一个方面,对驰骋明清商业舞台数百年的徽州商帮进行了迄今为止最为全面系统的研究。② 在研究方法、学术见解和史料利用等方面,都堪称徽商和徽学研究中的一部极具创新性的研究成果。对此,池子华在《徽商研究的新收获——简评〈徽商研究〉》一文中,从研究方法、内容观点和史料应用三个方面,对该书给予了高度评价,指出:"整体性研究和个案研究、宏观研究与微观研究的有机结合,是本书采用的重要研究方法","新见迭出,新的开拓,给人以新的启迪","资料翔实、丰富。"

在这之前,张海鹏还与张海瀛共同主编了《中国十大商帮》一书。③ 据笔者不完全统计,至2000年初,已经出版了有关徽商研究(含资料汇编)的专著近20部。它们分别是《江淮论坛》编辑部主编的《徽商研究论文集》、④唐力行的《商人与中国近世社会》、⑤朱世良等撰写的《徽商史话》、⑥王磊的《徽州朝

① 叶显恩:《试论徽州商人资本的形成与发展》,《中国史研究》,1980年第3期。
② 张海鹏、王廷元主编:《徽商研究》,合肥:安徽人民出版社,1995年。
③ 张海鹏、张海瀛主编:《中国十大商帮》,北京:黄山书社,1993年。
④ 《江淮论坛》编辑部主编:《徽商研究论文集》,合肥:安徽人民出版社,1985年。
⑤ 唐力行:《商人与中国近世社会》,杭州:浙江人民出版社,1993年。
⑥ 朱世良等:《徽商史话》,合肥:黄山书社,1992年。

奉》、[①]王振忠的《明清徽商与淮扬社会变迁》、[②]金家保主编的《近代商人》、[③]曹天生的《中国商人》、[④]唐力行的《商人与文化的双重变奏——徽商与宗族社会的历史考察》、[⑤]张海鹏、王廷元主编的《徽州商帮：輸墨儒商，信义为先》、[⑥]王世华的《富甲一方的徽商》、[⑦]周晓光和李琳琦的《徽商与经营文化》、[⑧]汪明裕主编的《古代商人》。[⑨] 此外，叶显恩的《明清徽州农村社会与佃仆制》、陈学文的《中国封建社会晚期的商品经济》、[⑩]高寿仙的《徽州文化》、[⑪]刘淼的《明代盐业经济研究》、[⑫]范金民的《明清江南商业的发展》[⑬]，以及唐力行的《明清以来徽州区域社会经济研究》[⑭]等著作中，也有大量涉及徽商专题研究的内容。

关于徽商研究的主要情况及学术界争论的焦点问题主要集中在以下一些方面：

一、关于徽商起源的讨论与分歧

学界对徽商的起源或形成时间问题分歧较大。李则纲从徽州地理环境和区位优势两个角度，分析了徽商的起源，提出了徽商萌芽于东晋和南朝时

---

① 王磊：《徽州朝奉》，福州：福建人民出版社，1994年。

② 王振忠：《明清徽商与淮扬社会变迁》，北京：生活·读书·新知三联书店，1996年。

③ 金家保：《近代商人》，合肥：黄山书社，1996年。

④ 曹天生：《中国商人》，兰州：甘肃人民出版社，1997年。

⑤ 唐力行：《商人与文化的双重变奏——徽商与宗族社会的历史考察》，武汉：华中理工大学出版社，1997年。

⑥ 张海鹏、王廷元：《徽州商帮：輸墨儒商，信义为先》，香港：中华书局，1995年。

⑦ 王世华：《富甲一方的徽商》，杭州：浙江人民出版社，1997年。

⑧ 周晓光、李琳琦：《徽商与经营文化》，上海：世界图书出版社，1998年。

⑨ 汪明裕主编：《古代商人》，合肥：黄山书社，1999年。

⑩ 陈学文：《中国封建社会晚期的商品经济》，长沙：湖南人民出版社，1989年。

⑪ 高寿仙：《徽州文化》，沈阳：辽宁教育出版社，1993年。

⑫ 刘淼：《明代盐业经济研究》，汕头大学出版社，1996年。

⑬ 范金民：《明清江南商业的发展》，南京大学出版社，1998年。

⑭ 唐力行：《明清以来徽州区域社会经济研究》，合肥：安徽大学出版社，1999年。

期的看法。[①] 叶显恩也持徽商产生于东晋的观点，认为：徽商起源于东晋，宋代得到初步发展，明嘉靖以后至清乾隆末年以前是徽商发展的全盛时期。[②] 汪绍铨同样主张徽商形成于东晋，并认为：唐至五代徽商较为活跃，宋代则是徽商的成长期，元末明初徽商有一定发展，明嘉靖至清乾隆末年为徽商发展的黄金时期。[③] 傅衣凌主张徽商起源于宋代。[④] 刘和惠则认为，作为一个地方性的商业集团，徽商这一实体肇始于南宋后期，发展于元末明初，形成于明代中叶，盛于明嘉靖以后至清康熙、雍正时期。[⑤]

史铎并不同意徽商起源于东晋之说，他剖析了《晋书》等关于"新安人歌舞离别之辞"记载的社会背景，而且从内因与外因两个方面论证其不足以成为徽商起源的理由，认为"徽商"与徽州商人或新安商人并不是一个等同的概念。"既然如此，为什么又有'徽商兴起于东晋'之研讨呢？显然是因为'新安歌舞'成了障目之一叶。'新安歌舞'是个客观的存在，'新安商人'也是'客观的存在'。于是，一个推溯其因果的逻辑链条便被构结起来了：士族营商的传统——具有此营商传统的士族迁入徽州——徽商的兴起"。东晋时的徽州缺乏徽商兴起的现实经济基础，"新安歌舞"实非新安商人妇之辞。[⑥] 王廷元也对徽商起源于东晋、唐宋之说与学界同仁进行了商榷，认为"徽商的历史固可以追溯到很早的年代，但是徽商的历史则应该是从明中叶开始的。徽商，指以乡族关系为纽带所结成的徽州商人群体，它与晋商、闽商、粤商一样，是一个商帮的称号。所以徽商始于何时的问题，就是徽州商帮何时形成的问题。徽州商帮的形成必须有两个条件：其一是有一大批手握巨资的徽州富商构成

① 李则纲：《徽商述略》，《江淮论坛》，1982 年第 1 期。

② 叶显恩：《试论徽州商人资本的形成与发展》，《中国史研究》，1980 年第 3 期。

③ 汪绍铨：《徽商在中国商业史上的地位和作用》，《商业经济与管理》，1985 年第 2 期。

④ 傅衣凌：《明代徽州商人》，《徽商研究论文集》，合肥：安徽人民出版社，1985 年。

⑤ 刘和惠：《徽商始于何时》，《江淮论坛》，1982 年第 4 期。

⑥ 史铎：《"新安人歌舞离别之辞"的历史内容——徽商起源札记(一)》，《学术界》，1982 年第 2 期；史铎：《关于徽商起源于东晋的外因论与内因论——徽商起源札记(二)》，《学术界》，1989 年第 2 期。

商帮的中坚力量;其二是,商业竞争日趋激烈,徽州商人为了战胜竞争对手,有结成商帮的必要,而这两个条件只有到明朝中叶才能具备”。[①]

客观地说,徽商起源于东晋之说确实有些勉强。零星的商人在人群聚居之处经商活动很早就存在,但作为一种约定俗成的特定称谓,“徽商”指的是徽州商帮群体,而非单个徽州商人的个体。就此而言,徽商起源于东晋之说,确实缺乏坚实的史料支撑,难以成立。

二、徽商的形成和衰落原因及其发展阶段

对于徽商形成的原因,绝大部分学者认为徽商的形成是由于徽州山多田少、人多地寡的环境所致。而徽州本土林木、茶叶的经济资源丰富和距离江南等地区交通等区位优势明显,也是直接促成徽商形成不可忽视的重要因素。叶显恩即认为,徽商形成得力于徽州丰富的经济作物资源和徽州本土所盛行的佃仆制。[②] 王廷元还强调了徽商形成的制度因素,认为明中叶以来,“随着商品货币经济的发展,封建国家的赋役制度也发生了相应变化。自金花银的征收到一条鞭法的推行,赋税折征货币的部分日益增加,以致占据赋税总额的绝大部分。这一变化既是商品经济发展的反映,又是促进商品经济发展的一个重要因素”。认为徽州商帮形成的原因主要是徽人有从商的风习及结伙经商现象普遍,“徽”“商”二字已相连成词。综合以上因素,王廷元认为徽州商帮的形成时间,应在明代成化和弘治之际。[③]

而明代中叶商品流通范围的日益扩大,商业活动的空前活跃,直接促进了徽商等地域性商帮的崛起。[④] 唐力行则考察了徽商兴起的社会背景,认为徽商的兴起得力于宗族势力。为证明这一观点,他还进一步具体论述了宗族

---

① 王廷元:《论徽州商帮的形成与发展》,《中国史研究》,1995年第3期;又见张海鹏、王廷元:《徽商研究》,合肥:安徽人民出版社,1995年。

② 叶显恩:《试论徽州商人资本的形成与发展》,《中国史研究》,1982年第3期。

③ 王廷元:《论徽州商帮的形成与发展》,《中国史研究》,1995年第3期;又见张海鹏、王廷元:《徽商研究》,合肥:安徽人民出版社,1995年。

④ 叶显恩:《明清徽州农村社会与佃仆制》,合肥:安徽人民出版社,1983年,第97页。

在徽商发展过程中的五大作用，即“依托宗族势力，获取资金和人力上的支持”“利用宗族势力，建立商业垄断”“强化宗族实力，展开商业竞争”“借助于宗法制度，控制从商伙计”和“联结宗族势力，组成徽州商帮”，这些作用正是宗族文化影响徽商经营活动的集中体现。① 唐力行还认为，徽商的形成与其群体心理整合及价值观变革密切相关。认为徽商心理整合的过程也是其价值观变革的过程，“徽商群体心理整合的核心，便是以新的价值观对抗传统的价值观，并以新的价值观作为群体成员行动的心理依据和追求目标……徽商形成是诸多历史的、人文的、地理的因素综合作用的结果”。② 高寿仙综合分析了学术界关于徽商兴起原因的各家观点，即山多田少、人众地寡，徽州本地所产粮食远远不能满足居民的需要；赋税繁重，加重了徽州人民的负担；物产多样，提供了丰富的商业经营品种；区位优势，毗邻经济发达地区，为商业发展提供了良好的环境。他认为，尽管上述因素在促进徽州商业发展方面发挥着相当的作用，“但以此解释‘以商贾为第一等生业’的风俗的形成却嫌不够充分。放眼广阔的中华大地，具备上述思想条件的并非限于徽州一地，但只有徽州建立了深厚的商业传统。这实与徽州宗族的稳固有关，或者说是自然条件与宗族特性相互作用的结果”。③ 此外，徽商形成和称雄商界数百年而不衰，还得力于宗族与商业技术的传承。徽州妇女在徽商产生和繁荣发展中也发挥了自身独特的作用。④

徽商自形成以后，经历了发展、鼎盛和衰落几个重要阶段。对此，学术界进行了较为深入的探讨。

张海鹏、王廷元认为：徽州商帮自形成至解体的400余年中，其势力的兴衰消长经历了四个不同阶段：从明代成化、弘治之际到万历中叶的100余年间是徽州商帮的发展阶段；从万历后期到清代康熙初年的近百年间是徽商发

① 唐力行：《商人和文化的双重变奏——徽商与宗族社会的历史考察》，武汉：华中理工大学出版社，1997年；《明清以来徽州区域社会经济研究》，合肥：安徽大学出版社，1999年。

② 唐力行：《论徽商的形成及其价值观的变革》，《江淮论坛》，1991年第2期。

③ 高寿仙：《徽州文化》，沈阳：辽宁教育出版社，1993年，第81页。

④ 高寿仙：《徽州文化》，沈阳：辽宁教育出版社，1993年，第88页。

展遭受挫折阶段；自康熙中叶到嘉庆、道光之际是徽商的兴盛阶段；自道光中叶至清末则是徽州商帮的衰落和解体阶段。①

徽商在经历了兴起、发展和鼎盛阶段之后，在清代中叶之后逐步走向了衰落。那么，徽商何时从繁盛的巅峰跌入衰落的深渊？造成徽商衰落的主要的原因有哪些？对此，叶显恩认为：徽商崛起于明代中叶、鼎盛于清代乾隆年间，在商界称雄300年，但在道光以后，全面走向衰落。造成徽商衰落的原因有四：一是随着清朝政权盐业政策的改革，即由"纲盐法"改为"票盐法"之后，作为徽商主要经营的盐业利润一落千丈；二是咸丰、同治年间发生的"兵燹"，徽州茶商亏折不止，渐趋衰落，奄奄一息。徽商的主要经营地长江三角洲地区和徽商徽州本土也遭受了空前的浩劫；三是身兼商人、地主和官僚三位一体的徽商，具有明显的封建性特征，服务于封建制度。徽州缙绅势力衰落，使徽商失去了政治靠山，造成了徽商的衰败；四是徽商挥金如土的奢侈性消费，也是导致徽商最终走向衰落的重要因素。王思治、金成基合著的《清代前期两淮盐商的盛衰》一文，则集中对清代前期以徽商为主体的两淮盐商兴盛与衰落进行了探讨。指出：明清之际政权更易时，两淮盐商曾遭到沉重打击，濒临破产。但清朝康熙以后，两淮盐商在盐官和皇帝的大力扶持下，得以垄断厚利，至乾隆年间达到了鼎盛阶段，成为巨大的封建商业资本集团。但盛极而衰，到嘉庆以后，随着清朝的由盛转衰，两淮盐商开始急剧衰落，到道光时期纷纷破产。之所以导致以徽商为主体的两淮盐商最终由盛而衰，主要是由于清朝盐商政策的改变、无穷无尽的捐输、日益沉重的盐课负担和官吏的种种贪污勒索。②

关于徽商衰落的原因，叶显恩认为，称雄商界、显赫一时的徽商在晚清衰落了，徽商是在封建政权的庇护下得到发展，但在享受诸多优惠经营条件和特权的同时，也受到封建政权的勒索与榨取。各种捐输特别是嘉庆朝的捐

① 王廷元：《论徽州商帮的形成与发展》，《中国史研究》，1995年第3期；又见张海鹏、王廷元主编：《徽商研究》，合肥：安徽人民出版社，1995年。

② 王思治、金成基：《清代两淮盐商的盛衰》，《中国史研究》，1981年第2期。

输，不仅将徽商通过封建特权获得的利润囊括而去，“甚至有的连老本也被捐输了”。这是导致徽商衰落的一个重要原因。而陶澍的易“票盐法”为“票盐法”改革，清军与太平军在江南和徽州本土的战争，也是导致徽商衰落的不可忽略的原因。嘉庆以后徽州缙绅势力的式微，使徽商失去了政治靠山，不可避免地造成了徽商在晚清时期的衰落。[①]

周晓光认为，徽州商帮衰落是多方面综合因素作用的结果。其中 19 世纪 50 至 60 年代太平军和清军之间的战争，加速了徽州商帮的衰落。具体是：其一长江中下游地区是徽州商帮经营活动最集中的地区，也是这一时期中国战乱最严重的地区，徽商在江南市镇经营活动在“兵燹”中陷于瘫痪；其二是这一时期的战乱给徽州本土造成了严重冲击，徽商家园遭受毁灭性打击；其三是战乱直接打击了徽州商人及其商业资本，清政府茶叶税的增加和厘金税的开征，加重了徽商的负担，徽商由此一蹶不振。

张海鹏、王廷元主编的《徽商研究》分析了包括盐商在内的徽商衰落的原因，指出：“徽州商帮在明清商界叱咤近 300 年，其衰落是政治、经济、战争等多种因素的综合结果。同时，徽州商帮的衰落过程并非是一朝一夕的，而是有着波澜起伏。大致而言，道光三十年（1850 年）以前，盐商是徽州的中坚；道光以后，则是茶商支撑着徽商的残局。因此，徽州商帮的衰落呈现了明显的阶段性：前一阶段盐商的衰落昭示着徽州商帮走下坡路的开始；后一阶段茶商的盛而复衰，则表明徽州商帮最终结束了其盛极 300 年的历史。”[②]徽州盐商的衰落主要是由于清嘉庆、道光年间每况愈下的经营状况、非经营性的资本消耗和道光年间的盐法改革。盐商的衰落对包括徽州茶商等在内的徽商的衰落产生了重要影响。作为盐商衰败之后的徽州商帮的中流砥柱茶商，在咸丰、同治以后中兴，但至光绪中叶即盛极而衰。该书作者认为：徽州茶商的衰落也是由各种内外因素造成的，其中最为重要的因素有三点：资本和利润的非经营性消费投入过多，严重影响了徽州茶商的资本积累和正常商业活

① 叶显恩：《徽商的衰落及其历史作用》，《江淮论坛》，1982 年第 3 期。

② 张海鹏、王廷元主编：《徽商研究》，合肥：安徽人民出版社，1995 年，第 631～632 页。

动，导致元气大伤；清政府大幅提高茶叶税率及光绪中叶前后茶叶价格锐跌；洋茶的冲击和洋商的压抑。[①] 值得一提的是，《徽商研究》一书在论述徽商衰落过程时，还特别指出："封建性的徽州商帮衰落后，徽州籍的商人在各地的经济生活中，仍是一支不可忽视的力量，有的竟成为民族资产阶级中的成员。"[②]

第二节　徽商的经营领域与活动范围研究取得突破

一、徽商的经营领域

关于徽商的经营领域与活动范围是徽学界讨论较多的一个问题。应当说，凡是能够盈利的商业领域，徽商都涉足经营，诸如盐业、典当业、茶业、木材业、粮食运输业、棉布和丝绸业，以及墨业、饮食业等，但"以盐、典、茶、木为最著"。[③]

万历《歙志》云："其货无所不居，其地无所不至，其时无所不骛，其算无所不精，其利无所不专，其权无所不握。而举其大者，则莫如以盐策之业贾淮、扬之间而已。"[④]盐业是徽商经营的主要领域。因此，有关盐商和盐业经营引起了学界较大关注。王思治、金成基探讨了清代前期两淮盐商的盛衰，指出：对包括徽州盐商在内的清代两淮盐商的研究，是清代经济史的一个重要课题。认为，乾隆时期两淮盐商在清政府"恤商裕课"政策下发展到极盛阶段，但在乾隆以后因无穷无尽的捐输和道光初年陶澍盐法改革而走向衰落。[⑤]张海鹏对徽商进入两淮盐业的几个阶段进行了探讨，认为：元末明初徽商已经进入两淮盐业，明代中叶和清代康熙、乾隆之际，徽商两次联袂来到两淮。

① 张海鹏、王廷元主编：《徽商研究》，合肥：安徽人民出版社，1995年。
② 张海鹏、王廷元主编：《徽商研究》，合肥：安徽人民出版社，1995年，第664页。
③ 民国《歙县志》卷一《舆地志・风土》。
④ 万历《歙志》传卷十《货殖》。
⑤ 王思治、金成基：《清代前期两淮盐商的盛衰》，《中国史研究》，1981年第2期。

“清康、乾时代是两淮盐业的极盛时期，也是徽商在两淮的极盛时期”。[①] 他还进一步分析了徽州盐商称雄两淮的原因，认为同最早进入两淮的盐商相比，徽商之所以能够后来居上，主要在于徽商具有地缘优势、文化优势、政治优势和宗族优势。[②] 薛居正对明代徽州盐商的历史演变进行了探讨，认为明初的开中制是为军事目的而创制的一种招商代销制度，它催生了包括徽州盐商在内的盐商群体的形成。明代中叶以后的开中折色制度，则使开中商人分化为边商、内商和水商，而开中折色和商、灶之间直接购销关系的建立，从根本上动摇了开中制的基础。在纲运制下内商演变成了包销商人，最后导致内商的客籍化、富豪化和缙绅化。“以内商为主体的明代盐商政治、经济实力的不断增长，是中国封建社会晚期的重要现象，它不但兆示着封建官盐业已开始全面衰微，而且反映了作为我国封建社会根本国策的重农抑商方针已发生了原则性的重大改变”。[③] 郑力民研究了开中制对徽州盐商的影响，认为徽商能够业盐，首先是因为开中制的实行。而弘治五年(1492 年)开中折色的改革，对徽州盐商的兴盛更是起到了重要作用。[④] 萧国亮则对两淮盐商的奢侈性消费及其经济影响进行了分析。[⑤] 朱宗宙、张棪分析了清代道光年间两淮盐业中改纲为票的制度性变革及其对包括徽商在内的两淮盐商的影响，指出:“两淮盐商盛极一时，康熙中叶至乾隆朝是它的鼎盛期，自嘉道以后，渐趋没落。两淮盐商的没落，原因是多方面的，但纲盐制改为票盐制，无疑是一剂催命药，它从盐法制度上挖去了盐商们赖以兴盛的土壤，促使它彻底没落。”[⑥]刘淼论述了大盐商鲍志道的生平和家世，并就徽州盐商的特点和对扬

---

① 张海鹏:《徽商进入两淮的几个阶段——“明清徽商与两淮盐业”研究之一》，载张海鹏、王廷元主编:《徽商研究》，合肥:安徽人民出版社，1995 年。

② 张海鹏:《徽商在两淮盐业经营中的优势——“明清徽商与两淮盐业”研究之二》，载《明史研究》总第 4 辑，合肥:黄山书社，1994 年。

③ 薛居正:《明代盐商的历史演变》，《中国史研究》，1980 年第 2 期。

④ 郑力民:《徽商与开中制》，《江淮论坛》，1982 年第 2 期。

⑤ 萧国亮:《清代两淮盐商的奢侈性消费及其经济影响》，《历史研究》，1982 年第 4 期。

⑥ 朱宗宙、张棪:《清代道光年间两淮盐业中的改纲为票》，《扬州师院学报》(社会科学版)，1982 年 3—4 期。

州城市经济的影响进行了分析。[①] 汪士信则对清乾隆时期徽商在两淮盐业中的利润和流向进行了探讨。[②] 江巧珍则以歙县江氏盐商为例，探讨了徽州盐商的盛衰。[③] 王振忠在徽州盐商研究方面成就尤为显著，不仅对包括徽州盐商在内的两淮盐商中的一些制度，如盐务首总制、[④]商籍制、[⑤]徽商与两淮盐务月折制进行研究，[⑥]而且对聚居于扬州、汉口、浙江等地的徽州盐商都作了具体而深入地研究。[⑦] 更为重要的是，在《明清徽商与淮扬社会变迁》一书中，他还把明清时期两淮盐业中的"占窝""月折"和"商籍中无徽商"等问题，置于大的宏观制度史背景中进行考察，并由小见大，由此及彼，不仅使我们借以窥见明清两代科举制度和考试资格问题之一斑，而且对徽商为何能够控制两淮盐政和"月折"的问题，也有了更深层面的理解。不唯如此，该书还利用新发现的史料，"以明清两代淮扬地区的盐政盐务为主轴，以徽商活动和社会文化习俗的变迁为两翼，历历如绘地展出一幅历史长卷，是工笔画，细部清晰；又是远景图，整体在目"。[⑧] 刘淼探讨了徽州盐商的经营特点，指出明末实行纲运制以后，以徽州盐商为主体的明代内商完全成为封建王朝庇护下的盐商垄断集团；清代徽州盐商则已成为专营盐业的资本集团。由于在两淮盐

---

① 刘淼：《徽商鲍志道及其家世考述》，《江淮论坛》，1983年第3期；《徽州盐商的经营特点》，《徽学》（内刊），1986年第1期；《清代前期徽州盐商和扬州城市经济的发展》，《安徽史学》，1987年第3期。

② 汪士信：《乾隆时期徽商在两淮盐业经营中应得、实得利润与流向试析》，《中国经济史研究》，1989年第3期。

③ 江巧珍：《徽州盐商兴衰的典型个案：歙县江氏〈二房赀产清簿〉》，《安徽师范大学学报》（人文社科版），1999年3期。

④ 王振忠：《清代两淮盐务首总制度研究》，《历史档案》，1993年第4期。

⑤ 王振忠：《两淮"商籍"何以无徽商》，《盐业史研究》，1994年第1期。

⑥ 王振忠：《徽商与两淮盐务"月折"制度初探》，《江淮论坛》，1993年第4期。

⑦ 王振忠：《明清两淮盐商与扬州青楼文化》，《复旦学报》（社会科学版），1991年第3期；《清代汉口盐商研究》，《盐业史研究》，1993年第3期；《明清浙江盐商、徽歙新馆鲍氏研究——读〈歙新馆鲍氏著存堂宗谱〉》，《徽州社会科学》，1994年第2期。

⑧ 陈克艰：《历史具体和理论"态度"——评〈明清徽商与淮扬社会变迁〉》，《史林》，1997年第3期；王振忠：《明清徽商与淮扬社会变迁》，北京：生活・读书・新知三联书店，1996年；王振忠：《明清淮安河下徽州盐商研究》，《江淮论坛》，1994年第5期。

商中徽州盐商所占比例最高,“两淮八总商,邑人恒占其四”,[①]故徽州盐商势力亦最强,淮盐产销的各个环节也多为徽商所把持。[②] 范金民研究了明清时期徽州盐商在两浙地区的经营活动,指出,杭州徽商也以业盐为最多,浙盐由徽商主销。[③]

典当业是徽商经营仅次于盐业的又一重要行业。王廷元、王世华探讨了徽州典商的经营情况。[④] 王廷元认为,明清徽州典当商人的发展和兴盛,主要表现在所开典铺甚多,且分布极广,几乎遍布全国各地;再就是典铺资本雄厚。这一现象是由当时社会经济条件造成的:一是商品经济的发展使得白银成为流通货币;二是南方各省押租制盛行扩大了白银作为支付手段的功能;三是农民的日益贫困使其对货币需求迫切,越来越多的人依赖典当铺以解燃眉之急;四是拥有大量财富的徽商信用提高,且其所开设的典当铺信用得到官府保证。[⑤] 王世华在《明清徽州典商的盛衰》一文中,对明清时期典当业的盛况和徽州典商产生、发展、兴盛与衰落的过程进行了系统的梳理,分析了其所具有的鲜明特点。认为商品经济发展的需要;风险较小,获利稳靠;典铺税额低,徽商资本雄厚且世代相传,这些都是徽商产生、发展和兴盛的主要原因。而从业人数众且店铺分布广、典业规模大、典商兼业多以及讲求商业道德等,则是徽州典商的主要特点。徽州典商从明代中叶开始,经历了 300 余年的辉煌时期,至近代在内忧外患交困的条件下走向衰落。[⑥] 范金民在《明清江南商业的发展》一书中指出,明清时期,典当业是徽商在江南所从事的一个面广量大的行业,苏州、杭州和南京等大城市是徽州典商最为集中之地,江

---

① 民国《歙县志》卷一《舆地志·风土》。

② 刘淼:《徽州盐商的经营特点》,《徽学》,1986 年第 1 期。

③ 范金民:《明清江南商业的发展》,南京大学出版社,1998 年,第 195～196 页。

④ 王廷元:《徽州典商述论》,《安徽史学》,1986 年第 1 期;王世华:《明清徽州典商的盛衰》,《清史研究》,1999 年 2 期。

⑤ 王廷元:《徽州典商述论》,《安徽史学》,1986 年第 1 期;又见张海鹏、王廷元主编:《徽商研究》,合肥:安徽人民出版社,1998 年,第 289～300 页。

⑥ 王世华:《明清徽州典商的盛衰》,《清史研究》,1999 年第 2 期。

南中小城市也是徽州典商开张兴旺之处。①

茶商是徽商队伍中仅次于盐商和典当商的经营群体。吴仁安、唐力行则对明清徽州茶商的活动范围、在商业竞争中居于有利地位的原因及其盛衰情况进行了探讨。认为明清徽州茶商活动范围波及国内外，在与其他商帮的竞争中居于有利地位，主要是有四个原因：一是他们读书明理，精于筹算；二是以义为利，财源不竭；三是善于审时度势，灵活经营；四是富而张儒，仕而护贾。② 王珍探讨了徽商与茶叶经营问题。③ 陈爱中则对徽州茶商的主体婺源茶商进行了钩沉。④ 针对学界关于徽商在清道光年间衰落的观点，张朝胜以民国时期旅沪徽州茶商为例，认为民国时期徽商在传统的区域和经营行业(除盐业外)领域中，非但没有退出历史舞台，反而仍是一支重要的力量。⑤张海鹏、王廷元主编的《徽商研究》一书，用了较多的篇幅，对徽商茶叶贸易的兴衰历程进行了论述和阐释，认为从明成化、弘治年间到清道光中叶是徽州茶商形成、发展和全盛时期，同治及光绪时期是徽州茶商的再度中兴时期，取代了盐商的地位，成为徽商后期的中坚力量。该书还对徽商茶叶贸易包括茶叶收购、加工、运输、销售等在内的经营方式、茶叶贸易活动特色等问题进行了非常深入而系统的探讨和分析。更为重要的是，该书还以个案研究的方式，对清至民国时期歙县芳坑江氏茶商的茶叶经营及获利情况进行了研究，将江氏茶商经营茶叶活动追溯到了明朝中后期。对江明恒的茶号经营及遗存至今、数量巨丰的《买茶节略》等茶叶经营文书进行了探讨，得出了非常扎实而令人信服的结论。⑥ 周晓光、周语玲分析了近代徽州茶商衰落的原因，认为清代光绪中叶以后，由于入侵的外国资本主义势力利用多种手段压低茶

---

① 范金民：《明清江南商业的发展》，南京大学出版社，1998年，第197～199页。

② 吴仁安、唐力行：《明清徽州茶商述论》，《安徽史学》，1985年第3期。

③ 王珍：《徽商与茶叶经营》，《徽州社会科学》，1990年第4期。

④ 陈爱中：《清代婺源茶商管窥》，《徽州社会科学》，1996年第3期。

⑤ 张朝胜：《民国时期的旅沪徽州茶商——兼谈徽商衰落问题》，《安徽史学》，1996年第2期。

⑥ 张海鹏、王廷元主编：《徽商研究》，合肥：安徽人民出版社，1995年。

叶价格，并自往产茶之地办货，独操利柄，使得一度中兴的徽州茶商在外国资本的挤压下再度走向了衰落。[①]

木材是明清时期徽商的第四大经营领域。王珍将徽州木商分成两大部分，即取材于本地、地产外销和贩卖于外地、外购外销。其经营方式主要有零星采购木材和购买青山、雇工砍伐外销。[②] 唐力行则考察了明清徽州木商经营的三个环节，即采伐、运输和销售。对徽州木商在经营中必须面对来自官府的重税、工人的消极怠工和运输中的各种纠葛，以及其他商帮的竞争和内部矛盾等问题进行探讨。会馆和公所在处理这些问题过程中发挥了巨大的作用。[③] 张海鹏、王廷元在其主编的《徽商研究》一书中，探究了徽州木商的起源、发展、兴盛和衰落的历程，认为明代以前徽州木商主要是取材于徽州本地，内产外销，目的主要是以物易粟，换取临近地区的粮食以满足徽州本土的需要。而明代以后徽州木商则已进入国内木材大市场，足迹遍及西南、东南木材的重要产区，贸易重点是外购外销，经营目的则是获取贱买贵卖所造成的价格差额。明清时期的徽州木商纵横于国内木材生产和销售地域，并将江南地区作为主要销售市场。该书还指出：合资和独资经营是徽州木商的两种经营形式。对于徽州木商的实力和规模，范金民称明清时期“江南木业几为徽商垄断”。[④]

除上述盐、典、茶、木四大经营领域之外，明清时期的徽商还经营粮食、棉织、丝绸、墨业、饮食业和海外贸易等。李琳琦研究了徽州的粮商，认为徽州粮商贸易的重点在长江流域的四川、江西，特别是苏浙和湖广地区，并形成了自身的经营特色：一是粮食经营与食盐经营相结合；二是粮食经营与棉布经营相结合；三是讲究商业道德。他认为徽州粮商活动，促进了手工业的发展、农业区域分工的扩大和商品经济的繁荣，为江南地区资本主义萌芽的出现创

---

① 周晓光、周语玲：《近代外国资本主义势力的入侵与徽州茶商之兴衰》，《江海学刊》，1998年第6期。

② 王珍：《徽州木商述略》，《徽州社会科学》，1991年第2期。

③ 唐力行：《明清徽州木商考》，《学术界》，1991年第2期。

④ 范金民：《明清江南商业的发展》，南京大学出版社，1998年，第196页。

造了条件。[①] 王世华指出，早在盐商、典商尚未兴起之时，徽州粮商就已活跃四方。徽州粮商发展经历外采内销和外采外销两个阶段，在西粮东运中具有举足轻重作用。[②] 张海鹏、王廷元主编的《徽商研究》对明清时期的徽州粮商也作了深入探讨，指出在看到徽州粮商对当时社会经济发展起了很大促进作用的同时，也应看到他们对当时社会经济发展的消极作用。[③] 范金民也认为，明清时期徽州粮商在江南城市和市镇的米粮业中扮演了重要角色。[④] 王廷元对明清时期徽州棉布业商人在江南地区经营中的重要地位进行了剖析，认为江南许多生产棉布的城镇都是徽商最活跃的地方；徽商在江南棉布的收购、染色、运销等环节中都发挥了重要作用：徽商是活跃的棉布收购商，是江南棉布染踹业的主要经营者，是最活跃的棉布贩运商。徽商的棉布业活动促进了江南棉织业商品生产的发展，促进了江南棉织业技术的提高，徽商投资棉布染踹业，有助于资本主义萌芽的滋长。但徽商对江南棉织业者的盘剥极为残酷，妨碍了棉织业技术的改进和社会分工的发展。[⑤] 范金民对明清徽州商人在江南棉布业及加工业和丝绸业中的作用进行了探讨，指出徽州布商在江南地区十分活跃，徽商经营丝和丝绸业也极为活跃。[⑥]

在明清时期海外贸易中，徽州海商也发挥了举足轻重的作用。聂德宁对明代中叶徽州海商的兴衰进行了分析，认为徽州海商兴起于明代嘉靖年间，成为与闽之漳泉、广之潮惠、浙之宁绍海商相提并论的一支重要海商。来自歙县的许栋兄弟、王直和徐海等巨商违禁下海，并迅速崛起，活跃于明代中叶以后民间海外贸易活动之中，把徽州海商的海外贸易推到了一个前所未有的

---

① 李琳琦：《明清徽州粮商述论》，《江淮论坛》，1993年第4期。

② 王世华：《富甲一方的徽商》，杭州：浙江人民出版社，1997年。

③ 张海鹏、王廷元主编：《徽商研究》，合肥：安徽人民出版社，1995年。

④ 王世华：《富甲一方的徽商》，杭州：浙江人民出版社，1997年，第194页。

⑤ 王廷元：《明清徽商与江南棉织业》，《安徽师范大学学报》（人文社科版），1991年第1期。

⑥ 范金民：《明清江南商业的发展》，南京大学出版社，1998年，第192～194页。

鼎盛阶段，冲击了明朝的海禁政策。[1] 唐力行探讨了明代徽商与中国资本主义萌芽问题。指出广义上的徽州海商经营活动并不限于海上，而是包含了三个层次：核心层是指直接雄飞于海上的徽商，外围层次则是由广泛分布于江南市镇的徽州坐贾和手工作坊主构成，居于以上两个层次之间的中介层次则是徽州行商，三个层次共同构成一个海外贸易的整体。明代徽州海商的经营方式是合资经营或集团经营，封建的血缘、地缘关系维系着海商经营活动的三个层次，使其成为一个产、供、销双向运行的整体，从而极大地提高了徽州海商的竞争力。徽州海商活动直接促进了中国资本主义萌芽的产生。[2]

徽商涉足经营的领域众多，限于篇幅，这里就不一一综述了。

二、徽商的活动范围

明代中叶以后，徽商活动足迹几乎遍及全国乃至海外，形成了"无徽不成镇"[3]的局面。他们"借怀轻赀，徧游都会，因地有无以通贸易，视时丰歉以计屈伸。诡而海岛，罙而沙漠"。[4] "今之所谓都会者，则大之而为两京，江、浙、闽、广诸省；次之而苏、松、淮、扬诸府；临清、济宁诸州；仪真、芜湖诸县；瓜州、景德诸镇……故（歙）邑之贾，岂惟如上所称大都会皆有之，即山陬海壖、孤村僻壤，亦不无吾邑之人，但云大贾则必据都会耳"。[5]

吴仁安和唐力行指出，明清徽州茶商的活动范围极其广泛，既有徽州本土及安徽省内各地，也有苏州、上海、湖北、湖南、四川、西藏、江西、北京、福建、浙江、广东等广大地区，且认为"茶帮徽商在国内的活动范围远远超过上述地区"。"甚至来往于日本和东南亚各国。特别是鸦片战争后，随着通商口

---

① 聂德宁：《论明代中叶徽州海上的兴衰》，《安徽史学》，1989 年第 3 期。

② 唐力行：《论明代徽州海商与中国资本主义萌芽》，《中国经济史研究》，1990 年第 3 期。

③ 民国《歙县志》卷一《舆地志・风土》。

④ 万历《休宁县志》卷一《舆地志・风俗》。

⑤ 万历《歙志》传卷十《货殖》。

岸的开放，徽商从事海外贸易的范围更加扩大”。[①]

扬州是徽州盐商首屈一指的聚居地。研究扬州徽商所发表的成果相对也较为集中。朱宗宙对明清徽商与扬州城市建设和经济文化之间的关系进行了探讨，指出徽商为明清时期的扬州市政建设增添了不少光彩，不仅对扬州地方经济起了推动作用，而且对扬州地方文化事业的发展也起了促进作用。[②] 刘淼、陈建勤等分别探讨了明清时期扬州徽商与扬州城园林和对城市经济发展的影响等问题，指出清代前期徽州盐商中的纲商和场商对扬州城市经济的恢复与发展起到了重要作用，徽州盐商在取得盐业成功的同时，不断地扩展其经营范围和经营规模，从而在手工业和商业活动中牟取更大的利润，因而有条件对扬州及两淮地区的经济建设投入一定的资本，这正是徽州盐商区别于在扬州业盐的山西、陕西商人的特点之一。[③] 王振忠则较深入地研究了明清徽商与淮扬社会变迁，尤其对河下等地的徽州盐商社区及其文化着力甚多。认为徽州盐商和盐业的盛衰关系到苏北城市和经济、文化的盛衰。[④]

江南历来是明清徽商最为活跃的地区之一。陈忠平、范金民等对活跃于江南地区的徽商进行了较为系统的研究。陈忠平认为：明清时期，苏州、南京、松江、杭州、嘉兴和湖州等地市镇的发展吸引了大量徽商进入，徽商成为江南市镇上最活跃的商人集团，即使在鸦片战争以后，活跃在其他地区的徽商逐渐走向衰落之时，江南市镇中的徽商依然十分活跃。无论是经营内容还是经营方式，江南市镇的徽商都具有自身特色。活跃于江南市镇的徽商对江南市镇的兴起与繁荣、商品经济的发展、社会分工的扩大和对江南地区封建

---

① 吴仁安、唐力行：《明清徽州茶商述论》，《安徽史学》，1985年第3期。

② 朱宗宙：《徽商与扬州》，《扬州师院学报》(社会科学版)，1991年第2期。

③ 陈建勤：《明清时期徽商与扬州园林》，《江海学刊》，1998年6期；刘淼：《清代前期徽州盐商和扬州城市经济的发展》，《安徽史学》，1987年第3期。

④ 王振忠：《清代两淮盐业盛衰与苏北区域之变迁》，《盐业史研究》，1992年第4期；王振忠：《明清徽商与淮扬社会变迁》，北京：三联出版社，1996年。

经济结构的冲击，都发挥了重要的作用。[①] 范金民指出，明清江南是徽商最为活跃的地区，无论是苏州、杭州、南京等大城市，还是镇江、无锡、松江、嘉兴、徽州等中等城市，以及星罗棋布的广大城镇，乃至穷乡僻壤，都留下了徽商奔走的足迹，且经营范围极为广泛，尤其集中在形成拳头产品的棉布业、丝绸业、粮食业、盐业、木业、典当业等行业领域。认为，徽商在江南的活动，有力地推动了江南地区经济的发展，同时也深深影响了徽州商人本身。[②] 翟屯建也对明清时期徽商与江南地区经济发展的关系进行了探讨，指出：江南地区的经济一直较为发达，特别是明清时期，商品经济高度繁荣，商业的规模、商人活动的范围及商人资本的积累，均已达到封建社会经济发展的鼎盛阶段。这一时期，徽州商人积极参与江南的经济活动，在商品流通领域大显身手，对江南经济发展作出了贡献。[③]

陈学文则对活动于明清时期杭州、严州、嘉兴、湖州、宁波、绍兴、嘉定、温州、台州等浙江全省地域范围内的徽商及其经营领域、经营方式和徽商与当地经济文化发展之间的关系，进行了较为全面的探讨与研究，指出：徽商势力深入浙江各地，至明清之际在大城市中占据重要地位，并开始向县城与市镇渗透，形成一股巨流。他们经营的商业遍布浙江各行各业，其中尤以盐、典、茶、木四业为著。徽商对明清浙江商品经济、文化发展及山区经济开发，起到了巨大的推进作用。[④] 吴仁安、王廷元对上海地区的徽商作了较为全面的资料蒐集与深入研究工作，认为，明清时期“上海的各行各业几乎都有徽商经营。他们的活动对上海的繁荣起了一定的作用”。[⑤] 王廷元还研究了徽州商

---

① 陈忠平：《明清徽商在江南市镇的活动》，《江淮论坛》，1985 年第 5 期

② 范金民：《明清时期徽商在江南的活动》，《徽学》（内刊），1990 年第 2 期；又见《明清江南商业的发展》，南京大学出版社，1998 年。

③ 翟屯建：《徽商与明清时期江南经济的发展》，《东南文化》，1993 年第 3 期。

④ 陈学文：《徽商与明清时期的浙江》，《徽学》（内刊），1990 年第 2 期；《明清时期徽商与杭州城市经济的发展》，《江淮论坛》，1990 年第 1 期等。

⑤ 吴仁安：《论明清时期上海地区的徽州商人》，《上海研究论丛》，1991 年第 4 期；王廷元：《徽商与上海》，《安徽史学》，1993 年第 1 期。

人在芜湖的商业活动及其对芜湖经济发展的作用。[1]

号称"吴头楚尾"的江西，是徽商活动的又一重要地区。曹国庆对明清时期徽商在江西地区的经营活动进行了探讨。认为，徽商在江西的经营应始于宋代，明清时期进一步活跃，且具有活动地区大、经营范围广和经营种类各有侧重等特点。其主要经营领域包括粮食、瓷器、木材和食盐四大门类，呈现出代际经营、行商与坐贾相兼、多业兼营和亦工亦商等经营特色。徽商对江西地区的工商业市镇、农村商品经济和文化发展起到了重要的促进作用。[2] 与此同时，作为瓷器业中心的景德镇明清时期也聚居了大量的徽商，成为徽商活动的一个重要据点，直至鸦片战争之前，一直居于景德镇头号瓷商的地位。曹国庆认为，景德镇徽商势力之所以活跃，既有地缘优势，也有产品和原材料优势。徽商在景德镇瓷业发展和经济文化活动中扮演了重要角色。[3]

素有"九省通衢"之誉的武汉三镇，明清时期也聚集了大量的徽商。汉口更是被徽商视为"天下货物聚卖第一大马头"。[4] 为此，聚居在汉口的徽商在那里还专门建有紫阳书院，作为徽商活动和子弟教育的场所。王廷元研究了徽州商人在吴、楚地区经营粮食、木材、食盐、棉布等业的贸易活动，以及对该地社会经济的影响。认为明清时期在吴楚贸易中最为活跃的徽商，促进了长江中下游地区商品流通、商品经济、社会分工和城市经济的发展，并对沿江一带市镇的兴起与繁荣起到了重要作用。[5] 王振忠对汉口的盐商特别是徽州盐商作了专题研究，指出：在汉口盐商中，徽州人的势力最大，徽商附庸风雅的做派对汉口的文化风尚影响也最大，近代汉口徽商经营的盐、典、钱诸业的衰落，导致了汉口文化风尚的巨大变化。[6] 不过，善于审时度势的徽商在近代急剧变化的形势下，经营具有徽州特色的小商品，如徽墨和菜馆服务行业

① 王廷元：《论明清时期的徽商与芜湖》，《安徽史学》，1984年第4期。
② 曹国庆：《明清时期江西的徽商》，《江西师范大学学报》(哲社版)，1988年第1期。
③ 曹国庆：《明清时期景德镇的徽州瓷商》，《江淮论坛》，1987年第2期。
④ (清)吴中孚：《商贾便览》卷三《各省买卖大马头》。
⑤ 王廷元：《略论徽州商人与吴楚贸易》，《中国社会经济史研究》，1987年第4期。
⑥ 王振忠：《清代汉口盐商研究》，《盐业史研究》，1993年第3期。

后来居上，保持了强劲的势头，以致较晚才退出包括汉口在内的武汉商界，徽州会馆改为“新安六邑同乡会”之后，甚至一直活动至抗战时期。①

张雪慧则对活跃在西南少数民族地区的徽商作了初步探讨。②

明清时期徽商的活动范围几乎遍及全国各地，甚至足迹到了海外，成为著名的海商。明代中叶以后，众多徽商从事海外贸易，其活动范围波及日本、马剌加(六甲)等东亚与东南亚等国家和地区，融入了世界市场。③

综上所述，明清时期特别是明代中叶以降，徽商活动范围极为广泛。不仅在国内重要都市、市镇活跃着徽商的身影，而且在东亚和东南亚等国家与地区也留下了徽商的足迹，创造了“无徽不成镇”和“钻天洞庭遍地徽”的财富神话。

第三节　徽商性质、特色、资本出路及历史作用的讨论跃上新台阶

一、关于徽商性质的讨论

关于徽商的性质，徽学界基本认为属于封建商人的范畴。关于徽商的特色，张海鹏、唐力行认为，贾而好儒是徽商的一个重要特色，是徽商区别于其他商帮的不同之处。④ 王世华、王廷元对徽商的贾儒观和义利观作了进一步的研究，得出了徽商恪守“贾为厚利，儒为名高”“以义为利，不以利为义”等儒家传统的贾儒观和义利观结论，并分别分析了其作用。⑤ 叶显恩从明代新儒

---

① 张海鹏、王廷元主编：《徽商研究》，合肥：安徽人民出版社，1995年，第130～131页。

② 张雪慧：《论明清徽商与西南民族地区社会经济关系》，《徽州社会科学》，1992年第3期。

③ 唐力行：《论明代徽州海商与中国资本主义萌芽》，《中国经济史研究》，1990年第3期。

④ 张海鹏、唐力行：《论徽商“贾而好儒”的特色》，《中国史研究》，1984年第4期。

⑤ 王世华：《“左儒右贾”辨——明清徽州社会风俗的考察》，《安徽师范大学学报》(哲社版)，1991年第1期；王廷元：《论徽州商人的义利观》，《安徽师范大学学报》(哲社版)，1998年第4期。

学与徽商的“新四民观”、儒家传统文化与徽人贾道、家族伦理驱策下的“官商互济”，以及走到传统商业的极限而止步等四个方面，论述了儒家传统文化与徽州商人，指出：儒家传统文化与商业发展之间存在着密切的关系，徽商在经济伦理上以王阳明为代表的新儒学为本，在政治伦理上以程朱理学为依归。王学的重商思想和程朱理学的以家族为本的宗族理念，从两个方面驱策了徽商的经商热情。在徽商把儒家的优秀文化传统落到实处过程中，建立起了自己的贾道和运营形式。朱、王两派儒学的影响，导致儒为名高、贾为厚利、儒贾结合、官商互济，这也是徽人发展其商业的要诀。徽商在商业规模和资本积累以及在贾道和商业运营方面的建树，都已达到传统商业的极限。但是，徽商始终以儒为本，以贾为用，科举仕宦，光宗耀祖，才是其终极目的。徽商之所以走到传统商业巅峰而止步，其原因固然是多方面的，但根本原因是浸透尊卑等级的家庭伦理及其制约下的“官本位”价值观。[①]

二、徽商的资本出路和利润转移

关于明清时期徽商资本的流向和出路问题，有人主张徽商资本已开始摆脱了传统的与土地相结合的倾向，具有独立发展的趋势。徽州商人的商业资本不再关心土地经营，即使购买土地也是作为坟墓、祭祀之用，由商人还原为地主的例子是极其罕见的。[②] 李琳琦撰文指出，明清时期徽商不仅将大量资本投向土地，顽固地与地权结合，而且形成了商业资本与土地结合的特点与基本规律，“大抵承平之际，徽商资本大量流向土地；而在动乱之秋，徽商资本则很少流向土地，这是中国封建社会中的徽商资本与土地结合和分离的基本规律。明清时期，徽商资本流向产业固然有之，但只是个别现象，而流向土

---

① 叶显恩：《儒家传统文化与徽州商人》，《安徽师范大学学报》（哲社版），1998年第4期。

② 傅衣凌：《明代徽州商人及商业资本》，北京：人民出版社，1956年；陈野：《论徽州商业资本的形成及其特色》，《安徽史学通讯》，1958年第5期；薛宗正：《明代徽商及其商业经营》，《中国古史论集》，长春：吉林人民出版社，1981年。

地，与封建的地权相结合，才是主流”。[①] 唐力行以明代芜湖经营染纸业的徽商阮弼致富以后投资土地为例，说明了徽商将资本投向土地的问题，认为“阮弼从商的经历具有典型性，从他弃儒经商，立足芜湖走向全国，集行商、坐贾、牙人、作坊主于一体，掌握庞大的购销运输网络，借助宗族血缘关系进行商业管理，到最后回归于投资土地”，充分显示了其身上浓厚的封建性商人特征。[②] 致富的徽商除了将资本投向土地之外，还不惜斥巨资，用于修建园林、别墅、住宅、祠堂、书院、路亭、桥梁、佛寺和道观等建筑设施，给社会经济带来了消极的影响。[③] 对徽商将资本不是投向产业，进行扩大再生产，而是进行奢侈性消费等现象，李琳琦指出：徽商用大量资本和利润用于日常生活、结纳官府和交游文士。这些奢侈性消费，不仅消耗了徽商的大量资本，严重影响了徽商的资本积累和社会经济的发展，而且败坏了当时社会风气。李琳琦还进一步分析了造成这一现象的原因，认为，一是因自卑而导致自矜的心理作用，二是安全心理和求利、求名的心理作用，三是崇儒心理的影响，四是模仿和攀比心理的影响。[④]

徽商资本对历史发展的作用，不少人认为徽商将资本投入生产领域，促进了资本主义萌芽产生，[⑤]尤其是徽州海商的活动直接促进了资本主义萌芽的滋生。[⑥] 有人则反对徽商对资本主义萌芽产生有促进作用说法，认为徽商恰恰阻碍了资本主义萌芽的产生。[⑦] 还有人讨论了徽商对徽州文化、科技以

---

① 李琳琦：《论徽商资本流向土地的特点和及其规律》，《 安徽师范大学学报》（哲社版），1988 年第 4 期。

② 唐力行：《阮弼评传》，《安徽史学》，1989 年第 3 期。

③ 刘森：《从徽州明清建筑看徽商利润的转移》，《江淮论坛》，1982 年第 6 期。

④ 李琳琦：《论徽商资本流向土地的特点及其规律》，《安徽师范大学学报》（哲社版），1988 年第 4 期；张海鹏：《从〈汪氏阄书〉看徽商资本的出路》，《光明日报》，1986 年 4 月 23 日。

⑤ 薛宗正：《明代徽商及其商业经营》，《中国古史论集》，长春：吉林人民出版社，1981 年；叶显恩：《徽商利润的封建化与资本主义萌芽》，《中山大学学报》（哲社版），1983 年第 1 期。

⑥ 唐力行：《论明代徽州海商与中国资本主义萌芽》，《中国经济史研究》，1990 年第 3 期。

⑦ 姚从斌：《试论徽商资本土地化问题》，《安徽大学学报》（哲社版），1988 年第 3 期。

及明清社会、经济、商业交通和文化等方面的积极促进作用问题。[①] 不过，王振忠以独特的视角，探讨了徽商为改变自身守财奴、吝啬鬼的社会形象，并从徽商将商业资本用于改变自身社会形象的角度，分析了徽商商业资本的出路，即通过捐输成为官商；通过收购金石、古玩和字画等手段培养自身的高雅情趣，处理与文人士大夫关系；通过捐助慈善事业，消弭下层百姓的不满情绪。"徽商改变自身形象的努力，也让他们付出了相当大的代价，导致他们中的许多人游离了商人队伍，成为寄生的腐朽阶层。这使他们失去了商人应有的创业精神，留下了无尽的挥霍和享乐"。[②] 有关徽商的研究话题还有很多，平心而论，明清时期的徽商，其社会形象总体来说还是正面的，诸如徽商对灾荒的捐助与赈济、[③]对慈善设施的投入。[④] 范金民考察了清代江南地区徽州商帮的慈善设施建置与分布、创立的意图、资金的筹措渠道和管理运作，指出："徽州商帮的内部救济、善后处置，不独有利于增加徽商团体的向心力和竞争力，客观上也有助于江南地方秩序的稳定，减轻江南地方和官府得社会保障压力。"[⑤]其实，明清徽商捐助和创立公益慈善事业，体现了徽商作为一个社会群体的社会责任。

尽管徽商将资本投向土地和奢侈型消费等领域居多，但明清时期确已有一部分徽商将积累起来的资本投向生产领域，开始了向早期资产者转化，它

---

① 汪绍铨：《徽商在中国商业史上的地位和作用》，《商业经济与管理》，1985年第2期；韩大成：《明代徽商在交通与商业史上的重要贡献》，《史学月刊》，1988年第4期；洪璞：《明清徽商与科学技术的发展》，《安徽师范大学学报》（哲社版），1990年第4期；张民服：《徽商与明清文化》，《郑州大学学报》（哲社版），1991年第5期；钱耕森、郭振香：《徽商与儒学文化》，《探索与争鸣》，1996年第8期；秦效成：《徽商与徽州文化》，《中国文化研究》，1996年第4期；韩信根：《明代的新安商人与戏剧》，《中国典籍与文化》，1997年第1期。

② 王振忠：《明清时期徽商社会形象的文化透视》，《复旦学报》（社会科学版），1993年第4期。

③ 卞利：《明清时期徽商对灾荒的捐助与赈济》，《光明日报》，1998年10月23日。

④ 范金民：《清代徽州商帮的慈善设施——以江南为中心》，《中国史研究》，1999年第4期。

⑤ 范金民：《清代徽州商帮的慈善设施——以江南为中心》，《中国史研究》，1999年第4期。

代表着商业资本的新动向。在明清时期,包括芜湖染局徽商阮弼、苏州经营色布字号和踹布等行业领域的一些徽商,就已将资本投入生产领域。“但就整个徽州商帮而论,它毕竟还是一个封建的商帮,他们中的绝大多数人并没有走上资本主义道路……有些徽商即使已经投资产业,但也往往中途罢辍,并未能长期经营下去”。[①]

第四节　徽商与文化的探索取得新成就

一、徽商与经营文化

徽商在长期的经营实践中,创造了丰富的商业经营文化,这是徽商留给后人的宝贵财富。

张海鹏在《论徽商经营文化》一文中,对徽商经营文化进行了系统的说明与阐释,指出:“徽商是一支儒商,文化品位较高,是其他商帮难以比拟的。徽商之被称为‘徽骆驼’,这与受儒家教育有一定关系。在徽商经营观念中,主要有效益观念、质量观念、名牌观念、信誉观念、法律观念、途程观念。这些大多与经营的道德观念密切相关。徽商的社交文化是‘立体’的,即上自天子,下至村夫,都与之相交;同时,又是‘全方位’得,即与士农工贾均相与往还。徽商店堂文化既是为招徕顾客,又是为告诫店内成员。”[②]李琳琦对徽商的店堂文化、柜台艺术和广告促销活动,也作了系统的概括。

周晓光和李琳琦在《徽商与经营文化》[③]一书中,进一步对徽商的经营文化进行了系统的阐述和解释。认为徽商在经营中具有效益观念、竞争观念、质量观念、信誉观念、信息观念、人才观念和途程观念,这些观念构成了徽商

---

① 张海鹏、王廷元:《徽商研究》,合肥:安徽人民出版社,1995 年,第 447 页;又见张海鹏、张海瀛:《中国十大商帮》,合肥:黄山书社,1993 年,第 468～469 页。

② 张海鹏:《论徽商经营文化》,《安徽师范大学学报》(人文社科版),1999 年第 3 期。

③ 周晓光、李琳琦:《徽商与经营文化》,上海:世界图书出版公司,1998 年。

的价值观。在经营方式上，徽商也创造了资本组合形式多样的多样化经营方式，行商与坐贾并行不悖、商品囤积与垄断贸易、产销一体与赊购赊销等经营文化，这些是徽商能够迅速致富的重要原因。该书还认为徽商在经营活动中有着复杂的心理，诸如商人政治地位低下的自卑感与新的商业价值观宣传、渴望得到尊重与夸富斗糜的行为方式、终极关怀与崇儒重士的心理等。心理上的扭曲往往给徽商自身带来了很多行为上的怪诞，形成所谓“贾而好儒”“红顶商人”和“健讼”等特殊的心理。关于徽商对经营环境的营造，该书指出：善于攀援权势依为靠山、依靠宗族作为后盾、借助于结交文士扩大影响、热心公益事业赢得美誉、通过广告进行促销，以及其他商业经等，都是徽商借以营造经营环境的重要手段和营销方式。该书还将徽商的“徽骆驼”精神概括为敬业精神、拼搏精神和进取精神，同时从经营道德、社会道德和个人道德三个层面，阐释了徽商的商业道德。此外，该书对徽商与生活文化、徽商与徽州文化的关系，也作了尝试性探讨，重申了徽商是徽州文化“酵母”的观点。

卞利则从树立法制观念、严格依法行事，恪守商业准则、拒绝商业欺诈和运用法律武器维护自身合法权益的三个方面，论述了明清徽商的法制观念及其主要表现。指出：“明清时期徽商法制观念中的‘法’尽管带有很大局限性，但徽商对它的遵守和利用，是其在商业上取得巨大成功的重要动因。”①

二、徽商与明清文化

徽商积极参与桑梓故里徽州及其经营地区的文化建设，对徽州文化和经营地文化发展作出了突出的贡献。因此，有关徽商与各地域文化的研究引起了学术界的高度关注。

张民服探讨了徽商与明清文化，认为徽商的一个重要特点是从事与文化相关的商业活动，如经营文房四宝和刻书业。“明清徽商致富后，一个重

---

① 卞利：《论明清时期徽商的法制观念》，《安徽大学学报》（哲社版），1999年第4期。

要的发展趋向，就是将相当一部分财力、精力转向文化教育和学术方面，这与其他地区商贾相比，颇具特色”。徽商捐资助学、兴建书院；教子业儒，参加科举；贾而好儒，亦贾亦儒。徽商对明清文化作出了一定贡献，对明清文化的发展起到了一定的促进作用。“明清徽商不事一个单纯的经商营利为唯一目的的商业性集团，他们与文化有着密切的关系，其中不乏饱学之士，从而形成了这个商业集团的独特风格”。但是，徽商对明清文化的发展和促进是有限的。①

唐力行对徽州商人文化的内涵、特征及其历史地位作了系统的考察，认为“明清时代，徽商以其雄厚的财力，建立起自己的经济利益服务并体现其自身价值观和美学观的商人文化”。徽州商人文化内涵丰富，具有科学性与实用性、封建性和伦理性、通俗性和广泛性等基本特征。他指出，徽州商人文化在中国文化史上占有重要的地位，不仅把中国早期启蒙思想推到了新高度，而且汇入了资产阶级启蒙思潮的历史洪流之中，但其自身的历史局限性也不能忽视。② 此外，唐力行还从徽州商人文化整合的视角，分析了徽州文化的特质，认为历来把新安理学与徽州文化等而视之的观点是有问题的，徽州文化的特质并不是理学，而是商人文化。他指出：“理学分流以及徽州商人文化的整合，一方面显示了中国传统文化的包容性和延续性，另一方面也规定了徽州商人文化的若干基本特征。”③张海鹏对徽商与徽州文化进行了开创性的研究，认为“徽州的富庶，功在徽商。一定的经济，往往孕育着一定的文化。在徽州经济发展的同时，也形成和发展了颇具风格的‘徽州文化’，徽商正是‘徽州文化’的酵母”。“徽州文化内容丰富多彩，举凡徽州的习俗、徽州的礼教、徽州的语言、徽州的教育，均属文化这个范畴，自不待言，另外，在‘徽州文化’中，还有不少是独具风格的，诸如，新安学派、新安医派、新安画派、徽州建筑、徽州园林、徽州砖雕、徽州木刻、徽州盆景；还有徽墨、徽砚、徽剧、徽班乃

---

① 张民服：《徽商与明清文化》，《郑州大学学报》（哲社版），1991 年第 5 期。
② 唐力行：《论徽州商人文化的内涵、特征及其历史地位》，《安徽史学》，1992 年第 3 期。
③ 唐力行：《论徽州商人文化的整合》，《安徽史学》，1993 年第 1 期。

至徽菜等等。这些以'新安'和'徽'冠名的文化，在其形成和发展过程中，同样也是功在徽商"。他还指出："徽州文化在各个领域，还成程度不同的吸收了外地文化的结晶，是对外地文化兼容并蓄的结果。这也离不开徽商的功劳。"[①]秦效成也对徽商与徽州文化的关系进行了论述，指出："'贾而好儒'是徽商助推徽州文化发展的主观动因。"秦氏认为徽商对徽州文化发展的贡献，从根本上说是在其带头开拓的商品市场特别是文化市场中实现的。致富以后返回故里的徽商修书院，办义学；修宗谱，撰方志；刻书藏书，购置文物；结社订盟，推动讲学，直接促进了徽州文化的多边发展和全面繁荣，"并使之成为这一历史时期民族大文化的'全方位缩影'"。[②] 黄成林则从经济实力、意识形态和经商活动三个方面，论述了徽商对徽州文化发展的影响，认为徽商雄厚的经济实力是徽州文化形成发展的重要经济基础；徽商强烈的"入儒崇仕"意识促使徽州教育勃兴，文化昌盛，流派纷呈；徽商在经商活动中完善和传播着徽州文化。"徽商是徽州文化的'酵母'，徽州文化是在徽州这一特定地域，在徽商这一'酵母'和其他因素综合作用下，在徽州千百年文化积淀基础上'酿就'的'琼浆玉液'"。[③] 至于从微观上研究徽商与徽州某一领域文化的论述也有不少，概而言之，主要有翟屯建的《新安理学与徽商的崛起》、[④]白盾的《徽商与徽商精神》、[⑤]陈绘卉的《徽商与新安画派》、[⑥]汪效倚的《徽班与徽商》[⑦]等研究成果。

总之，这一时期的徽商研究，在前人业已取得成果的基础上，又大大地向前推进了一步。无论是研究的选题、史料还是研究的方法和所探讨问题的深度与广度，都获得了新的突破。

---

① 张海鹏：《徽商与徽州文化》，《中国典籍与文化》，1993年第4期。
② 秦效成：《徽商与徽州文化》，《中国文化研究》，1996年第4期。
③ 黄成林：《试论徽商对徽州文化的影响》，《人文地理》，1995年第4期。
④ 翟屯建：《新安理学与徽商的崛起》，《徽州师专学报》，1994年第5期。
⑤ 白盾：《徽商与徽商精神》，《徽州师专学报》，1994年第5期。
⑥ 陈绘卉：《徽商与新安画派》，《江苏商专学刊》，1986年第1期。
⑦ 汪效倚：《徽班与徽商》，《徽学》，1986年第1期。

首先,在选题与研究领域上,这一时期的选题和研究领域除了传统的徽商的起源及其发展阶段、商业资本的投向等领域继续受到学界的关注外,徽商与其他地域性商帮的比较、徽商与海外贸易、徽商与当时的中国社会经济和文化等领域都得到了学界的重视,成为新的热点。特别是在区域史及社会史研究方兴未艾之际,徽商的研究也开始逐步融入区域史和中国社会史研究的发展潮流之中,成为新的学术增长点。诸如商人妇与明清时期的徽州社会、徽商兴衰历程及其原因、徽商与地域文化,以及著名徽商的创业与经营之道等选题,都受到了学术界的关注。徽商研究选题的突破,极大地促进了包括徽商本身在内的徽学研究的发展,使得整体史视野下的徽商研究呈现出蓬勃发展的朝气与活力。

其次,对徽商史料的挖掘、整理和利用取得了重大成就,集中出版了一批罕见的包括徽商在内的珍稀文书和文献资料。张海鹏等主编的《明清徽商资料选编》和王钰欣、周绍泉主编的《徽州千年契约文书》等是这一时期包括徽商在内的众多徽学研究资料整理的典型代表。这些资料汇编类著作的成功推出,为海内外徽学研究学者提供了资料利用上的便利,大大推进了徽学研究向纵深领域拓展和深化。

第三,多学科理论与方法的应用,特别是历史学、经济学和社会学等学科理论与方法的综合使用,改变了过去单一利用历史学理论与方法研究徽商的格局,使得这一时期徽商研究日益凸显跨学科研究的趋势。宏观探讨与微观个案研究相结合,文献探索和田野调查等新方法的引入,都在一定程度上将徽商研究推向了一个新的阶段。

第四,海内外交流与合作更加频繁深入,尤其是90年代在安徽省黄山市、绩溪县连续举办的徽学国际学术研讨会,吸引了一大批海内外知名学者参与。他们和中国大陆学者彼此面对面地进行交流与互动,共同推动了徽商研究的发展。与此同时,一批国内知名学者开始受邀前往著名高校和研究单位,进行讲学与合作研究。所有这些,都在一定程度上将包括徽商在内的徽学研究推向了国际化,使得海内外徽商和徽学研究出现了欣欣向荣的局面。

第五，一批年轻的研究队伍茁壮成长，并逐渐成为徽商研究的中坚。这一时期，前辈学者不仅继续在徽商领域执着探索，而且致力于培养中青年学者，一批年轻的徽商研究队伍逐渐建立了起来，个别单位甚至形成了集体攻关的研究团队。老中青三代学者的共同努力，极大地促进了徽商研究的深入发展。

第五章　20世纪70年代中后期至90年代末徽州宗族与社会研究

作为皖、浙、赣交接之地的山区，徽州自东汉末年至西晋、唐末五代和两宋之际三次接纳了中原地区的移民之后，至南宋初年，已经形成了聚族而居的局面，整个徽州社会宗族控制极为严密和牢固。20世纪70年代中后期至90年代末。徽州宗族问题引起了海内外学术界的强烈关注，取得了一批极具创新性的研究成果。

第一节　徽州家庭与宗族的研究成果卓著

1983年，叶显恩在他的《明清徽州农村社会与佃仆制》一书中，对历史上徽州的宗族迁徙与作用问题进行了全面探讨，这是迄今所知较早系统开展对徽州宗族迁徙问题进行研究的标志性成果之一。在此之前，叶显恩还利用祁门善和程氏家乘谱牒资料研究了徽州的佃仆制。此后，学界对徽州宗族问题的研究迅速升温，大量高水平的专题研究成果纷纷问世。

概括而言，这一时期对徽州宗族问题的研究主要从以下几个层面展开。

一、徽州宗族的结构、特征与社会变迁及其历史作用

经历东汉末年以来至南宋之初三次大规模中原地区的世家大族的徙入，

至南宋时期，徽州逐渐形成了大族林立、聚族而居的格局。到明清时期，徽州的宗族组织发展得更加完备与牢固，各大宗族以血缘宗族为纽带，聚居于城镇和乡村，使徽州社会成为一种极具典型意义的宗族社会。正如赵吉士所云："新安各姓，聚族而居，绝无杂姓搀入者，其风最为近古。出入齿让，姓各有宗祠以统之；岁时伏腊，一姓村中千丁皆集。父老尝谓新安有数种风俗胜于他郡：千年之冢，不动一抔；千丁之族，未常散处；千载谱系，丝毫不紊；主仆之严，数十世不改，而宵小不敢肆焉。"[①]

徽州宗族是徽州社会的组织构成单位，是家庭的扩大化。那么，徽州宗族的内部结构如何？其特征是什么？对此，叶显恩指出："一个宗族是始祖繁衍下来的若干家庭的结合体，多聚居一村，也有的按房系分居几个村庄。宗族设有族长；族下的各分房设有房长；分房底下拥有数个到数十个数量不等的小家庭。从纵的方面看，自家众而家长，而房长，而族长，'如竹之节，树之枝，从下至上，等级森严。'没有'僭越'。从横的方面看，则有嫡房、庶房、强房、弱房之分。可见封建宗法制度是以宗子、族长为中心，按照尊卑长幼的等级组织来的……村落常常和宗族姓氏连在一起，因而宗族之长也就往往和村落的行政首领合为一体。"对于明清时期徽州家庭和宗族的关系，叶显恩认为："一个宗族拥有数量不等的独立的小家庭，有的宗族还拥有屡世同居的大家庭。"[②]但在明清时期徽州社会中，"以小家庭为基础的宗族在全部宗族中始终占着绝大多数"。[③] 唐力行在《明清徽州的家庭与宗族结构》一文中，对明清徽州家庭与宗族结构问题进行了深入的考察，认为"家族是家庭血缘关系的扩大"。他对徽州的传统家庭类型进行了社会学分析，指出：家庭是社会的最小单位，明清徽州家庭可分为累世同居的共祖家庭、直系家庭、主干家庭与核心家庭四种类型，但以核心家庭和主干家庭为主。他还认为，明清徽州

---

① （清）赵吉士：《寄园寄所寄》卷十一《泛叶寄·故老杂记》。

② 叶显恩：《明清徽州农村社会与佃仆制》，合肥：安徽人民出版社，1983年，第157～158页。

③ 叶显恩：《明清徽州农村社会与佃仆制》，合肥：安徽人民出版社，1983年，第159页。

的家庭和宗族结构在徽州独特的山区地理环境、徽商及宋明理学的共同影响下,“在明代后期(16世纪后)发生了较大变化,形成了小家庭一大宗族的格局,徽商对家庭一宗族结构的这一变化,起了关键作用。”唐力行进一步将徽州宗族与同一时期的中欧、西欧相比,强调指出:明清时期徽州这一小家庭—大宗族的独特社会结构,“却以它的弹性和包容性强化了封建的统治秩序”。① 那么,明清时期徽州宗族循着怎样的轨迹进行迁徙?其深层次的动因何在?徽州宗族的迁徙、变迁与徽商勃兴之间的关系如何?为探讨这一问题,唐力行以徽州方氏宗族为例,着重就徽州宗族迁徙与社会变迁的关系进行了论述。指出:社会动乱是包括方氏在内的宗族向徽州山区迁徙的第一位原因,其次是土地与人口的矛盾,再次是经商和宦游。认为从汉末方纮开始迁居歙县东乡,到唐末、五代向徽州山区的迁徙,以及南宋时期方氏宗族在徽州境内的分支迁徙,与中国古代北方士民三次大规模南移大致保持同步。方氏宗族以动态的迁徙应对社会的动乱,当其在新的生存空间定居之后,便迅速复制宗族组织,并在祠堂、谱牒、祖坟的维系下,不断延续、再生,以静制动,从而构成了农村社会的静态景观。不唯如此,唐力行还进一步以徽州方氏与社会变迁为中心,从16世纪中国社会转型的视角,分析和探讨了地域社会与传统中国的关系。指出:“宗族圈的扩大,为地域社会的生存和发展创造了新的机会,多山的徽州其内部的开发,在一定生产力条件下,毕竟是有限的。迁徙以及徽商利润源源不断地返回徽州,解决了土地与人口的矛盾……在家的大多靠在外经商的人养活着,这在徽州是普遍现象。但是,宗族制度的应变力和顽强的再生力,虽然一度利于商品经济的发展,从而利于社会转型的启动,然而它最终是与社会转型异向的。”②唐力行还对从中国古代中原地区三次大规模迁徙徽州的士族到成为徽州望族的演变历程进行了细致的梳理与考察,认为程颐、程颢特别是祖籍徽州婺源县的朱熹等理学家的宗族理论,在由士族到望族流变过程中发挥了关键作用。此外,重视家族的社会地位,门

① 唐力行:《明清徽州的家庭与宗族结构》,《历史研究》,1991年第4期。

② 唐力行:《徽州方氏与社会变迁——兼论地域社会与传统中国》,《历史研究》,1995年第1期。

第观、婚姻观与士族明显联系；通过墓祭、庙祭和修谱，维系群体认同和组织性，也是迁徙至徽州的士族向望族发展并世代保持望族地位的重要因素。[①]高寿仙也对徽州的家庭与宗族结构进行研究和阐释，认为："家庭是家庭农业经济社会的基本生产单位，它不仅是一个亲族组织，也是一个劳动组织……家庭的运行依赖于家长的权威。在大多数情况下，家庭中辈分最高的男性成为当然的家长，但有些家长年老后，也可能将权力移交给长子。"[②]他对徽州宗族与徽商商业发展的影响进行了分析，认为：家产分割制度、宗族内部义行和资本耗散等因素，对其起到了瓦解作用，"每一桩义行都需要大笔资金来成就，徽商在宗族活动中耗费了商业利润的相当一部分"。[③] 赵华富指出：明清徽州宗族是以血缘关系为纽带，按照昭穆世次组织起来的血缘组织。宗族组织的细胞是家庭，许多小家庭组成了宗族。至于宗族的内部结构，赵华富认为："宗族的中层组织是'房'，或曰'门'、'支'。每个宗族中层组织数目不定……宗族的最高领袖是宗子或族长。""宗子不仅主持宗族祭祀，而且集宗族立法、司法、行政、财务等一切权力于一身。"有的宗族还设有族副，协助族长进行管理，"以族长为核心的宗族缙绅集团是宗族的统治者"。[④] 不过，对于宗族族长由富裕户担任在学术界业已形成共识的情况下，高寿仙则独辟蹊径，以明代休宁县朱胜右户为例，认为"明代初年徽州的族长并不一定由族中的富户担任，一般自耕农即可，甚至具备佃人的身份也不影响他的威望和地位"。[⑤]

与同一时期中国其他地域的宗族相比，徽州宗族有哪些特征？它的历史作用如何？对此，赵华富根据现存徽州家乘谱牒史料，经过实证性研究后认

---

① 唐力行：《商人与文化的双重变奏——徽商与宗族社会的历史考察》，武汉：华中理工大学出版社，1997年。

② 高寿仙：《徽州文化》，沈阳：辽宁教育出版社，1993年。

③ 高寿仙：《徽州文化》，沈阳：辽宁教育出版社，1993年，第106页。

④ 赵华富：《从徽州宗族资料看宗族的基本特征》，《谱牒学研究》第4辑，北京：书目文献出版社，1995年；又见赵华富：《两驿集》，合肥：黄山书社，1999年。

⑤ 高寿仙：《明初徽州族长的经济地位——以休宁县朱胜右为例》，《江淮论坛》，1994年第4期。

为:有共同的始祖、以血缘关系为纽带、有明确的昭穆次序、开展一定的集体活动、有共同的聚居地、有一定的组织管理形式、有宗族的族规家法、有一定的公有财产,是徽州宗族的八个基本特征。指出:“宗族是历史上形成的以父系血缘关系为纽带的社会人群共同体。将宗族归结为‘父之党’、‘父系的亲属’和‘同宗同族之人’是片面的。这种观点只揭示了宗族的自然特征,忽视了宗族的社会特征……宗族不仅仅是一种自然历史现象,更重要的它还是一种社会历史现象。它不仅具有自然特征,而且还具有许多社会特征。”因此,“凡是具备上述八个基本特征的社会人群都是地道的典型的宗族”。[①] 叶显恩从待开发的生态条件下进行竞争的工具、宗法制传承的典型与宗法制的变异、社会特权的追求与族内经济关系的商业化,以及宗族伦理与商业等层面,对徽州的宗族与珠江三角洲的宗族进行了比较研究,最后得出结论,认为“在南方,就徽州与逐渐三角洲而言,宗族制和商业间的关系都是相辅相成,但又各有不同。如果说徽州宗族制度是一直保持与正统文化相一致,堪称正统宗族制传承典型的话,那么珠江三角洲的宗族制却是已经变异的亚种形态”。[②] 同以往对包括徽州宗族在内的宗族历史作用评价较为消极相比,这一时期,学界对徽州宗族历史作用的讨论逐渐趋于客观。叶显恩认为:作为程朱理学之邦,徽州的封建宗法制尤为典型,“宗族组织秩然有序,祠堂族长的族权起到了补充封建基层统治的作用;宗规家法是横加于族众及奴婢、佃仆身上的枷锁,具有法律的效力;祠田族产则是巩固封建宗发制的物质条件。在温情脉脉的血缘关系的外衣下,宗族内部进行着血淋淋的阶级压迫”。[③] 赵华富剖析了明清徽州宗族繁荣的原因,认为,独特而封闭的山区地理环境、朱熹的理学思想及仕宦和徽商的捐输三个因素,直接导致了明清徽州宗族的繁

---

① 赵华富:《从徽州宗族资料看宗族的基本特征》,《谱牒学研究》第 4 辑,北京:书目文献出版社,1995 年;又见赵华富:《两驿集》,合肥:黄山书社,1999 年。

② 叶显恩:《徽州和珠江三角洲宗法制比较研究》,《中国经济史研究》,1996 年第 4 期。

③ 叶显恩:《明清徽州农村社会与佃仆制》,合肥:安徽人民出版社,1983 年,第 155～156 页。

荣。[①] 他还从支持办学、培养人才的角度，对宗族于徽州社会繁荣的积极作用进行了论述。[②] 唐力行则从宗族与徽商之间的关系入手，肯定了两者的良性互动关系，认为徽商依托宗族势力获取资金和人力上的支持，利用宗族势力进行商业垄断，强化宗族势力进行商业竞争，联结宗族势力组成徽州商帮，徽商群体的重要特征之一就是族商。因此，徽州宗族对徽商的勃兴起到了极为重要的促进作用。徽商在经营成功之后，将部分利润输回故土，支持宗族纂修族谱、创建祠堂、设置祭田、救济贫困族人，并在侨居地形成宗族支派，与徽州故土宗族保持祭扫的密切联系，从而在某种程度上助推了徽商的勃兴。[③] 张海鹏、王廷元主编的《徽商研究》则认为，以尊祖、敬宗、睦族为基本特征的宗法制度，造成了徽州宗族制度的发达，“在这种社会风尚下成长起来的徽州商人，具有强烈的宗族归属感，把自己的命运与宗族的命运紧紧地联系在一起，将强宗固族看成自己应尽的职责和义务，并渴望在宗族中获得地位和尊重。于是经商致富后，他们大都十分自觉地将一部分商业利润用于宗族事务的消费之中”。[④] 李文治、江太新合著的《中国宗法宗族制和族田义庄》一书，大量引用徽州的族谱文献资料，对包括徽州在内的宗法和宗族制度历史作用进行了探讨，指出：中国宗法宗族制维护了家族伦理与国家法纪和社会秩序，维护了缙绅阶层及族姓的私利，巩固了封建统治。[⑤]

明清时期徽州宗族在政治、经济和文化活动中，究竟是加强还是削弱了？

---

① 赵华富：《论徽州宗族繁荣的原因》，《民俗研究》，1993年第1期；又见赵华富：《两驿集》，合肥：黄山书社，1999年。

② 赵华富：《论明清徽州社会的繁荣》，《东南文化》，1991年第2期；又见赵华富：《两驿集》，合肥：黄山书社，1999年。

③ 唐力行：《论徽商与封建宗族势力》，《中国社会科学》（英文版），1988年第1期；《论徽州宗族社会的变迁与徽商的勃兴》，《中国社会经济史研究》，1997年第3期；又见唐力行：《商人与文化的双重变奏——徽商与宗族社会的历史考察》，武汉：华中理工大学出版社，1997年。

④ 张海鹏、王廷元主编：《徽商研究》，合肥：安徽人民出版社，1995年，第453～454页。

⑤ 李文治、江太新：《中国宗法宗族制和族田义庄》，北京：社会科学文献出版社，2000年。

对这一问题,学术界一直存有争议。江太新认为:清代徽州土地买卖中宗族关系松弛了。[①] 陈柯云则认为,明清徽州宗族对徽州乡村的统治不是削弱了、松弛了,而是加强了。[②] 赵华富也认为明清时期徽州宗族是处在繁荣发展之中。[③]

在对明清徽州宗族历史作用的研究中,学者们对宗族的徽州社会统治或控制的讨论分歧较大,主张宗族统治或控制强化的学者大多以徽州宗族组织严密,犹如一张巨大的罗网,渗透到宗族成员物质和精神生产与生活的每一个领域和方面。而坚持徽州宗族统治或控制松弛的学者则认为表面上看徽州宗族的作用无处不在,但徽商的发展对徽州宗族社会起到了松弛和弱化的作用。

叶显恩在《明清徽州农村社会与佃仆制》一书中,从徽州的封建宗族组织严密,祠堂、族长与族权广泛建立,且族长拥有对宗族成员的控制渗透到生产与生活各个领域、家谱纂修发达和宗规家法卓成体系、族田普遍设置和规模较大等若干方面,对徽州宗族统治或控制进行了论述,认为明清时期“徽州的封建宗法制越发完备和牢固。当地各大宗族都按一家一族来建立村寨,形成了一村一族的制度。村内严限他姓人居住,即使是女儿和女婿也不得在母家同房同住。随着宗族的繁衍,有的分房外迁另建村寨,也仍然保持派系不散”。[④] 因此,“徽州封建宗法制度的强固,对当地历史产生了重大的影响,对佃仆制的残存关系尤大”。[⑤] 陈柯云在《明清徽州宗族对乡村统治的加强》一文中,从明清时期宗族的统治渗透到乡村政治、经济、文化和教育生活的各个方面、家法大于国法两个维度,得出了明清时期徽州宗族对乡村统治有所加强的结论。指出:“从明中叶到清中叶,是徽州宗族对乡村统治不断加强的时

① 江太新:《论清代徽州土地买卖中宗法关系的松弛》,《徽州社会科学》,1995 年第 1—2 合期。

② 陈柯云:《明清徽州宗族对乡村统治的加强》,《中国史研究》,1995 年第 3 期。

③ 赵华富:《论徽州宗族繁荣的原因》,《民俗研究》,1993 年第 1 期。

④ 叶显恩:《明清徽州农村社会与佃仆制》,合肥:安徽人民出版社,1983 年,第 157 页。

⑤ 叶显恩:《明清徽州农村社会与佃仆制》,合肥:安徽人民出版社,1983 年,第 156 页。

期。宗族通过修谱、建祠、祭祀、团拜活动，从思想上、组织上加强了统治。又通过制定族规家法，把族人的言行限制在宗族规定的范围内，族产的设置和迅速扩大，发展到后来，在乡村经济中占绝对优势地位，形成‘穷村乡，富祠堂’的格局。”[①]叶显恩认为：明清时期徽州的土地买卖活动十分活跃，并日渐扩大化。但徽州的“土地买卖受到了封建宗法制度的限制。在地权转移中，宗族、姻亲有购买的优先权。一般地说，土地卖出，要按照亲疏次序，亲者优先，次及他邻、典当主、原卖人”。[②] 宗法制度严格束缚了地权的转移。江太新则不同意叶显恩的观点，认为至少在清代，徽州的宗法关系松弛了，而宗法关系的松弛在土地买卖活动中的表现，则是“优先权”无法维系。“在同一村庄或近邻村庄居住者皆是同一宗族系统下的兄弟、子侄、伯叔格局，因受居住地理条件制约，土地买卖自然在这个圈子里进行的机会就多。一村有数姓并存，情况就不完全一样了。所以，不要看到地契里反复出现土地买卖在宗族进行，而不研究其买卖如何进行的情况下，就断言此地‘土地买卖或土地兼并存在浓厚宗法关系的色彩’的说法是不可取的，其结果是夸大了宗法关系在土地买卖中的束缚作用，看不到社会经济发展对社会习俗所起到的瓦解作用”。[③] 不过，江太新在另一部与李文治合撰的《中国宗法宗族制和族田义庄》著作中，对以上观点进行了修正，认为：包括徽州在内的清代宗族在族田义庄不断扩大的背景下，宗族制度和国家伦理法纪结合起来，使宗族统治更加顽固。尽管“在封建社会后期，伴随社会经济的发展变化，人们的血缘宗法思想趋向松弛，宗族之间的尊卑长幼伦理关系发生动荡，为了使宗法宗族制持续下去，于是上借助于国家法令的维护，下借助于建祠修谱制定族规的约束，尤其是族田的经济功能的强制……在某些地区，宗法宗族制作为一种体

---

① 陈柯云：《明清徽州宗族对乡村统治的加强》，《中国史研究》，1995年第3期。

② 叶显恩：《明清徽州农村社会与佃仆制》，合肥：安徽人民出版社，1983年，第58页。

③ 江太新：《论清代徽州土地买卖中宗法关系的松弛》，《徽州社会科学》，1995年1—2合期。

制，却由于建祠修谱尤其是族田的维系反而更加强化了”。[①]

二、徽州宗族的族规家法和族产研究

族规家法是规范和约束宗族内部成员的规矩与准绳。对中国古代宗族族规家法的研究，早在20世纪上半叶即已在不同学科展开，其中尤以历史学和法学学者研究的成果最著，中国学者傅衣凌、[②]瞿同祖、[③]李文治以及日本学者滋贺秀三、[④]多贺秋五郎、[⑤]仁井田陞[⑥]等是其中的代表。进入20世纪80年代，又有一批中外学者开始对包括徽州在内的宗族的族规家法进行深入而系统的探讨，并取得令人瞩目的学术成果。

叶显恩在《明清徽州农村社会与佃仆制》一书中，专门开辟专节，将明清徽州宗族的家礼、家训、家(或宗)规、族约等视为族规家法的重要内容，予以系统地分析。认为：包括徽州在内的明清时期的宗族族规家法，其内容包括明清两朝皇帝的劝民谕旨、尊祖敬宗的宗法原则、宗族权贵集团宗法特权和族众受管理约束地位、族众要遵守的男女尊卑等级名分、宗族子弟教育，以及奴婢佃仆约束规范等。对族规家法的性质和作用，叶显恩认为：代表缙绅地主意志的宗规家法“是宗子、族长管制、约束、镇压广大族众和奴婢佃仆的依据。它虽然是一种很民间的私法，但却得到封建政权的认可，作为国家法律的补充，实际上与国家法律具有同等的效力。它为封建王朝的‘长治久安’，起到了不容忽视的作用”。[⑦] 赵华富撰写并发表的《徽州宗族族规家法》对宋

---

① 李文治、江太新：《中国宗法宗族制和族田义庄》，北京：社会科学文献出版社，2000年，第232～233页。

② 傅衣凌：《明清社会经济史论文集》，北京：人民出版社，1982年。

③ 瞿同祖：《中国法律与中国社会》，南京：商务印书馆，1947年。

④ [日]滋贺秀三：《中国家族法原理》(中译本)，北京：法律出版社，2003年。

⑤ [日]多贺秋五郎：《宗谱の研究・资料篇》，日本东京大学出版会，1960年。

⑥ [日]仁井田陞：《中国法制史：研究奴隶农奴法・家族村落法》，日本东京大学出版会，1962年。

⑦ 叶显恩：《明清徽州农村社会与佃仆制》，合肥：安徽人民出版社，1983年，第177～178页。

元以来至明清时期徽州宗族族规家法的制定、制行、特点、阶级本质进行了系统地分析和探讨，认为以族长为核心的房长缙绅集团不仅是徽州族规家法的制定者，而且也是族规家法的执行者。民间法规和封建伦理道德相结合，以教育为主、教育与惩治相结合，则是徽州族规家法的两个显著特点。在分析和阐述了徽州族规家法关于忠孝节义等十二项规定的内容之后，赵华富进一步指出："徽州族规家法是以族长为核心的房长缙绅集团和封建统治阶级统治广大族众的工具。它的指导思想是封建纲常。封建伦理道德法规化，充分体现了以族长为核心的房长缙绅集团和封建统治阶级的阶级意志和阶级要求。因此，徽州族规家法的阶级本质就表现在封建纲常和封建伦理道德的规定之中。"[①]此外，滋贺秀三将包括徽州在内的族规家法视为家族法进行论述。[②] 朱勇、[③]高其才[④]和梁治平[⑤]则分别将包括徽州在内的清代暨中国古代宗族的族规家法视为民间法或宗族法，并分别从宗族法与国家法的互动关系视角对包括徽州宗族法在内的中国古代宗族法进行了较为深入系统的研究。其中，尤以朱勇成就最著。朱勇在其所著的《清代宗族法研究》一书中指出："宗族法是中国古代社会的特产。尽管在国家与法律制度发展史上，农业社会二元法律结构作为一种共同现象，普遍存在于东西方社会。但是，作为共同体法在中国封建社会的表现形式——宗族法不仅通过国家统治者的认可，并借助于国家法律的强制性使自己具有法的特征，同时，利用弥漫于整个社会生活中的宗法因素，糅合法律规范的外在强制性和道德伦理信条的内在约束力，使自己不仅区别于国家法律，也不同于庄园法、村社法等其他国家的社会共同体，具有自己的鲜明特点。基于宗族法在中国封建社会中的重要性和

---

① 赵华富：《徽州宗族族规家法》，载赵华富：《两驿集》，合肥：黄山书社，1999年，第315页；又见赵华富：《徽州宗族族规家法》，载赵华富编：《首届国际徽学学术讨论会文集》，合肥：黄山书社，1996年。

② ［日］滋贺秀三：《中国家族法原理》（中译本），北京：法律出版社，2003年。

③ 朱勇：《清代宗族法研究》，长沙：湖南教育出版社，1987年。

④ 高其才：《中国习惯法论》，长沙：湖南出版社，1995年。

⑤ 梁治平：《清代习惯法：社会与国家》，北京：中国政法大学出版社，1996年。

特殊性，我们认为，宗族法是研究和认识中国封建法律、封建政治、封建经济、封建文化，乃至于从总体上研究和认识封建社会的一个契机。”[①]

明清时期，徽州宗族所拥有的族产是维系宗族存在和发展，巩固其对宗族成员进行控制的经济基础。那么，明清徽州的宗族族产尤其是名门望族的族产是如何建立和积累的呢？它一般由哪些部分构成？

对于以上问题，这一时期，学术界也给予了较多关注，发表和出版了一系列研究成果。

在宗族族产研究领域，学者们广泛使用整体研究与个案考察相结合方法，使该问题研究更加接近历史的真实面貌。

典型个案研究，对了解和剖析整体具有极为重要的意义。宋元以来的徽州是一个宗族社会，但每一宗族的内部结构如何？经济实力怎样？宗族及其族产的管理又是怎样运作的？要想真正了解这些具体情况，必须通过典型个案的分析，才能得到对其本质的深刻理解与认识。叶显恩较早注意到了徽州宗族的问题，他结合相关谱牒等文献，并实地调查了祁门善和与查湾的佃仆制，先后撰文对此进行了较为深入的研究。[②] 周绍泉则从徽州府祁门县善和程氏宗族仁山门族产的内部结构、来源、经营方式、管理体系、收益分派及作用等方面，对明清时期包括徽州在内的宗族地主土地所有制展开了探讨，认为族产的来源主要有继承、共业、买受、垦荒、依势占夺、合业等方式，而族产的经营则采取庄佃制经营方式。至于族产的管理，善和程氏宗族仁山门建立了由五大房家长、五位管理和协助管理的五位治山者所共同组成的东房家族族产管理体系，且有监察体系负责监督，被视为对该家族管理体系的补充。对族产的收益和分派，该文也作了较为典型的揭示，认为赋役、分给家众、购买庄屋和宗族祭祀等占据前四位。对族产的特点和作用，周绍泉在该文中指出：“族产是家族共有的私有财产，具有凝固性和稳定性得特点，它有多层次、多分支的内部结构，采用比较落后的庄佃制经营方式，经常用族规家法管束

---

① 朱勇：《清代宗族法研究》，长沙：湖南人民出版社，1987 年，第 213～214 页。

② 叶显恩：《明清徽州农村社会与佃仆制》，合肥：安徽人民出版社，1983 年。

族众，不时干预族众个人的土地所有权，在宗法制逐渐松解和衰弱时，它成了维护家族的主要力量，起到了维护和延续宗法宗族制的作用。”[①]颜军以祁门善和程氏宗族为例，对明清时期徽州的族产经济的地位、监察和运转等进行了探索，指出：“族产经济是明清徽州社会经济的基本细胞……族产经济对徽州社会的影响是深远的，以田地山场为核心的族产经济不但维系着本地区宗族势力的强盛，同时，还从资本来源、宗族支持方面为徽商的发展提供了保证。”[②]陈柯云则全面系统地研究了徽州的族产，探讨了明清徽商崛起与族产扩大之间的关系。认为：族产在明清时期的徽州从未中断，不过自明中期以后，部分众存族产逐渐转化为祠产形式的族产，从而形成了众存族产和祠产并行交叉、一消一长的发展局面。族产在明清徽州经济中占绝对优势，它强化了宗族势力和封建宗族关系，巩固了封建统治秩序，对封建制度解体起了阻碍作用。[③] 唐力行则主要以徽州方氏家族为例，论述了宗族与社会变迁的关系。刘淼则以棠樾鲍氏和唐模许氏为中心，对徽州宗族祠产作了较深入的研究。[④] 章有义的研究成果主要体现在他的《明清徽州土地关系研究》和《近代徽州租佃关系案例研究》[⑤]两部著作中。尽管两部著作都是利用中国社会科学院经济研究所收藏的徽州账簿文书，对明清徽州土地和租佃关系所进行的宗族个案剖析，但正如著者在《近代徽州租佃关系案例研究》一书《前言》中所指出的那样，“本集特别偏重于记账时间较长的地租簿。入选的大都历时四、五十年以上，最长的达一百余年。目的在于从中发觉一些前后可比的长时间数列。以便考察纵向的变化。这里采取的是个案研究的方法，即微观分

---

① 周绍泉：《明清徽州祁门善和程氏仁山门族产研究》，《谱牒学研究》第2辑，北京：文化艺术出版社，1991年。

② 颜军：《明清时期徽州族产经济初探》，《明史研究》第5辑，合肥：黄山书社，1997年。

③ 陈柯云：《明清徽州族产的发展》，《安徽大学学报》（哲社版），1996年第2期。

④ 刘淼：《清代徽州祠产土地关系——以徽州歙县棠樾鲍氏、唐模许氏为中心》，《中国经济史研究》，1991年第1期。

⑤ 章有义：《明清徽州土地关系研究》，北京：中国社会科学出版社，1984年；《近代徽州租佃关系案例研究》，北京：中国社会科学出版社，1988年。

析法。我认为微观研究虽然不可能代替宏观研究,但它确确实实是宏观研究的必不可少的手段,甚至可以说是必由之路。在许多问题上,如果排除微观研究,我们的认识就容易流于概念化、简单化,停留于抽象的历史哲学式的空论,而不能深入事物的内在联系。当然,微观研究方法本身有其局限性。运用不当,难免有只见树木不见森林,或以特殊充一般的流弊。我坚信只要以正确的宏观观点为指引,谨慎区别个性和共性,则微观研究无疑可以成为探寻宏观结论的可靠依据。我正是这样通过一系列案例研究(大体依各簿立账时间先后为序),而取得有关近代徽州租佃关系的发展趋向的认知的”。① 章有义的这段文字,深刻地揭示了徽学暨区域史研究的理论范式和方法论意义,即徽学不是研究徽州本土行政区划范围内的地方学,而是整体史架构下的区域史学或地域史学。徽学研究的学术价值也正在于此。赵华富在研究徽州宗族问题时,独辟蹊径,把实地调查与书面文献相结合,大量考察研究了徽州宗族的典型个案,相继发表了关于歙县棠樾鲍氏、黟县西递明经胡氏、黟县南屏叶氏和歙县呈坎罗氏等强宗大族的调查与研究报告,分别对棠樾鲍氏、西递胡氏、南屏叶氏和呈坎罗氏宗族的形成、特点、祠堂和祭祖活动、族谱纂修、公有财产和家庭经济、宗族集体活动、族规家法,以及宗族管理、文化教育与风土民情等有关徽州宗族组织不同问题进行田野考查。这些宗族个案调查研究报告既有对被调查者采访的记录,又有作者从全国各地搜罗的第一手文献资料,两者的有机结合,使得论文中的许多观点与看法十分中肯而富有见地,验证了作者所提出的明清徽州宗族所共有的八大特征,同时又指出了每一不同宗族所特有的个性。② 深入实际进行调查研究,这是我们在研究

① 章有义:《近代徽州租佃关系案例研究》,北京:中国社会科学出版社,1988 年,第 1 页。

② 赵华富:《歙县棠樾鲍氏宗族个案报告》,《江淮论坛》,1993 年第 2 期;《明清徽州西递明经胡氏的繁荣》,《安徽史学》,1994 年第 4 期;《民国时期黟县西递明经胡氏宗族调查报告》,《安徽大学学报》(哲社版),1995 年第 4 期;《黟县南屏叶氏宗族调查报告》,《'95 安徽大学学术活动月论文选粹》,合肥:安徽大学出版社,1996 年;《歙县呈坎前后罗氏宗族调查研究报告》,《首届国际徽学讨论会文集》,合肥:黄山书社,1996 年。

宗族尤其是徽州宗族时所应当提倡的一种良好学风。

三、徽州族谱、祠堂和祭祀研究

纂修族谱、创建祠堂、开展祭祀，这是包括徽州在内的全国各地区宗族制度健全、控制牢固的重要标志。

宋元以来，徽州地区的族谱纂修蔚然成风。大部分大族望姓自宋代特别是南宋以来，逐渐展开了纂修族谱活动。北宋时期欧阳修、苏洵所创造的吊线谱表和文字叙述两种宗族谱牒的纂修体例，为徽州宗族所继承，并取其优、去其劣，将两者合而为一，形成新的谱牒纂修体例和形式。“谱义例起于欧、苏，今合两式者。欧吊而不派，则亲疏别而长幼莫究，或窒于尊尊；苏派而不吊，则长幼序而亲疏难考，或病于亲亲。苟独遵一式，恐未得其长而先蹈其弊矣。故先欧图以明亲疏之分，继苏派以定长幼之序。二式相兼，其法始备”。[①] 明代更是出现了族谱纂修的井喷式局面，并在修谱实践中形成了较为完备的族谱纂修体例和形式，出现了跨地域的非血缘性名族谱和地域性统宗谱或通谱。尽管宋代纂修的徽州族谱现已无存，但元代纂修的徽州族谱刻本或抄本尚有不少遗存，明清和民国时期纂修的族谱仍有2000余种被完整地保存至今。对此，赵万里云：“传世明代谱牒，大都是徽州一带大族居多，徽州以外绝少。”[②]因此，徽州族谱不仅以其丰富的史料价值而成为徽学研究的重要参考文献，而且对徽州族谱本身的研究也成为徽学研究的重要内容之一。

早在1949年，就有中外学者对徽州的谱牒进行研究。在20世纪70年代后期至90年代末，随着徽学研究的蓬勃开展，徽州族谱纂修及其管理中的一系列问题，再次成为学界关注的热点。叶显恩认为，封建宗法势力强固的徽州，是宋代以后新的谱学发达地区之一，宋元以来的郡谱，或单行本的地方

---

① 万历《城北周氏族谱》卷二《凡例》。

② 赵万里：《从天一阁说到东方图书馆天津》，《大公报》，1934年2月3日《图书副刊》第12期。

氏族谱，实在寥寥无几，但徽州却有陈栎的《新安大族志》、郑佐等编纂的《实录新安世家》、程尚宽等纂修的《新安名族志》和曹嗣轩的《休宁名族志》等数种。徽州修谱有相当成熟和完备的体例和原则，其族谱内容大体包括序跋、凡例、目录、世系世表、源流宗派、诰敕、像赞、传记、墓志、祠堂记、祠规、家规宗约、家训家范、义田记、义庄记、墓记墓图等，蕴含着丰富的史料价值。徽州修谱以隐恶扬善为原则，因此在不少族谱中出现了内容不实的记录。① 赵华富对宋元至明清以来徽州族谱数量大和善本多的现象，进行了分析和探讨，指出：徽州宗族的繁荣、仕宦和徽商的积极参与、万山回环的地理环境是造成徽州族谱数量大和善本多的三个重要因素。② 赵华富还对宋元时期徽州族谱的纂修、体例、内容、宗旨及其存世情况进行了考订与分析，认为：唐宋之际，中国族谱的管理、纂修、宗旨和功能随着庶族地主的崛起而发生了重大变化，"家自为谱"现象日益增多，宋元时期徽州因宗族的繁荣而纂修了大量族谱。其体例基本上是欧阳修、苏洵的"一图一传"谱体，但基于追本溯源的需要，宋元时期的徽州族谱突破了欧、苏五服之内的谱系限制，世系增多、内容增加，纂修宗旨则是为了奠世系、序昭穆、尊祖、敬宗和收族，但主要目的是为了收族。族谱内容则包括谱序、恩荣、世系图、世系录、传记、祖墓、祖先考辨、谱例、支派和著述等，但与后世徽州的族谱相比，宋元时期徽州的族谱内容还相对较为简单。经过考证，赵华富认为，尽管宋元时期徽州纂修的族谱数量巨大，但因战争和社会动乱，目前存世者仅有 15 种。③ 此外，赵华富还在日本学者多贺秋五郎《关于〈新安名族志〉》研究成果的基础上，对《新安名族志》的编纂背景和宗旨作了探讨。值得一提的是，郑力民对多种文献提及的元代著名理学家陈栎曾编纂过一部《新安大族志》及日本学者声称在《新安大族志》

---

① 叶显恩：《明清徽州佃仆制与农村社会》，合肥：安徽人民出版社，1983 年，第 170～178 页。

② 赵华富：《徽州族谱数量大和善本多的原因》，载王鹤鸣、马远良、王世伟主编：《中国谱牒研究——全国谱牒开发与利用学术研讨会论文集》，上海古籍出版社，1999 年。

③ 赵华富：《宋元时期徽州族谱研究》，《元史论丛》第七辑，南昌：江西教育出版社，1999 年。

和《新安名族志》之间还有一部《实录新安世家》等问题，进行了详细而缜密的考证，最后得出结论，认为元代陈栎未曾编撰过《新安大族志》，也未曾撰写过《新安大族志序》，该志并无元代刊本；《新安大族志》是由明代嘉靖时期戴廷明最终编定，由郑佐、洪垣两人为编纂乡绅，并先后为之作序，仅在嘉靖二十九年（1550年）刊印一次。《新安名族志》是由程尚宽据戴廷明《新安大族志》续补而成，由胡晓等人和程尚宽本人为之作序，于嘉靖三十年（1551年）首次刊行，并很快出现二册本、四册本和八册本等数种版本。《实录新安世家》一书并不存在，它是由多贺秋五郎等望文生义衍造而出的。曹嗣轩在其《编葺乡绅》中首列陈栎编撰的《新安大族志》，是对程尚宽的盲从，而其将陈栎编纂《新安大族志》的时间定于元延祐三年（1316年）则完全是其私意所为。最后，郑力民还对自己的研究意义作了补充说明，指出："本文的研究虽属版本的考察，但所论如果能成立，那么，（一）就可以《新安大族志》为例，为在中国古代谱牒编撰史上真正找到从'官修'到'私撰'之间的转捩点提供一个参考，从而为中国古代晚期私家谱志广泛出现的上限问题提供一有助于继续讨论的框架。（二）这对于当今国内外学界正趋炽热的徽州社会经济史研究来说，尤其是对徽州宗族社会的研究而言，无疑使有助于发现真相，推动深入的，从而就能为从文献学角度研究《新安大族志》和《新安名族志》规定一时代前提，以使不再误入歧途。"[①]明代是徽州谱牒纂修最为繁荣时期，也是徽州谱牒体例的完备时期。对此，陈瑞撰文指出："明代徽州修谱的民间化趋势的加强、修谱活动的频繁以及在谱牒内容、体例方面的新进展也是对中国传统文化之一部分的谱牒学的丰富和发展。"[②]

祠堂是宗族祭祖、议事、管理和进行其他宗族活动的场所，也是族权的象征。作为徽州建筑中最具特色的公共建筑之一，祠堂在徽州的村落整体中居于核心的地位。宋元时期徽州宗祠建设尚未形成一种普遍的社会风气，且多

① 参见郑力民：《〈新安大族志〉考辨——兼谈〈实录新安世家〉》，《安徽史学》，1993年第3期；《〈新安大族志〉考辨——兼谈〈实录新安世家〉（续）》，《安徽史学》，1994年第3期。

② 陈瑞：《明代徽州家谱的编修及其内容与体例的发展》，《安徽史学》，2000年第4期。

数祠堂还与家族庙宇连在一起。直到明嘉靖时期，徽州才掀起了宗祠建设的高潮。此后，从万历时期一直到明末，徽州祠堂建设达到了一个高峰，表现为数量多、类型广、规模大、规格高等特点。到了清代，以盐商为代表的徽商再度崛起，在徽商、徽州籍官员和士绅的推波助澜下，康熙至乾隆、嘉庆时期，徽州又掀起了一次祠堂建设高潮。这既是徽商、徽州科第繁盛的一个集中反映，也是徽州宗族与社会繁荣发展的一个缩影。他还对徽州宗族族规家法和宗族祠堂规制等问题进行了全面系统的钩沉和研究。[①] 叶显恩探讨了徽州宗族祠堂的兴起、结构和性质，指出：徽州祠堂随着徽商资本的发展而得到普遍兴建，祠堂正厅设有神龛，按照左昭右穆、尊卑等级秩序摆设祖宗神位。徽州的祠堂既是祭祖的场所，也是族人团拜的地方，还是正俗教化、宣扬封建礼教和伦理道德的地方。“祠堂成为祭祖的圣坛，族人际会的场所和执法的公庭，被视为关乎宗族命脉之所在，具有神圣不可侵犯的地位”，是族权发展的标志。[②] 赵华富对徽州祠堂的兴起的时间和历史背景、祠堂的建造规模、祠堂的社会作用进行了研究，指出：徽州祠堂源远流长，早在唐宋时期就大量出现，但那时的祠堂大多是家祠，徽州宗族祠堂则兴起于宋代。明代嘉靖年间，夏言进行民间祭祀礼制改革以后，徽州宗族出现了大建祠堂的热潮。徽州宗族祠堂规模宏大，装饰精美，建筑耗费惊人。明代中叶商品经济的繁荣和资本主义生产关系萌芽的出现及其所引起的徽州社会变化，是徽州宗族集团大规模兴建祠堂，以加强宗族观念和宗族团结、巩固宗族组织和宗族制度的重要原因。徽州宗族祠堂的大规模兴建，强化了宗法思想和宗族观念，缓和了宗族内部矛盾，强化了宗族管理，维护了宗族组织，巩固了宗族统治和宗族制

---

① 赵华富：《徽州宗族族规家法》，载《首届国际徽学学术讨论会文集》，合肥：黄山书社，1996年；《论徽州宗族祠堂》，《安徽大学学报》（哲社版），1996年第2期；《徽州宗族祠堂的几个问题》，《'95国际徽学学术研讨会论文集》，合肥：安徽大学出版社，1997年；《徽州宗族祠堂三论》，《安徽大学学报》（哲社版），1998年第4期；赵华富：《两驿集》，合肥：黄山书社，1999年。

② 叶显恩：《明清徽州佃仆制与农村社会》，合肥：安徽人民出版社，1983年，第165页。

度。[①] 毕民智探讨了徽州女性祠堂的产生、建构及其运作，认为徽州女祠出现于明末清初，是中国封建社会末期政治松散、徽商兴盛和中国传统文化尊老爱幼思想的产物；徽州女祠以其建构形式和运作内容体现了封建社会末期女性的觉醒和社会变革时期的特点，徽州女祠这一活化石记载了中国妇女抗争与觉醒的早期珍贵资料。[②] 针对毕民智在《徽州女祠考》中所提出徽州祠堂特别是女祠大门朝向、女祠建造的背景及其意义，以及庶母神主入祠和庶母祠问题，赵华富撰写并发表了《徽州祠堂三论》一文，指出：说"徽州女祠一色坐南朝北或坐东朝西，与宗祠、男祠坐北朝南、坐西朝东相对，取男干女坤、阴阳相悖之意。"这种看法是没有事实根据的。祠堂朝向如何，虽与中国传统文化不无关系，但最重要的是受地理环境和祠堂所处位置所制约；徽州绝大多数祠堂既供奉男祖先神主，又供奉女祖先神主，只供奉男祖先神主的祠堂是个别现象。个别宗族修建女祠，既不表明女性社会地位的提高，也不是对女性压迫的强化和改变。至于徽州庶母神主和庶母祠，所谓"庶母不可祔祠堂"是庶母社会地位低下的表现，庶母祠的修建没有从根本上改变庶母的社会地位。[③]

坟墓祭祖和祠堂祭祖，是徽州宗族在尊祖敬宗名义下开展的经常性祭祀活动，是宗族旨在强化对族人控制的重要手段之一。郑振满以清代康熙刻本《歙西溪南吴氏先茔志》为中心，对歙县西溪南亦商亦仕的望族吴氏宗族的茔山、墓田和徽商宗族组织进行了深度研究，并由此揭示徽州历史上的土地关系、宗族组织和商人集团在社会经济生活中的影响。郑氏认为自南宋以来，吴氏宗族商业活动的巨大成功，大大提高了吴氏宗族的经济与社会地位，为其后人的生存与繁荣奠定了基础。而明清之际的社会动乱迫使吴氏宗族退守家园，至康熙时再度崛起，成为著名的族商。宋元明时期，吴氏宗族对历代墓茔的管理方式发生重要变化，导致了吴氏宗族组织不断强化与发展。明代

① 赵华富：《论徽州宗族祠堂》，《安徽大学学报》（哲社版），1996年第2期。

② 毕民智：《徽州女祠考》，《安徽大学学报》（哲社版），1996年第2期。

③ 赵华富：《徽州宗族祠堂三论》，《安徽大学学报》（哲社版），1998年第4期。

中叶以后，吴氏宗族以先人墓茔为核心，按既定世系形成的特殊宗族组织系统，是一种多层次、金字塔式的结构，在宗族成员之间及宗族与宗族之间建立了广泛的社会联系，使传统的宗法关系得到进一步强化。他指出："在徽商吴氏宗族内部，茔山和墓田是宗族组织的物质基础，同时也是吴氏商人参与地租剥削的重要手段。如果说，吴氏历代茔山和墓田的形成与发展，耗费了吴氏商人大量的商业利润，从而延缓了吴氏商业资本的积累速度，那么，在经营茔山和墓田的过程中，又使吴氏商人不断被纳入封建地租剥削的轨道，从而阻碍了阶级的分化和职业的分化。这是吴氏商人的历史局限性，也是他们适应于所处时代的独特方式。"①常建华依据明代族谱、元明人文集中的宗族文献，对宋元时期徽州宗族的祠庙及祠庙祭祖问题进行了开拓性研究，认为，宋元时期徽州宗族的祭祖形式多种多样，元代婺源大畈汪氏的建祠祭祖，带有宗族组织化的制度性建设性质。宋元徽州宗族祭祖形式呈现出三大特点，即祭祖依附或与社祭结合、祭祖依附或与寺观结合、墓祠祭祖为祠祭的主要形式。其变化趋势是三种祭祖形式逐渐走向衰落及独立性祠堂祭祖的渐兴。指出："明代宗族祠庙祭祖的长足发展，在一定程度上也可以视为宋元祭祖变化趋势的继续。宗族祠庙祭祖的演变反映了社会文化的变迁，即佛教社会文化由强变弱。"②胡槐植将徽州的宗祖祭祀分为祠祭、会祭、家祭和墓祭四种类型，对徽州宗族祭祀制度、祭祀起源、祭日、祭祀组织，以及酬功与给胙等问题，进行了探讨与分析，并由此归纳和揭示了徽州宗祖祭祀制度的三个基本特征，即(一)虽然重视血缘关系，但政治及社会地位的作用明显增强；(二)在封建宗法制度许可范围之内，给予妇女一定的地位，这对宗族的巩固与发展乃至社会的稳定，产生了一定作用；(三)祠堂兴建、祭田设置、族户管理与监督规条完善，从而使宗族祭祀活动得以长久维系，并派生出内涵丰富、颇具特

---

① 郑振满：《茔山、墓田与徽商宗族组织——〈歙西溪南吴氏先茔志〉管窥》，《安徽史学》，1988年第1期。

② 常建华：《宋元时期徽州祠庙祭祖的形式及其变化》，朱万曙主编：《徽学》(2000年卷)，合肥：安徽大学出版社，2001年，第51页。

色的徽州宗族祭祀文化。[①]

第二节 徽州佃仆制与农村社会经济研究成绩斐然

一、关于明清时期徽州佃仆制的讨论

由于徽州社会是一个宗法制统治相对较为顽固的社会，同时又是传统儒家文化十分发达之区，因此，作为一种特殊的租佃制度——佃仆制在徽州相当发达。有关明清徽州农村宗法社会与佃仆制的研究，在这一阶段中引起了徽学学者的浓厚兴趣，并取得了一批高质量的研究成果。

在明清徽州佃仆制与农村社会研究领域，叶显恩作出了重大而卓越的贡献。早在20世纪60年代前期，叶显恩即注意到了徽州的佃仆制问题，并先后两次亲赴徽州进行实地调查，完成了他研究徽学的力作《明清徽州农村社会与佃仆制》。[②] 在这部26万余字的徽学研究专著中，叶显恩采用将文献资料和社会调查相结合的研究方法，在查阅大量丰富的徽州文献材料和各种徽州民间契约文书的基础上，吸收了历史学、社会学、人类学和经济学等学科的理论与方法，对徽州的历史地理、徽州人的由来、徽州历史上人口与土地变动、明清时期徽州土地占有关系和乡绅阶层、徽州商业资本、徽州的封建宗法制度、徽州的封建文化、徽州的佃仆制等问题，进行了极其深入而全面的探讨。该书是迄今为止徽州社会经济史研究的最权威著作之一。傅衣凌和杨国桢称其是"一部解剖和探讨明清两代徽州农村社会经济结构的专著"。[③]日本学者冈野昌子则称《明清徽州农村社会与佃仆制》"是一本注意力遍及思

---

① 胡槐植：《徽州宗族祭祀制度》，周绍泉、赵华富主编：《'95国际徽学学术讨论会论文集》，合肥：安徽大学出版社，1997年，第86～93页。

② 叶显恩：《明清徽州农村社会与佃仆制》，合肥：安徽人民出版社，1983年。

③ 傅衣凌、杨国桢：《喜读叶显恩新著〈明清徽州农村社会与佃仆制〉》，《中国社会经济史研究》，1983年第3期。

想、文化等各个方面，较准确地反映了徽州农村社会实际状况的力作”。①

章有义在“文革”结束后，率先开始了对徽州庄仆制的研究。在题为《从吴葆和堂庄仆条规看清代徽州庄仆制度》一文中，他以地处休宁县西南山区的茗洲吴氏宗族《葆和堂需役给工食定例》文书为中心，对清代徽州盛行的庄仆制度进行了探讨。文章指出，各地庄仆制度具体内容并不完全一致，就徽州而言，仅庄仆的名称即有“庄仆”“屋仆”“山仆”“地仆”“地火”“火佃”“佃仆”“仆人”等不同称谓，有些是同一名词的异称，有些则彼此有一定区别；庄仆的服役范围和内容亦非千篇一律，但所处的地位是基本相同的。总体而言，他们是明清时代封建依附农民的最底层。其沦为庄仆后，因住主屋、种主田、葬主山等所迫，他们为主人所服的各项劳役都是无偿的。庄仆必须安守奴仆和贱民身份而不得僭越，庄仆没有人身自由，其私有财产受到种种限制。② 叶显恩则根据祁门县善和程氏家乘谱牒资料，对徽州的佃仆制展开了分析，追溯了佃仆制的起源，认为“自东晋南朝起，不断迁入徽属的强宗豪右，利用该地区的历史特点，凭借封建‘四权’，把田客部曲制经过改头换面以佃仆的形式，从宋元而明清，乃至民国，顽固地延续下来。尽管在漫长的历史长河里，中经盛衰流变，但其实质不变”。③ 接着，叶显恩又连续撰写并发表了《明清徽州佃仆制试探》《关于徽州的佃仆制》二文，将文献研究与实地调查相结合，进一步对徽州的佃仆制的名称、数量、由来、发展阶段，以及顽固延续的成因展开论述，认为明清时期的历史文献及民间文约上常见徽州地区载有佃仆、庄仆、庄人、火佃、细民、伴当等名目，经实地调查，有的名目如佃仆、庄仆、火佃等，在民国时期已不复存在；有的保留至解放前，如地仆、细民、伴当等，叶显恩将其统称为“佃仆”。至于徽州佃仆的数量，很难做确切的统计。④ 叶显

---

① ［日］冈野昌子撰，叶妙娜译：《评叶显恩〈明清徽州农村社会与佃仆制〉一书》，《徽州学丛刊》，1985 年创刊号。

② 章有义：《从吴葆和堂庄仆条规看清代徽州庄仆制度》，《文物》，1977 年第 11 期。

③ 叶显恩：《从祁门善和里程氏家乘谱牒所见的徽州佃仆制度》，《学术研究》，1978 年第 4 期。

④ 叶显恩：《明清徽州佃仆制试探》，《中山大学学报》（哲社版），1979 年第 2 期。

恩还重申，明清时期的徽州佃仆制是东晋南朝隋唐部曲、佃客制和宋代佃仆制的延续。徽州佃仆制之所以在明代中叶以后商品经济繁荣发展、全国范围内人身依附关系相对松弛的契约租佃制占据主导地位的背景下，仍能得以延续发展，残留的奴隶制影响、封建理学思想的禁锢，以及唐宋至太平天国革命之前徽州豪绅地主很少受到农民起义的打击、贫富极端悬殊等是其主要原因。而由农民沦为佃仆的主要方式，除了种主田、住主屋和葬主山等外，还有因入赘、婚配佃仆的妻女而沦为佃仆者，有因生产所迫而卖身充当佃仆者。佃仆的身份近于奴仆，除向地主交纳地租、山租外，还要服各种差役。徽州佃仆人数至清代中叶以后日益减少，服役范围似乎趋于固定化，民国年间，佃仆的服役基本沿袭清代旧例。叶显恩还根据对休宁县茗洲吴氏宗族文献研究和祁门县查湾残存佃仆的田野调查所获资料，分析了清代至民国时期佃仆的所服劳役的范围，即除看守粮仓、守卫山林等生产性劳役外，还要满足地主生活上需要，尤以服喜庆婚冠丧祭的劳役为主，归纳起来大概有家兵、营造、看守、交通、礼乐和丧祭六种劳役。叶氏指出：徽州“佃仆制作为农奴制的残余形态被保留至解放前，表现出历史发展的不平衡性。”[①]

韩恒煜在《略论清代前期的佃仆制》[②]一文中，分析了以徽州为中心的清代前期佃仆制成因、类型和特征。认为佃仆主要是豪绅大户欺压佃户的产物，与佃户相比，佃仆与地主存在主仆名分，承担更多劳役，拥有较少自由。同时，韩文还对奴仆与佃仆作了区分，认为奴仆多从事家内劳动，不直接用于生产；佃仆则是直接生产者，拥有自己的经济。佃仆制的衰落主要是由于人口的不断增加。傅同钦、马子庄整理公布并简单介绍分析了天津图书馆收藏的 8 张来源于徽州的清代庄仆文约，并对庄仆与童仆、佃户作了区分。认为，庄仆主要是从事生产劳动，而童仆则从事的是家务劳动；庄仆和佃仆的区别则在于庄仆为投身供役、佃仆为种田供租。[③] 魏金玉也对徽州佃仆制度的基

---

① 叶显恩：《关于徽州的佃仆制》，《中国社会科学》，1981 年第 1 期。

② 韩恒煜：《略论清代前期的佃仆制》，《清史论丛》第 2 辑，北京：中华书局，1980 年。

③ 傅同钦、马子庄：《清代安徽地区庄仆文约简介》，《南开学报》，1980 年第 1 期。

本特征进行了研究，并区别了世仆与佃仆、奴仆之异同。认为，除包括佃仆在内外，世仆还包括奴仆。佃仆是佃农的一种，是佃农中地位最低下、所受人身衣附最多的阶层，但不像奴仆那样与地主之间是完全的人身依附关系。[①] 刘重日、曹贵林则认为，徽州早在宋代即已存在火佃制，明后期至清初逐渐变为庄仆制、世仆制。[②] 当然，对于徽州火佃与佃仆、庄仆、地仆、地火等名称的区别与联系，学界有不小分歧，叶显恩、章有义认为只是名称不同而已；[③]刘重日在深入研究了徽州火佃文契并寻根求源之后，改变了自己原来的看法，认为火佃是佃户的一部分，不是佃仆。[④] 刘和惠与彭超则坚持认为，火佃乃是明清合伙经营山地之佃户，本来就是客佃，是同佃户相同的一种租佃方式。[⑤] 对徽州佃仆的来源，也基本认为是由“佃主田，葬主山，住主屋”而形成的。细而研之，则有释放家奴佃种主人田地并看守祠堂而沦为佃仆、无栖身之所住主屋而沦为佃仆、死后葬主之山等综合因素所造成。

对于佃仆的身份、地位问题，也有较大分歧，有的说是奴隶，[⑥]有的说是

① 魏金玉：《明代皖南的佃仆》，《中国社会科学院经济研究所集刊》，北京：中国社会科学出版社，1981 年。

② 刘重日、曹贵林：《明代徽州庄仆制研究》，《明史研究论丛》总第 1 辑；刘重日：《火佃新探》，《历史研究》，1982 年第 2 期。

③ 参见叶显恩：《明清徽州佃仆制试探》，《中山大学学报》（哲社版），1979 年第 2 期；章有义：《从吴保和堂庄仆条规看清代徽州庄仆制度》，《文物》，1977 年第 11 期；章有义：《关于明清时代徽州火佃性质问题赘言》，《徽州社会科学》，1987 年第 4 期。

④ 刘重日：《火佃新探》，《历史研究》，1982 年第 2 期。

⑤ 刘和惠：《明清徽州佃仆制考察》，《安徽史学》，1984 年第 1 期；彭超：《试探庄仆、佃仆和火佃的区别》，《中国史研究》，1984 年第 1 期；《再谈火佃》，《明史研究》总第 1 辑，合肥：黄山书社，1991 年。

⑥ 章有义：《清代休宁奴婢文约辑存》，《文物资料丛刊》，1978 年第 2 期。

农奴，[①]有的说是半农奴，[②]有的说是贱民。[③] 叶显恩明确指出："佃仆终究不同于奴隶，有一定的独立性，佃仆不是主人之物，而是隶属于主家之人；不是会说话的工具，而是有劳动兴趣的自主的独立的生产者。佃仆有个体的家庭经济，财产权取得某种程度的承认。生存权已得到一定的保证。婚姻虽然可受干预，但被承认是合法的。这种人是典型的农奴。"[④]

尽管有关对徽州佃仆制的研究还有不少分歧，但随着一批徽州佃仆文书契约的公布，相信这些分歧或逐步趋于统一。值得庆幸的时，这一时期，深藏于各大图书馆、高等学校、研究机构和博物馆的徽州佃仆文书，先后得到系统整理，如安徽省博物馆编的《明清徽州社会经济资料丛编》第一辑和王钰欣、周绍泉主编的《徽州千年契约文书》等，就分别公布了安徽省博物馆和中国社会科学院历史研究所收藏的部分佃仆文书。刘和惠还先后整理公布了明代徽州祁门县胡氏佃仆文约[⑤]、洪氏誊契簿[⑥]等文书。正是以上这些佃仆文书契约的次第出版与公布，才有力地促进了这一阶段徽州佃仆制研究的不断走向深入与发展。20 世纪 90 年代以来，人们逐渐开始将视角投向更加宽广的视野，开始运用法学、社会学等理论与方法对明清徽州佃仆的身份、纠纷与诉讼等问题进行探讨。

周绍泉在《清康熙休宁"胡一案"中的农村社会和农民》一文中，利用《徽州千年契约文书》中收录的清康熙三十二年（1693 年）八月至十一月休宁县

---

① 叶显恩：《从祁门善和里程氏家乘牒所见的徽州佃仆制度》，《学术研究》，1978 年第 4 期；《明清徽州佃仆制试探》，《中山大学学报》（哲社版），1979 年第 2 期；《关于徽州的佃仆制》，《中国社会科学》，1981 年第 1 期；魏金玉：《明代皖南的佃仆》，《中国社会科学院经济研究所集刊》，北京：中国社会科学出版社，1981 年。

② 刘重日、曹贵林：《明代徽州庄仆制研究》，《明史研究论丛》第 1 辑，南京：江苏人民出版社，1982 年。

③ 傅同钦、马子庄：《清代安徽地区庄仆文约简介》，《南开学报》（哲社版），1980 年第 1 期。

④ 叶显恩：《关于徽州的佃仆制》，《中国社会科学》，1981 年第 1 期。

⑤ 刘和惠：《明代徽州胡氏佃仆文约》，《安徽史学》，1984 年第 2 期。

⑥ 刘和惠：《明代徽州洪氏誊契簿研究》，《中国社会经济史研究》，1986 年第 3 期。

十二都三图胡的李炳、汪埙等涉及渠口胡、李、汪、朱四姓的诉讼文书，对佃仆胡一被打案中的农村社会与农民进行了深入探讨。该案由胡一子胡的禀状控告李姓，到演变为汪埙控告李姓“冒仆生端”。在第一阶段胡、李互控案中，作为佃仆的胡氏处于不利地位。但当汪氏加入进来后，李氏则很快败诉。周绍泉据此分析后指出：“明中叶延至清前期的里甲和乡约都保并行体制下，在农村中，齐民依其家族政治地位和经济实力而分高下，仆人则据沦落途径而区别为一主仆和仆下仆。”“明末清初的徽州农村社会是由阶级和阶层交错组成的等级社会。”[①]对于清雍正五年（1727 年）开豁世仆为良谕旨颁布的原因及其在徽州执行的结果，叶显恩认为是明末清初佃仆连续不断反抗斗争的结果，“清王朝意识到，一味采取镇压的强硬手段已经不够，因而有条件地将一部分佃仆开豁为‘良民’，借此缓和佃仆的反抗情绪”。[②] 但开豁世仆谕旨在徽州执行得并不顺利，以致直到民国时期，徽州仍有佃仆制残余。陈柯云则以《乾隆三十年休宁汪、胡互控案》为中心，对开豁世仆谕旨在徽州的实施进行个案分析，得出与叶显恩大体一致的结论，即“奴仆、佃仆前赴后继不畏牺牲的反抗斗争，为雍正五年开豁世仆谕旨的出台，创造了最根本的历史背景”。[③]

二、徽州地权分配、土地买卖和土地租佃等问题研究后来居上

宋元明清特别是明清时期，徽州的土地买卖活动极为频繁，以宗族占有为特征的封建宗法土地所有制十分顽固。更为重要的是，反映这些历史事实的徽州原始契约文书至今仍有大量遗存，这就为学者们研究这一问题提供了良好的条件。

叶显恩对明清徽州土地占有形式及其特点进行了探讨，认为私人地主土

---

① 周绍泉：《清康熙休宁“胡一案”中的农村社会和农民》，周绍泉、赵华富主编：《’95 国际徽学学术讨论会论文集》，合肥：安徽大学出版社，1997 年，第 114 页。

② 叶显恩：《明清徽州农村社会与佃仆制》，合肥：安徽人民出版社，1983 年，第 289 页。

③ 陈柯云：《雍正五年开豁世仆谕旨在徽州实施的个案分析》，载周绍泉、赵华富主编：《’95 国际徽学学术讨论会论文集》，合肥：安徽大学出版社，1997 年，第 125 页。

地所有制、宗法地主土地所有制和自耕农土地所有制是徽州的主要土地占有形式。但因徽州祠田、族田的发展和宗法关系对土地买卖的限制、徽商对土地追求的减弱，以及土地瘠薄等因素的影响，明清徽州大土地所有者不多，倒是宗法和自耕农土地所有制相对较为发达。[①] 章有义对叶显恩的徽商对土地追求减弱的看法有不同意见，认为徽商对土地追求并未减弱，商人资本或徽商利润确有一部分是积极投入土地兼并并转化为地权的。[②] 刘淼分析了明代徽州土地占有形态，指出"明清时期，徽州民间对土地的占有，有一个从完全占有到分别占有田皮、田骨的发展过程"。刘淼还探讨了造成这种地权分割的社会经济原因。[③] 彭超重点通过对明代《休宁程氏置产簿》的分析，考察了徽州土地兼并的阶段和对象，得出了明天启以后徽州小土地所有者被兼并殆尽的结论。[④] 明清徽州宗法土地占有制相当发达，那么，宗族土地来源如何？扩张方式又是怎样？章有义通过个案研究认为：徽州宗法土地田产主要来自阄分祖宗遗产和斥资置买，由于宗族有购买族内田产的优先权，因此，宗族公堂置买田产主要是零星买进。间或采取典当方式，基本是有进无出。[⑤] 刘和惠和彭超的观点与章有义基本相同。[⑥]

关于田皮与田骨，明清时期徽州地权出现了田皮与田骨的分营局面。那么，田皮与田骨的性质是什么？两者分营的时间和产生的前提条件又怎样？刘淼考察了徽州田皮与田骨出现分营的原因，认为耕种权能够父子继承，使佃农有了一定劳动积极性，"势必将更多的物化劳动投入到农耕中去，而耗费在农耕中的活劳动，其效益也并非仅有半年数载"。由于佃农耕种的投入是有价值的，这种价值的货币表现形式就是田皮价，"其在法律方面和应具有的

---

① 叶显恩：《明清徽州农村社会与佃仆制》，合肥：安徽人民出版社，1983年。

② 章有义：《明清徽州土地关系研究》，北京：中国社会科学出版社，1984年。

③ 刘淼：《略论明代徽州的土地占有形态》，《中国社会经济史研究》，1986年第2期。

④ 彭超：《休宁程氏置产簿剖析》，《中国社会经济史研究》，1983年第4期。

⑤ 章有义：《明清徽州土地关系研究》，北京：中国社会科学出版社，1984年。

⑥ 刘和惠：《明代徽州洪氏誊契簿研究》，《中国社会经济史研究》，1986年第3期；彭超：《歙县唐模村许荫祠文书研究》，《中国社会经济史研究》，1985年第2期。

土地权益,就是田皮权。而地主所拥有的田骨权,实际上仅应是最初支付购置田产的地价和其他方面开支的货币总额的利息,即其投入的全部土地资本的利息”。[1] 关于田皮与田骨分离的时间问题,刘和惠认为:至迟到万历年间已有田面权出现,康熙以后田面权有了大发展。[2] 彭超则认为,徽州最早发现田皮与田骨分营的文字记录时间是在景泰年间,清代尤其在嘉庆以后最为盛行。[3] 刘和惠主张田面权产生的前提是定额租制的普遍化。[4] 彭超不同意刘和惠的观点。[5] 但是,刘、彭二人都反对将“一田二主”等同于“永佃权”或“永佃制”。杨国桢也持相同看法。[6] 卞利结合对清代江西赣南地区退契的分析,认为:田皮权是从地权中分离出来的一种所有权,它可以买卖,可以继承。也就是说,田皮权具有佃权与产权的双重身份。[7]

关于徽州的土地买卖,周绍泉研究了明清徽州土地买卖中作为税契凭证的契尾的演变历程。[8] 傅衣凌考察了明代前期徽州土地买卖中的通货,指出:“明代前期通货流通的变化过程,从禁止使用白银,发行宝钞,终又解除金银禁令,正符合中国封建经济的迟滞性和货币经济的不成熟。”[9]刘和惠则剖析了明清时期徽州的田地买卖制度。[10] 周绍泉还以徽州契约文书为主要资料,探讨了明代徽州土地买卖的发展趋势及徽商与徽州土地买卖的关系,指出:“明代徽州的土地买卖呈现出频率增加和节奏加快的趋势……徽州的土地买卖也没有走出土地财产转化为商业资本→商业赢利资本扩大→商业资本又转化为土地财产这个往复循环,充其量只是加速了这个周而复始的封闭

---

① 刘淼:《略论明代徽州的土地占有形态》,《中国社会经济史研究》,1986 年第 2 期。
② 刘和惠:《清代徽州田面权考察》,《安徽史学》,1985 年第 4 期。
③ 彭超:《论徽州永佃权和“一田二主”》,《安徽史学》,1985 年第 4 期。
④ 刘和惠:《清代徽州田面权考察》,《安徽史学》,1985 年第 4 期。
⑤ 彭超:《论徽州永佃权和“一田二主”》,《安徽史学》,1985 年第 4 期。
⑥ 杨国桢:《明清土地契约文书研究》,北京:人民出版社,1988 年。
⑦ 卞利:《清代江西赣南地区的退契研究》,《中国史研究》,1999 年第 2 期。
⑧ 周绍泉:《田宅交易中的契尾试探》,《中国史研究》,1987 年第 1 期。
⑨ 傅衣凌:《明代前期徽州土地买卖契约中的通货》,《社会科学战线》,1980 年第 3 期。
⑩ 刘和惠:《明代徽州田契研究》,《历史研究》,1983 年第 5 期。

圈的运行速度而已。"[1]周绍泉和彭超还考察了明清徽州土地买卖的价格。[2]栾成显则以徽州契约文书为例，全面考察了明代土地买卖过程中推收过割制度的前后演变历程。[3] 关于徽州土地兼并，栾成显以祁门谢能静户为例，详细考察了明初徽州土地兼并的途径。[4] 李琳琦认为，徽商资本大量地流向了土地，成为明清时期土地兼并中的一支重要力量。[5]

除对徽州土地买卖诸问题的研究外，有关徽州的土地典当问题也是徽学界研究的重点。郑力民研究了明清徽州的土地典当中的一般问题，并就徽州土地典当与买卖进行了比较。[6] 刘淼和彭超也对徽州民间的典当契进行了分析与探索。[7]

关于徽州土地租佃问题，前面我们已对作为租佃制度重要组成部分的佃仆制进行了综述。下面再对徽州一般租佃关系研究状况作一简要概述。在近代徽州租佃关系的研究中，章有义作出了显著的贡献。他根据中国社科院经济研究所收藏的近代徽州租佃文书，推出了近代徽州租佃关系的个案研究成果，并汇集成《近代徽州租佃关系案例研究》。[8] 刘和惠与彭超则分别研究了徽州的田面权与一田二主问题，认为田面权并不是永佃权。[9] 刘淼以歙县

---

① 周绍泉：《试论明代徽州土地买卖的发展趋势》，《中国经济史研究》，1990 年第 4 期。

② 周绍泉：《试论明代徽州土地买卖的发展趋势》，《中国经济史研究》，1990 年第 4 期；彭超：《明清时期徽州地区的土地价格与地租》，《中国经济史研究》，1988 年第 2 期。

③ 栾成显：《明代土地买卖推收过割制度之演变》，《中国经济史研究》，1997 年 4 期。

④ 栾成显：《明初地主积累兼并土地途径初探——以谢能静为例》，《中国史研究》，1990 年第 3 期。

⑤ 李琳琦：《论徽商资本流向土地的特点与规律》，《安徽师范大学学报》(哲社版)，1988 年第 4 期。

⑥ 郑力民：《明清徽州土地典当蠡测》，《中国史研究》，1991 年第 3 期。

⑦ 刘淼：《徽州民间田地房产典当契研究》，《文物研究》总第 5 辑，合肥：黄山书社，1985 年；彭超：《论明清时期徽州地区的土地典当》，《安徽史学》，1987 年第 3 期。

⑧ 章有义：《近代徽州租佃关系案例研究》，北京：中国社会科学出版社，1988 年。

⑨ 刘和惠：《清代徽州田面权考察——兼论田面权的性质》，《安徽史学》，1984 年第 5 期；彭超：《论徽州永佃权和"一田二主"》，《安徽史学》，1985 年第 4 期。

棠樾鲍氏和唐模许氏为例，论述了清代徽州祠产土地租佃和地租问题。[①] 李文治也通过对康熙休宁县吴荪园祀产的典型案例分析，论述了清代徽州府地租由分成制向定额制过渡及地租剥削率的增长等问题。[②] 刘和惠还对明清徽州的山场文契进行了探讨，并以此为例，对山场的租佃、管理和所有权的转移等相关问题，进行了论述和阐释。[③]

周绍泉和江太新、苏金玉等还利用大量的徽州契约文书，推断了明清时期徽州地区的亩产量问题。[④]

三、徽州农村社会史研究取得丰硕成果

徽州社会史研究直接关系对明清徽州社会结构、社会变迁及社会性质的评价，因此，引起了徽学研究者的极大兴趣。赵华富在《论明清徽州社会的繁荣》一文中，用政治成就辉煌、经济繁荣昌盛、文化万紫千红来概括明清徽州社会的繁荣之状。[⑤] 牛建强研究了明代徽州的社会变迁。[⑥] 陈柯云对明清徽州基层社会的乡约问题进行了讨论。[⑦] 卞利对明代徽州社会社会变迁中的徽州地痞无赖活动猖獗的种种情态给予了较多关注，并着重就明代徽州的地痞无赖与徽州社会之间的关系作了较为深入的剖析，指出："处在明代中后期社会剧烈变革的时期，地痞无赖作为社会阶层的一个重要组成部分，其恣意横行的结果，直接污染了社会空气，扰乱了社会秩序，助长了官场腐败作风，

---

① 刘淼：《清代徽州祠产土地关系——以徽州歙县棠樾鲍氏、唐模许氏为中心》，《中国经济史研究》，1991 年第 1 期。

② 李文治：《论徽州地租由分成制向定额制的过渡及剥削率的增长——关于康熙朝休宁县吴荪园祀产典型事例分析》，《徽州社会科学》，1987 年第 1 期。

③ 刘和惠：《明清徽州文契研究——山场的租佃、管理和所有权的转移》，《文物研究》总第 6 辑，合肥：黄山书社，1990 年。

④ 周绍泉：《明清徽州亩产量蠡测》，《明史研究》总第 2 辑，合肥：黄山书社，1992 年；江太新、苏金玉：《论清代徽州地区的亩产》，《中国经济史研究》，1993 年第 3 期。

⑤ 《东南文化》1991 年第 2 期。

⑥ 牛建强：《明代徽州地区之社会变迁》，《史学月刊》，1995 年第 4 期。

⑦ 陈柯云：《略论明清徽州的乡约》，《中国史研究》，1990 年第 4 期。

阻碍了徽州社会经济的发展，造成了整个徽州社会的混乱无序状态”。[①] 周致元则分析了明代徽州的教化措施与徽州多节烈妇女的原因。[②] 唐力行则重点研究了徽州商人妇与明清徽州社会的相互作用问题，指出：“商人妇以支持丈夫的事业及亲自参与经营活动促进了商品经济的发展，而当时社会价值观念的变化也在一定程度上使妇女的地位有所提高。但与此同时，商人在实际经营中的需要促使宗族制度强化，封建纲常对妇女的束缚比以往更甚。徽州社会也由此成为二律背反的混合体。”[③]明清时期徽州堪舆风水信仰十分泛滥，对徽州社会经济发展造成很大影响，卞利认为，明清徽州堪舆风行阻碍了徽州社会的进步，束缚了生产力的发展，严重延缓了徽州社会经济的发展。[④] 此外，卞利还对16至17世纪徽州社会变迁中的大众心态进行较为深入的研究。[⑤] 周绍泉利用徽州契约文书，对明末清初农村基层社会中的里长、粮长和里老人进行了分析，并得出了至迟到清中叶徽州长期存在的里长、排年等尚未消亡的结论。[⑥] 刘淼对徽州盛行的会与会祭组织作了深入探讨。[⑦] 郑力民还通过田野调查的方式，对徽州的社屋进行了长篇论述，考证了社屋与祠堂和寺庙之间的关系，认为：“宋元时期，徽州人已按血缘关系聚族而居，但族兴之时，祠却未建，故祖先之祭，当是循古例，向在居室举行……明中期以后，社屋在徽州没有消失，而祠堂又被独立兴建。从此，社所兼有的祠之功能，便自然归由祠堂承继，而其自身又恢复了里社的原型”。“徽州的

---

① 卞利：《明代徽州的地痞无赖与徽州社会》，《安徽大学学报》（哲社版），1996年第5期。

② 周致元：《明代徽州的教化措施及其影响》，《安徽大学学报》（哲社版），1996年第2期；《明清徽州妇女节烈风气探讨》，《'95国际徽学学术研讨会论文集》，合肥：安徽大学出版社，1997年。

③ 唐力行：《商人妇与明清徽州社会》，《社会学研究》，1992年第4期。

④ 卞利：《明清时期徽州地区的堪舆风行及其对社会经济的影响》，《安徽大学学报》（哲社版），1991年第3期。

⑤ 卞利：《16至17世纪徽州社会变迁中的大众心态研究》，《家庭社区大众心态变迁国际学术研讨会论文集》，合肥：黄山书社，1999年。

⑥ 周绍泉：《徽州契约文书所见明末清初的粮长、里长和老人》，《中国史研究》，1998年1期。

⑦ 刘淼：《清代徽州的“会”与“会祭”》，《江淮论坛》，1995年第4期。

社屋，自建立之初，即奉有神，但也奉祖。至明中期，随着祠堂的出现，它在也被独立建造后，亦即成了神的专栖之地时，由于徽州的众多寺庙自唐宋以来业已存在，这样，因于栖神的共性，社屋与寺庙就有了相似之处……社庙结构发生于世俗生活，但只有通过神的沟通才得以实现；然一经成立，即对人的世俗生活产生了积极的作用，如这在迎神赛会中就有着鲜明体现。”[①]他还从歙县孝女会和徽州嬉菩萨的分段中，得出了徽州地方神凸显一体化理念的结论，指出：“在传统徽州乡村社会，当众多社屋与寺庙都分别是以一庙维系诸社的‘众社拱庙’结构样式存在时，由于民俗中频繁而有秩序的‘嬉菩萨’又是在年年举行，这实际上就在人的世俗社会中造就了一个个以寺庙为中心、以社屋为关系纽带的村族社区共同体，以及共同体内各村族的相互认同与共存意识。”[②]

王振忠在徽州民俗与社会文化史研究中进行了辛勤开拓，在《徽州文书所见种痘及相关习俗》一文中，[③]对徽州文书中记录的明清时期徽州天花及其种痘的案例进行了钩沉，并在此基础上对徽州痘神及民间的安神、还愿、种痘与徽州岁时习俗及其民间诸神、“寄名”习俗与徽州人姓名中的“社”，以及种痘习俗与齐云山道教信仰等进行了深入的分析和研究。在《晚清徽州民众生活及社会变迁——〈陶甓公牍〉之民俗文化解读》[④]一文中，王振忠则以清末徽州知府刘汝骥的《陶甓公牍》为基本史料，结合实地调查及新发现的多种徽州文书，从社会文化史的角度，对晚清时期徽州的民众生活与社会变迁作了系统探索。

总之，这一阶段，有关明清以降徽州佃仆制、地权与农村经济，以及徽州社会史研究取得了长足的进步，很多过去没有被挖掘和利用的史料，被发掘

---

① 郑力民：《徽州社屋的诸侧面——以歙南孝女会田野个案为例》，《江淮论坛》，1995年第4期。

② 郑力民：《徽州社屋的诸侧面——以歙南孝女会田野个案为例(续)》，《江淮论坛》，1995年第5期。

③ 王振忠：《徽州文书所见种痘及相关习俗》，《民俗研究》，2000年第1期。

④ 王振忠：《晚清徽州民众生活及社会变迁——〈陶甓公牍〉之民俗文化解读》，载朱万曙主编：《徽学》(2000年卷)，合肥：安徽大学出版社，2001年，第51页。

和利用，这就使得所研究的问题更加深入，且具有原创性。

第三节　徽州教育、文化艺术、科技及学术思想的研究全面展开

一、徽州教育和书院史研究取得新的成就

历史上，特别是南宋至明清时期，徽州教育繁荣，书院林立，书院讲学活动十分活跃。对此，康熙《徽州府志》曾云：明代“海内书院最盛者四：东林、江右、关中、徽州，南北主盟，互相雄长”。[①]

赵克生较早开始对明清时期徽州教育发达原因和徽州教育形式与内容及其特性等问题作了探讨，认为明清时期为徽州教育投资使徽州教育事业得到持续发展的主要是徽商，而明清徽州教育主要包括以科举为指归的儒学教育、以治生为手段的职业教育和以程朱理学为核心的道德教育三个方面，有效性和宗族性则是明清徽州教育的两个主要特征。[②] 李琳琦在《明清徽商与儒学教育》一文中，从徽商多方位、多层次自助和发展儒学教育入手，分析了徽商热衷于儒学教育的社会、历史和心理上的原因。文章指出：“徽商重视和自助儒学教育，对培养徽州的封建人才、提高徽州人的素质、形成别具一格的徽州文化以及对促进徽州商业自身的发展都起到了巨大的积极作用。”[③]明清徽州教育中的职业教育非常发达，李琳琦的《从谱牒和商业书看明清徽州的商业教育》，[④]利用大量的徽州谱牒和商业书等文献，对明清徽州职业教育中的商业教育作了开拓性研究，提出了明清徽州商业教育具有注重对传统商业价值的改造、商业教育内容具有实用性和可操作性、教育方式多样化和重视商业道德与商业伦理观教育等四大特色。此外，李琳琦还对明清徽州的蒙

---

① 康熙《徽州府志》卷十二《人物志・硕儒》。

② 赵克生：《明清时期的徽州教育》，《历史教学问题》，1996年秋至卷（总第21期）。

③ 李琳琦：《明清徽商与儒学教育》，《华东师范大学学报》（教育科学版），1997年第3期。

④ 李琳琦：《从谱牒和商业书看明清徽州的商业教育》，《中国文化研究》，1998年第3期。

养教育作了探讨，认为随着明中叶以后官办社学的衰落，徽州民间自行创设的义学和私塾等蒙养教育机构蓬勃发展。明确的层次之分、高度普及和开创塾讲制度，这些是明清徽州蒙养教育的三大特色。崇儒重教的文化传统、徽商的经济资助，以及强宗固族的宗法观念，这三者的相互作用，是明清徽州蒙养教育发展的主要社会历史原因。[①]

徽州发达的书院教育，历来受到学界的特别关注。1993 年，庄华峰发表《明清徽州书院考述》[②]一文，从明清徽州书院发达的原因、教学特点、社会影响等方面，对明清时期徽州书院进行了较为系统的阐述。刘秉铮在《论徽州的书院》[③]一文中，对徽州书院的起源和宋代以来发展的原因进行了较为深入的分析，认为：作为朱子故里、徽州学者荟萃、讲学之风盛隆、讲学自由、兼收并蓄、民间办学热忱、学者求学的不懈精神，这些都是徽州书院兴盛的重要原因。而自南宋以来，徽州的书院发展经历了宋、元、明三个阶段，其教学和讲会制度与规章健全，在人才培养方面发挥了重要作用。刘秉铮还论述了徽州书院与学术的关系，指出：徽州书院孕育了新学派的崛起，新学派又促进了书院的发展；徽州书院适应时代精神，接纳、传播新的学术思潮，不断提高自身学术思想品味，促进了书院的健康发展；徽州书院不媚俗、不惧压，坚持学术思想传播与研究，使徽州获得了"东南邹鲁"之誉。[④] 李琳琦则从徽州书院与宋末明初新安理学、明中后期阳明心学及清初新安朴学的视角，探讨了宋元明清时期徽州书院与徽州学术思想的演变，最后得出结论认为：书院与学术之间有着血肉联系，"为了学术的传播于是有了书院的繁荣，书院反过来又成为学术发展和改变区域学术旨趣的阵地"。那种认为宋初至清初徽州一直

---

① 李琳琦：《明清徽州的蒙养教育述论》，《安徽师范大学学报》（人文社科版），2000 年第 3 期。

② 庄华峰：《明清徽州书院考述》，《江淮论坛》，1993 年第 3 期。

③ 刘秉铮：《论徽州书院》，《江淮论坛》，1993 年第 3 期。

④ 刘秉铮：《漫画徽州书院与学术之关系》，《中国典籍与文化》，1997 年第 2 期。

是程朱理学天下的观点是不准确的。[①] 李琳琦还在随后发表的《徽州书院略论》[②]一文中，对宋代以来徽州书院的数量、特色及其与学术思想之间的关系进行了考订和阐释，认为宋元明时期徽州共创建了 125 所书院(其中宋元 47 所、明清 78 所)，徽州书院呈现出三大特色：一是讲会与课艺并行、学术与功利并举；二是宗族创办和商人捐助是明清徽州书院发展的动力；三是书院经济商业化经营。此外，李琳琦还对清代徽州书院的教学和经营管理特色进行了分析与总结。

总之，在 20 世纪 80 至 90 年代，包括书院史在内的徽州教育史受到了学术界的特别关注，并在前人研究的基础上，无论是在选题的深度与广度，还是在史料的收集与利用方面，以及研究方法的创新方面，都取得了超越前人的研究成就。

二、徽州文化艺术史研究百花齐放

历史上的徽州，特别是明代中叶以降，在新安画派、徽墨制作、徽州刻书、徽州三雕、徽派版画、徽派篆刻、徽戏和徽菜等各个领域，都出现了繁荣昌盛的景象。对其进行探索和研究，不仅有助于重构徽州文化艺术史的演变与发展图景，而且对传承和创新这些优秀的文化艺术遗产也具有重要的现实意义。也正是基于这一目的，20 世纪 80－90 年代，一批学者在前人业已取得优异研究成果的基础上，继续前行，并在各个领域取得了重要进展。

首先，对徽州文化的整体研究受到学界特别关注，并取得了开拓性的成就。高寿仙在其《徽州文化》[③]一书中，分别从地理环境与人口压力、家族乡绅与乡村社会、宗法社会中的徽州商人、社会教育与儒教化、食住风尚与宗教生活、各种艺术形式的繁荣六个方面，对徽州文化进行了全面而系统的探讨

---

① 李琳琦：《略伦徽州书院与徽州学术思想之演变》，《学术界》，1998 年第 6 期。

② 李琳琦：《徽州书院略论》，《华东师范大学学报》(教育科学版)，1999 年第 2 期；《清代徽州书院的教学和经营管理特色》，《清史研究》，1999 年第 3 期。

③ 高寿仙：《徽州文化》，沈阳：辽宁教育出版社，1993 年。

和研究。作为《中国地域文化丛书》中的一种，这部《徽州文化》是较具特色的一部。刘伯山对徽州文化的基本概念、来源及发展阶段、特点和研究价值作了较为详尽的论述。[①]赵华富在《徽州文化的崛起和繁荣昌盛》[②]一文中，对具有显著特色和鲜明性格的徽州文化崛起原因及繁荣发展进行了深刻阐述，认为内容丰富、成就辉煌、独树一帜、影响深远是繁荣昌盛的明清时期徽州文化繁荣的主要表现。户华为还从徽州文化的特质、底蕴、社会效应和历史地位方面入手，对徽州文化进行定位，指出："徽州文化蕴含的精华和糟粕都极为典型地折射出中国传统文化的特质。"[③]

其次，对徽州刻书业研究成果卓著。徽州是明清时期全国三大刻书中心之一，其所刻书籍精品迭出。因而，对徽州刻书业的研究吸引了一大批学者的注意力，有关对徽州刻书业的发展与著名刻书家的研究，在这一阶段的徽学研究中成果频出。严佐之分析了明代徽州刻书业繁荣的源流、发展盛况及其原因，探讨了明代徽州刻书业的性质及名家刻本，总结了明代徽州刻书的成就及文献价值，指出了徽州刻书研究中存在的不足。[④]叶树声随后亦对明代徽州刻书业的繁荣及原因和表现进行了探讨，并着重从五个方面对明代徽刻的主要贡献进行了分析和总结，指出：徽刻传播了文化，保存了资料；积累了丰富的刻印经验；推动了新安和金陵等地版画的发展；促进了江浙刻书业的发展；促进了徽州文教事业的发展和学术活动的开展。[⑤] 翟屯建对宋元明清徽州的刻书业崛起的原因和发展状况也作了较为系统的研究，提出了徽州刻书业兴起于宋、成长于元、盛极于明的观点。[⑥]刘尚恒对明清徽商的藏书与

---

① 刘伯山：《徽州文化的基本概念及其研究价值》，《徽州社会科学》，1999 年第 3 期。

② 赵华富：《徽州文化的崛起和繁荣昌盛》，赵华富：《两驿集》，合肥：黄山书社，1999 年。

③ 户华为：《徽州文化的历史定位》，《光明日报》，2000 年 8 月 4 日。

④ 严佐之：《论明代徽州刻书》，《社会科学战线》，1986 年第 3 期。

⑤ 叶树声：《论明代徽刻》，《淮北煤炭师院学报》(社会科学版)，1988 年第 2—3 合期。

⑥ 翟屯建：《宋元时期徽州刻书述略》，《徽州社会科学》，1989 年第 4 期；《明清时期徽州刻书简述》，《文献》，1988 年第 4 期；《明清时期徽州的刻书》，《图书馆学通讯》，1989 年第 1 期。

刻书作了较细致的探讨，认为徽州书商的藏书与学者的藏书性质和目的不同，其中有求名的因素，但更多是为了图利，“商业经济是藏书刻书的物质基础，藏书刻书又是商业经济在文化上的反映”。徽商藏书具有丰富且精、商业性和谱牒书籍多等特点，其历史功绩是保存了徽州典籍，传播了民族文化，推动了我国雕版印刷业的发展。[①]徐学林对徽州的刻书业研究倾注了大量精力，先后推出《源远流长的安徽古代出版业》[②]《明清时期徽州的刻书业》[③]和《试论徽州地区的古代出版业》[④]等长文，对源远流长的古代徽州出版业即刻书业进行了深入全面的钩陈和研究，取得了重要的成果。徐学林还将其前后发表的论文汇集成《徽州出版史叙论》一书，其内容主要有对包括徽州在内的安徽出版史论述，如《徽州府印刷艺术是古代出版艺术的顶峰——试论源远流长的安徽出版业》《安徽丛书编审会与〈安徽丛书〉》和《安徽清代禁书与五大文字狱案》等，也有对徽州著名出版家、编辑家和古籍整理大家等的研究成果，如《开时代风气的编辑家鲍廷博》《“经学克家”的编辑家毕沅》《以书为命的古籍整理大家鲍廷博》和《美术出版家、“印痴”汪启淑》等。此外，蒋元卿、叶树声和翟屯建等还对歙县虬村著名的黄氏刻工进行了考证和研究。[⑤]李国庆则对徽州仇氏刻工及其所刻书籍进行了研究。[⑥]

第三，对徽派版画和新安画派的研究也取得了令人瞩目的成就。1981 年，周芜发表《谈徽州版画》一文，对徽州版画的发展和繁荣的时代及其原因等进行了十分详尽的阐释，堪称这一时期的徽州版画史研究的代表性成果。明代万历年间，中国版画艺术发展到一个高峰，郑振铎称这一时期为版画艺

---

① 刘尚恒：《明清徽商的藏书与刻书》，《安徽师范大学学报》（哲社版），1990 年第 1 期。

② 徐学林：《源远流长的安徽古代出版业》，《东南文化》，1991 年第 2 期。

③ 徐学林：《明清时期徽州的刻书业》，《安徽师范大学学报》（哲社版），1992 年第 2 期。

④ 徐学林：《试论徽州地区的古代出版业》，《文献》，1995 年第 4 期。

⑤ 蒋元卿：《徽州黄姓刻工考略》，《江淮论坛》，1980 年第 4 期；叶树声：《谈明清时期徽州黄氏刻书工人》，《徽州师专学报》，1991 年第 2 期；翟屯建：《虬村黄氏刻工考述》，《江淮论坛》，1996 年第 1 期。

⑥ 李国庆：《徽州仇姓刻工考录》，《江淮论坛》，1992 年第 5 期。

术光芒万丈的时代。周芜认为:“徽派木刻家是构成这个光辉时代的支柱。他们分布在全国各地,主宰着这个时代的版画阵地……徽派版画自万历十年以后才逐步形成了自己的独特风格”,“徽州版画是画家、刻工、印刷者通力合作的产物。”[①]1983年,凝聚了周芜二十多年心血的徽州版画史研究著作《徽派版画史论集》由安徽人民出版社出版发行。该书共由徽派版画的故乡、徽派版画的概况、徽派版画的特色、明代两位出版家汪廷讷和胡正言、《黄氏宗谱》与黄氏刻工刻书考证、徽派版画的继承和发展问题,以及图版和图版说明等八部分组成。在书中,周芜不仅对徽派版画的内涵进行了探讨,而且还分析了徽派版画产生的原因,总结归纳了徽派版画的特色。认为:“广义地说,凡是徽州人(包括书坊主人、画家、刻工及印刷者)从事刻印版画书籍的都算徽派版画;狭义地说,是指在徽州本上刻印的版画书籍,才算徽派版画。无论在徽州本土或外地,在版画风格上都有许多共同之处,例如作品中所显示的典雅、富丽、精密、纤巧是他们所共有的。”[②]“徽派版画是我国传统版画在特定时期的一种表现,它具有传统版画的基本特色,诸如注重线描,突出人物,构图饱满,注意装饰效果,一笔不苟,讲究诗情画意,情景交融等,都是共同的。”[③]该书对汪廷讷和胡正言的雕版印刷成就给予了高度的评价,指出:“我国宋元时代,传统的木刻雕版印本书籍盛行,雕版技术达到了前所未有的水平。从十五至十六世纪,安徽徽州派版画兴起并独步一时,其实汪廷讷和胡正言是最出色的出版者。他们组织编纂刻印的木刻插图与彩色套印木刻画集,在中国出版史和美术史上获得了新的艺术成就。”[④]该书还对徽派版画处于巅峰时期的歙县虬村黄氏刻工的姓名、世系及其所刻图书精品作了系统钩沉,同时对徽派版画的继承与发展问题也进行了尝试性探讨,认为:中国版画有两个传统,一个是革命传统,一个是民族传统,“丢掉革命传统就失掉方向,

① 周芜:《谈徽州版画》,《美术研究》,1981年第3期。
② 周芜:《徽派版画史论集》,合肥:安徽人民出版社,1983年,第11页。
③ 周芜:《徽派版画史论集》,合肥:安徽人民出版社,1983年,第13页。
④ 周芜:《徽派版画史论集》,合肥:安徽人民出版社,1983年,第16页。

作品没有生命力;丢掉民族传统是无根之花,迟早要枯萎的"。[①]"徽派版画是我国传统版画中的精华,这是人们公认的。其实,从内容上讲,也有不少糟粕,多数是精华与糟粕杂陈,我们今天利用它,要批判其内容,利用其形式"。[②] 周芜对徽派版画的见解是建立在前人研究的基础之上的,同时又是超越前人的。就此而言,周芜的《徽派版画史论集》,堪称我国第一部系统研究徽州版画的集大成之作。张国标编撰的《徽派版画艺术》[③]也是这一阶段徽派版画研究的重要成果。穆孝天[④]和翟屯建[⑤]等也对徽派版画艺术的兴起与发展过程进行了较有深度的分析。石谷风则研究了徽派版画中的木版年画。[⑥]

第四,对新安画派及其代表人物的研究也成果纷呈。周吾考究了新安画派的源流,[⑦]对新安画派的创始人渐江及代表人物的研究也频有成果问世。无论是在研究领域的深度还是广度上,这一时期关于新安画派人物及其作品的研究都取得了非常突出的成就。陈传席在《略论渐江和新安画派》一文中指出:"新安画派是中国画史上的传统称谓,日本学者至今因之;美国学者称之为黄山画派;台湾学者称之为安徽画派;安徽学者有的称之为黄山画派,有的称之为新安画派……渐江为这一画派的主要代表。""渐江之后,新安产生了一批画家,皆步渐江宗法倪、黄。"[⑧]刘继潮和季学今对新安画派和黄山画派进行了区分,并指出其共同之处。认为:"新安画派是就地域而言,黄山画派是以题材划分。两个画派共同点有三:1. 新安画派以渐江为首、黄山画派以渐江为先。研究这两个画派,都无法回避对渐江的研究。2. 新安画派和黄

---

① 周芜:《徽派版画史论集》,合肥:安徽人民出版社,1983年,第51页。
② 周芜:《徽派版画史论集》,合肥:安徽人民出版社,1983年,第49页。
③ 张国标:《徽派版画艺术》,合肥:安徽美术出版社,1996年。
④ 穆孝天:《试论明清徽派版画艺术》,《徽州学丛刊》,1985年创刊号。
⑤ 翟屯建:《徽派版画的兴起与发展》,《中国典籍与文化》,1999年第3期。
⑥ 石谷风:《徽州木版年画的发展》,《东南文化》,1991年第2期。
⑦ 周吾:《新安画派源流初探》,《艺谭》,1984年第4期。
⑧ 陈传席:《略论渐江和新安画派》,《美术》,1984年第4期。

山画派，都与黄山结有不解之缘。3.同属于写生画派，两牌画家相互交叉，各有追随，共同形成一股活泼的冲击力量……渐江是中国山水画史上，承接传统，开启写生画派新风的一位画家。”[①]赵本一阐述了新安画派的艺术风格，认为“明清之际，一批具有特殊个性又相互影响的徽州画家形成了一个山水画法派。他们以高洁之艺术手法，描绘了带有地域特色的自然景貌，其画风影响于当时和后来的安徽画坛，并与江浙各画派争辉竞”。这就是新安画派。[②] 赵勇还对渐江与新安画派的师承风格进行论述，指出：新安画派的“代表人物是渐江、汪子瑞、孙逸、查士标，因这几位画家均是新安郡人，且相互联系，相互影响，风格近似，故绘画史称之为新安画派。在此新安四家中，学界一般公认弘仁是其首。”[③]

第五，徽州三雕（即木雕、石雕和砖雕）艺术驰名遐迩，对三雕艺术的研究也受到学界的广泛重视。安徽美术出版社相继推出了图文并茂的《徽州木雕艺术》[④]《徽州石雕艺术》[⑤]《徽州砖雕艺术》[⑥]，同时还出版了《徽州竹雕艺术》[⑦]等著作。

第六，徽州戏曲和民俗研究在这一阶段也引起了学界的重视和兴趣。洪非研究了徽戏的兴衰。[⑧] 均宁先后在《艺谭》杂志上发表了一系列论文，[⑨]对徽剧、徽班派系及其四大徽班的艺术道路进行了探讨。

朱万曙对包括徽州在内的皖南戏剧家群体进行了综合研究。[⑩] 在《〈环

---

① 刘继潮、季学今：《渐江与新安画派》，《美术》，1993 年第 10 期。

② 赵本一：《新安画派艺术风格》，《徽州师专学报》，1996 年第 3 期。

③ 赵勇：《渐江和新安画派的师承及风格》，《文史知识》，2000 年第 6 期。

④ 宋子龙、马世云编：《徽州木雕艺术》，合肥：安徽美术出版社，1988 年。

⑤ 陈乐生、马世云、宋子龙编：《徽州石雕艺术》，合肥：安徽美术出版社，1988 年。

⑥ 宋子龙、马世云编：《徽州砖雕艺术》，合肥：安徽美术出版社，1990 年。

⑦ 宋子龙编：《徽州竹雕艺术》，合肥：安徽美术出版社，1994 年。

⑧ 洪非：《漫谈徽戏的兴衰》，《戏曲艺术》，1984 年第 1 期。

⑨ 参见均宁的系列论文：①《徽剧和青阳滚调》，《艺谭》，1980 年创刊号；②《安徽徽班派系之探索》，《艺谭》，1981 年第 4 期；③《四大徽班的艺术道路》，《艺谭》，1984 年第 2 期。

⑩ 朱万曙：《晚明皖南戏曲家群体综论》，《江淮论坛》，1998 年第 4 期。

翠堂乐府〉与晚明文学精神》一文中，朱万曙还从文学史和晚明文学思潮的视角，对明代著名戏曲家休宁人汪廷讷的戏曲创作进行重新审视，认为："汪氏不仅创作数量丰富，在创作精神上也与晚明时期的文学、戏曲的走向一致，具体表现在对'忠奸斗争'题材的描写、对'颂情'思潮的步追和以'风世'笔墨进行道德拯救三个方面。汪氏的戏曲创作，既折射了晚明文学思潮，也使它们拥有不应忽视的价值。"[①]对明代祁门人郑之珍与目连戏剧文化，朱万曙也作了探讨。[②] 赵华富对赵吉士在《寄园寄所寄》中所记录的徽州"台戏"进行了考释，认为"这里所说的'台戏'不是搭台唱戏，而是一种造型艺术，即今天徽州地区还流行的一种民间游艺活动，又名'抬阁'，或曰'台阁'、'台角'"。那种将"台戏"解释为搭台唱戏的观点是值得商榷的。陈长文、茆耕如、倪国华和曹芷生分别对徽州的目连戏、傩戏进行了研究。关于徽州民俗研究，主要有程富金的《徽州风俗》。[③]其他如衣食住行、人生仪礼、宗族社会、婚丧嫁娶、岁时节令、信仰心理、民间文艺及陈规陋俗等，研究成果均较为丰富，此不一一述及。

最后，作为徽学研究第三阶段文化成就的重要组成部分，徽州地区方志编纂出版成就辉煌。自80年代初全国新编地方志工作全面启动以来，原徽州地区各县市纷纷建立了地方志编纂机构，集中纂修新时期该地区的市（区）、县方志。1989年，《黟县志》[④]纂成出版。次年，《徽州地区简志》[⑤]也由黄山书社出版 。此后，《休宁县志》[⑥]《屯溪市志》[⑦]《祁门县志》[⑧]《婺源县志》[⑨]

---

① 朱万曙：《〈环翠堂乐府〉与晚明文学精神》，《艺术百家》，1999年第1期。

② 朱万曙：《郑之珍与目连戏剧文化》，《艺术百家》，2000年第3期。

③ 程富金：《徽州风俗》，合肥：黄山书社，1996年。

④ 黟县地方志编纂委员会：《黟县志》，北京：光明日报社出版社，1989年。

⑤ 徽州地区地方志编纂委员会：《徽州地区简志》，合肥：黄山书社，1990年。

⑥ 休宁县地方志编纂委员会：《休宁县志》，合肥：安徽教育出版社，1990年。

⑦ 屯溪市地方志编纂委员会：《屯溪市志》，合肥：安徽教育出版社，1990年。

⑧ 祁门县地方志编纂委员会：《祁门县志》，合肥：安徽人民出版社，1993年。

⑨ 婺源县地方志编纂委员会：《婺源县志》，北京：档案出版社，1995年。

和《绩溪县志》[①]相继出版问世。徽州地区方志的纂修和出版，是这一时期徽学研究中取得的又一重大成果。在以上数部徽州区、市、县志中，有关徽州历史文化的内容占据了相当大的篇幅，它们大多充分吸收了徽学研究的最新成果，使志书质量得到了大幅提升。同时，这些志书的陆续出版，本身也是徽学研究成果的一个重要组成部分。

三、徽州科学技术史研究成果辉煌

徽州历史上特别是宋代以来至明清时期，科学技术呈现出繁荣发展态势，在医学、地理学、数学、光学等领域取得了非同凡响的成就，新安医学甚至形成极具地域特色的医学学术流派。内容丰富、成就卓异的徽州科学技术史自然引起了学界的重视，吸引了一批学者对其进行探索和研究，并推出了不少创新性研究成果。

首先，这一时期，整体性对包括徽州在内的安徽科学技术史进行系统研究的著作，首推《安徽科学技术史稿》。[②] 这部由自然科学史研究领域著名学者张秉伦领衔，吴孝铣、高有德、胡炳生、吴昭谦共同编著的45万字的安徽科学技术史著作，开创了安徽科学技术通史研究的先河，填补了安徽科学技术史研究的空白。其中，徽州科学技术史在全书中占据举足轻重的地位，徽州明代珠算集大成者程大位、清代著名数学家汪莱、光学家郑复光及著名新安医学家汪机等生平事迹及其所取得的科学技术成就，都在该书中得到了充分的体现，成为该书重要的内容之一。张秉伦还在《明清时期安徽的科学发展及其动因初析》[③]一文中，对明清时期安徽全省特别是徽州地区的科学发展成就及其综合动因进行了分析，指出：明清以来，包括徽州在内的安徽科学技术出现了前所未有的大发展，人才济济，群星辈出，具有“家族链”和“师承链”

---

① 绩溪县地方志编纂委员会：《绩溪县志》，合肥：黄山书社，1998年。

② 张秉伦、吴孝铣、高有德、胡炳生、吴昭谦等著：《安徽科学技术史稿》，合肥：安徽科技出版社，1990年。

③ 张秉伦：《明清时期安徽的科学发展及其动因初析》，《自然辩证法通讯》，1985年第2期。

的特色。“就当时安徽的科学在全国的影响而言，一度形成了以方以智、朱载堉、梅文鼎、程大位、郑复光、汪机、汪昂等人为代表的天文、数学、物理、医学的研究中心，取得了一些国内最先进的研究成果，甚至有些成就领先于当时国际上其他国家水平”。产生这一现象，主要原因在于当时包括徽州在内的安徽地区经济繁荣和徽商昌盛、文化教育发展和学术思想活跃、印刷业发达，以及对待西方科学技术的正确态度。洪璞则专门对明清徽州的科技发展的各个领域成就，从五个方面进行综述和评价：一是理论上的突破和方法论上的完善，二是典籍整理和传统的复兴，三是实验物理学和近代科学的萌芽，四是机械创新和工艺的改革，五是兼容并蓄，汇通中西。不过，洪璞认为，明清徽州科技在原有基础上确实是得到了较为全面的发展，但从总体上看，“传统的自然科学学科理论与方法依然占据了明清徽州科技的大量篇幅，而具有近代意义的科学尚未获得立足之地”。因此，“浓厚的传统性和微弱的近代性是明清徽州科技的基本特征”。[①]

其次，新安医学研究领域成果丰硕。由王乐匋等数位著名医学学者组成的《新安医籍丛刊》编委会自1985年起，相继对140余种20卷各类新安医学典籍进行点校整理，并由安徽科技出版社出版发行。[②]《新安医籍丛刊》集中代表了这一阶段新安医学典籍整理的最高成就。而李济仁撰著的《新安名医考》[③]和王乐匋主编的《新安医籍考》是这一阶段新安医学研究的标志性成果。《新安名医考》主要收录了清末以前志书和史籍上有记载或有医学专著的新安医家共668人，着重对其生平事迹、学术思想、临床实践及重要案例进行简要介绍，书末附有新安医学家和医著索引。《新安医籍考》则选取了清末以前新安医学家所撰著的800余部各种医学典籍，分别按照医经（附运气、基础理论）、伤寒（附温病）、诊法、本草、针灸、方论、医案、养生、丛书（附医工具书史）、考证医籍和附录等顺序进行排列，对其内容、版本与馆藏进行一一介

① 洪璞：《明清徽州科技发展述评》，《安徽史学》，1991年第2期。

② 新安医籍丛刊编委会：《新安医籍丛刊》，合肥：安徽科技出版社，1990—1996年。

③ 李济仁：《新安名医考》，合肥：安徽科技出版社，1990年。

绍，书末附有人名及医学书籍索引，是新安医籍研究的奠基性之作。

除以上著名典籍和研究论著外，这一时期，有关新安医学、医家等研究也取得了较为丰硕的成果。如童光东撰写并发表的《明清时期徽版医籍刻印及其影响》[①]一文，对明清时期徽州刻印的医籍进行了统计，有 270 种之多且基本存世，这些医籍占据了全国同一时期的医籍总数的 10%。作者认为，徽州生产优质木材、徽墨和江东纸等印刷材料，传统制墨、制砚雕刻技术发达，涌现如黄氏、仇氏等大量优秀刻工，以及徽商处于鼎盛时期，经营刻、售书籍的书商人数众多。他们热衷于刻印医籍，既能盈利，又可弘扬儒道。所有这些因素，直接导致了明清徽州医籍刻印的繁荣。该文指出：明清徽版医籍的大量刊行，一定程度上使明清及宋元以前的医籍、医学理论和学术观点得以流传，推动了当时医学的发展，对后世医学也产生了重要影响。在另一篇《论新安医家传承的家族链是新安医学发展的重要形式》[②]的论文中，童光东注意到了新安医家家族链的现象，并对新安医家展开探讨，得出结论，认为新安医家家族链涌现了大量的新安医家，促进了新安医学专科特色形成，有效地继承和发展了新安医学理论与临床实践。新安医家家族链是新安医学发展的重要形式，新安医家家族链形成的特殊原因主要是与新安的宗法制和文化发达有关。此外，童光东及其合作者还对新安医学的儒医和商医融合现象[③]、新安医家成才及其商业背景[④]，以及明清时期徽州的新安药店及其医药学作用[⑤]、徽商流寓和新安医学交流[⑥]等问题进行了全面而系统的研究，提出了不

---

① 童光东：《明清时期徽版医籍刻印及其影响》，《中国医药学报》，1990 年第 4 期。

② 童光东：《论新安医家家族链是新安医学发展的重要形式》，《安徽中医学院学报》，1990 年第 2 期。

③ 童光东、王乐匋、许业诚：《浅谈儒医在繁荣新安医学中的作用》，《安徽中医学院学报》，1989 年第 3 期；童光东、王乐匋、许业诚：《论明清徽州商医融合现象》，《中医临床与保健》，1989 年第 4 期。

④ 童光东：《论新安医家成才及其商业背景》，《医学与哲学》，1989 年第 9 期。

⑤ 童光东、刘惠玲：《明清时期新安药店及其医药学作用》，《中华医史杂志》，1995 年第 1 期。

⑥ 童光东：《徽商流寓与新安医学交流》，《安徽中医学院学报》，1993 年第 4 期。

少创新性观点，对推动新时期新安医学研究的发展，发挥了重要作用。张玉才从1981年起，即开始了对新安医学和医家思想及医籍的研究，并取得了较为丰富的成果，在新安医学研究领域占有一席之地。①

第三，对徽州数学、物理学及其他相关科学技术的研究，这一时期也取得了显著成就，其中不少是开拓性的填补空白式成果。梁红华在《明清徽州数学成就初探》②一文中，对明清时期徽州的数学成就作了简要叙述，认为："程大位以后，徽州数学逐渐向两个方面发展，一是江永、戴震、凌廷堪为代表的对中国古代数学进行较大规模的研究和整理；另一方面是以汪莱、罗士琳为代表的把注意力主要贯注在已传入数学知识上，既作细致的消化，又进行深入的探讨，推动了数学理论研究的现代化。"该文还指出：明清时期徽州的数学工作者还致力于应用数学原理，结合生产实际，改进劳动工具，提高劳动效率。程大位的《算法统宗》完成了从筹算到珠算的过程，戴震根据数学原理发明了龙骨水车，程瑶田则根据勾股定理发明了曲尺等。此外，在徽学这一繁荣发展阶段，珠算之集大成者程大位、数学和天文学家汪莱，以及光学家郑复光等，也都受到了学者们的广泛关注，并推出了一系列奠基性和开拓性的研究力作。

第四，对极具地域特色的徽州传统建筑研究成果纷呈，其中既有从整体上对徽州聚落、建筑及其成因和发展阶段的研究成果，也有对各类不同建筑群体与个体，如古民居群、祠堂、牌坊等号称徽州古建"三绝"的研究成果。另外还有对徽州石雕、砖雕和木雕艺术的研究成果。东南大学出版社还推出了

---

① 张玉才的新安医学研究成果主要有：①《孙一奎"生命在于气之恒动"医学思想初探》，《安徽中医学院学报》，1983年第2期；②《孙一奎生平、著作及学术思想初探》，《安徽中医学院学报》，1986年第2期；③《"新安医学"纵横谈》，《安徽中医学院学报》，1987年第2期；④《新安医学的儒学传统》（与徐谦德合作），《上海中医药杂志》，1998年第7期；⑤《程从周与〈程茂先医案〉》，《安徽中医临床杂志》，1999年第1期；⑥《明清时期徽人在扬州的医事活动及影响》，《中国中医基础医学杂志》，2000年第9期。

② 梁红华：《明清徽州数学成就初探》，《安徽教育》，1984年第4期。

《徽州古建筑丛书》，并出版了《瞻淇》[①]、《渔梁》[②]、《棠樾》[③]、《豸峰》[④]三种融文字、照片与测绘为一体的图文并茂的徽州村落古建筑研究著作。著名建筑学家单德启推出了其研究中国传统民居建筑系列的《中国传统民居图说·徽州卷》[⑤]著作。对徽州古村落、民居、祠堂和牌坊等徽州古建筑研究成果的不断深入，不仅有力地促进了徽学研究的发展，而且推动了徽州古村落和古建筑的保护与利用。世界文化遗产——皖南古村落的申报成功，以及大批徽州古建筑群及单体建筑跻身全国重点文物保护单位之列，徽州古村落和古建筑研究者及其所推出的研究成果功不可没。

四、徽州学术思想史研究再上新台阶

新安理学和皖派朴学是集中反映宋明以来至清代徽州学术思想发展成就的最具代表性意义的地域学术流派。对它们的学术特色、起源与发展历程及代表人物的研究，在这一时期受到了学界的关注，并取得了一系列成果。

1988年，周晓光撰写并发表《新安理学向皖派经学的转变》[⑥]一文，对新安理学的定义、发展阶段、代表人物及向皖派经学的转变进行了系统梳理，指出新安理学是宋元明清时期以新安籍理学家为主干的地方理学流派。祖籍婺源的朱熹，被奉为此派开山宗师。“它以维护、继承、发扬光大‘朱子之学’为宗旨，在它近七百年的发展演变过程中，大体经历了四个时期。第一时期：南宋，以朱熹、程永奇、程大昌、吴儆、汪莘等人为代表。第二时期：宋末、元代，以程若庸、胡允、胡一桂、胡炳文、陈栎、倪士毅等人为代表。第三时期：元末、明代，以汪克宽、赵汸、郑玉、朱升、范准、汪循等人为代表。第四时期：清初，以江永、程瑶田等人为代表”。至清乾隆时期，休宁人戴震继承明初新安

---

① 东南大学建筑系、歙县文物管理所：《瞻淇》，南京：东南大学出版社，1993年。

② 东南大学建筑系、歙县文物管理所：《渔梁》，南京：东南大学出版社，1998年。

③ 东南大学建筑系、歙县文物管理所：《棠樾》，南京：东南大学出版社，1999年。

④ 东南大学建筑系、婺源县博物馆：《豸峰》，南京：东南大学出版社，1999年。

⑤ 单德启：《中国传统民居图说·徽州卷》，北京：清华大学出版社，1998年。

⑥ 周晓光：《新安理学向皖派经学的转变》，《安徽师范大学学报》(哲社版)，1988年第4期。

理学家“求真是之归”的学术主张，倡导以“求是”为治经宗旨，开皖派经学风气之先。皖派经学的兴起，宣告了新安理学的终结。在《宋元明清时期的新安理学》[①]一文中，周晓光再次对新安理学的形成、发展、繁荣和发展历程及原因进行了探索，在强调了上文观点同时，进一步理清了新安理学发展和演变的脉络，提出并强化了新安理学崛起于南宋、发展于元代、寥落于明代、终结于清代的见解，指出：“新安地方学术从南宋到清代的发展演变，正是中国十二世纪以后哲学思想史、学术史的缩写。”周晓光还对新安理学的源流进行了考证与研究，对新安理学每一个阶段的特征进行了梳理和归纳。[②] 此外，周晓光及其合作者还对程大昌[③]和赵汸[④]等新安理学的代表人物及其思想进行了有益的探索。王光宇则从两个方面探讨了新安理学对中国封建社会后期徽州的影响，认为朱熹学说及其继承者新安理学，在徽州地区作为封建正统思想维系了近七百年之久，对徽州社会各个方面都产生了极大的影响，其中既有积极的影响，如推动了徽州地区教育和文化的发展；也有消极的影响，有些甚至是灾难性的影响，新安理学成了吃人的礼教。[⑤] 赵华富分析了元代新安理学家弘扬朱子学的学术活动，认为元代的新安理学家为学为师都“以朱子为宗”。其学术活动主要有捍卫朱子学、阐明朱子学和发展朱子学三个方面，对明初新安理学的繁盛产生了重要作用。他们在许多领域均有“发前人所未发”，但是，其基本理论和基本观点“未尝出朱子窠臼外”。[⑥] 张健对明代新安理学家程曈及其所撰写的《新安学系录》作了探讨。[⑦]

对乾嘉学派中的皖派朴学及其代表人物的研究，在这一时期也取得了长

---

① 周晓光：《宋元明清时期的新安理学》，《中国典籍与文化》，1993年第4期。

② 周晓光：《新安理学源流考》，《中国文化研究》，1997年第2期。

③ 周晓光：《论新安理学家程大昌》，《安徽师范大学学报》(自然科学版)，1994年第3期。

④ 吴晓萍、周晓光：《论新安理学家赵汸的〈春秋〉学说》，《安徽师范大学学报》(哲社版)，1998年第4期；《论元末明初新安理学家赵汸》，《孔子研究》，2000年2期。

⑤ 王光宇：《论新安理学对封建社会后期徽州的影响》，《安徽史学》，1993年第3期。

⑥ 赵华富：《元代新安理学家弘扬朱子学的学术活动》，《安徽大学学报》(哲社版)，2000年第6期。

⑦ 张健：《程曈及其〈新安学系录〉》，《安徽师范大学学报》(人文社科版)，2000年第3期。

足的进步,不仅整理出版了《戴震哲学著作选注》[①]《戴震集》《戴震全集》和《戴震全书》等皖派朴学人物的文集和著作,而且在以戴震为代表的皖派学术思想研究领域也都取得了不菲的成就,出版了《戴震哲学思想研究》[②]《戴震评传》[③]《戴震哲学新探》[④]和《戴学纵横》[⑤]等著作。在戴震经学、考据学、训诂学、心理学、方志学等诸多领域,还发表了数以百计的学术论文,这些成果几乎涵盖了戴震学术及其思想的各个方面。

第四节 20世纪70年代后期至90年代末港台地区及国外徽学研究的繁荣与中外交流的全面展开

经过20世纪70年代后期至90年代末20余年学者们的不懈努力和勤奋钻研,徽学研究取得了长足的进展,海内外徽学交流日益频繁,整个徽学研究呈现出百花齐放、百家争鸣的繁荣局面,徽学学科建设进入自觉建设和快速发展的成熟与繁荣阶段。

一、20世纪70年代末至80年代海外徽学的繁荣

20世纪70年代后期至80年代,随着"文革"的结束和改革开放政策的推行,徽学研究也伴随人文社科的发展而进入到一个崭新的阶段。与此同时,海外徽学研究也进入了繁荣发展的新时期。

1978年,荷兰莱顿大学的宋汉理(Harriet Thelma Zurndorfer)利用明代万历年间刊刻的《休宁范氏族谱》资料,以休宁范氏宗族为个案,全面考察了徽州

---

① 安正辉选注:《戴震哲学著作选注》,北京:中华书局,1979年。

② 王茂:《戴震哲学思想研究》,合肥:安徽人民出版社,1980年。

③ 李开:《戴震评传》,南京大学出版社,1992年。

④ 周兆茂:《戴震哲学新探》,合肥:安徽人民出版社,1997年。

⑤ 方利山、杜英贤:《戴学纵横》,北京:中国文联出版社,1999年。

地区发展与当地宗族之间的关系。[①] 接着，她又通过对《新安大族志》的分析，对800年至1600年中国上层社会发展的关系进行了细致考察。[②] 1985年，宋汉理发表《徽州地区的发展与当地的宗族——徽州休宁范氏宗族的个案考察》[③]一文，再次以休宁范氏宗族为个案，对宗族与徽州社会发展的关系进行了探索。美籍学者周绍明(Joseph P. Mcdermott)在日本国际基督教大学学报《亚洲文化研究》1985年第15号上发表《徽州原始资料——研究中华帝国后期社会与经济史的关键》[④]一文，对徽州契约文书的内容、类型和价值进行了较为系统的介绍和探讨。1986年，美国学者基恩·海泽顿撰写并发表了《父系血缘与地方化宗族的发展:徽州休宁城吴氏，1528》[⑤]一文，以休宁吴氏宗族为例，对明代徽州父系血缘与徽州地方宗族发展的关系进行了讨论。1989年，宋汉理出版了她的学术著作《中国地方史的变迁与持续:徽州地区的发展，800—1800》。[⑥]

这一时期，日本的徽学研究也走向了繁荣发展的阶段。1978年，斯波义

---

① Harriet Thelma Zurndorfer, *Merchant and Clansman in a Local Setting in Medieval China: A Case Study of Fan Clan of Hsiu-ning Hsien Hui-chou*, 800－1600, Ph. D. dissertation, University of California, Berkeley, 1978.

② Harriet Thelma Zurndorfer, *The 'Hsin-an Ta-tsu Chih' and the Development of Chinese Gentry Society* 800－1600, Toung Pao, Vol. LXVII, 1981.

③ Harriet Thelma Zurndorfer, *Local Lineages and Local Development: A Case Study of the Fan Lineage, Hsiu-ning Hsien, Hui-chou* 800－1500, Toung Pao, Vol. LXX, 1984. 中译本《徽州地区的宗族发展与当地的宗族——徽州休宁范氏宗族的个案研究》，载刘淼辑译:《徽州社会经济史研究译文集》，合肥:黄山书社，1988年，第19～75页。

④ Joseph P. Mcdermott, The Huichou Soures: *A Key to the Social and Economic History of Late-imperial China*,《アジア文化研究》第15号，1985年;中译本部分内容参见约瑟夫麦克德谟特撰、卞利译:《徽州原始资料——研究中华帝国后期社会与经济史的关键》，《徽学通讯》1990年第1期。

⑤ Keith Duane Hazelton, *Partilines and the Development of Localized Lineages: The Wu of Hsiu-ning City, Hui-cgiy, to* 1528, Patrica Buckley Ebray and James L. Watson ed., *Kinship Organization in Late Imperial China*, 1000－1940, Berkeley and Los Angeles: University of California Press, 1986.

⑥ Harriet Thelma Zurndorfer, *Change and Continuity in Chinese Local History: The Development of Hui-chou Prefecture*, 800 *to* 1800, Sinica Leidensia, Vol. 20, Leiden: E. J, Brill, 1989.

信即开始对徽商商业书进行研究，在题为《〈新刻客商一览醒迷天下水陆路程〉略论》[①]的论文中，斯波义信对徽商黄汴编纂的《新刻客商一览醒迷天下水陆路程》一书进行了探索。斋藤秋男也在随后发表的《〈新安原板士商类要〉略论》[②]中，对明代天启年间徽商程春宇编纂和刊刻的商业书——《士商类要》进行了探讨。长期从事明清海外贸易研究的松浦章发表了《清代徽州商人与海上贸易》，[③]对清代的徽州海商与海上贸易情况作了阐述。松浦章还对中国大陆出版的《徽商研究论文集》进行评述。[④]

值得一提的是，这一时期，日本学者对徽州的方言和徽州建筑等研究也取得了令人称羡的成就。平田昌司不仅于 1996 年撰写发表了《徽州休宁的言语生活》，[⑤]而且在 1998 年出版了由他主编，赵日新、刘丹青、冯爱珍、木津祐子、沟口正人等中日学者共同合作撰写的徽州方言研究著作《徽州方言研究》[⑥]，这是迄今为止日本学者研究徽州方言最为系统深入的学术专著。它的出版，是日本学界对徽州方言研究取得的标志成果。在徽州建筑研究领域，日本学界也取得了令人瞩目的成就。李恒和重村力合撰的关于徽州村落水系与聚落空间构成的论文是其中的代表作。[⑦] 铃木博之则对明代徽州祠堂建筑的形成与规制进行了探讨。[⑧] 荒川朱美、大西国太郎等则对徽州民居

---

① ［日］斯波义信：《〈新刻客商一览醒迷天下水陆路程〉について》，《森三树三郎博士颂寿纪念：东洋学论丛》，京都：朋友书店，1979 年。

② ［日］斋藤秋男：《〈新安原板士商类要〉について》，日本《东方学》，1980 年 7 月第 60 辑。

③ ［日］松浦章：《清代徽州商人と海上贸易》，日本《史泉》，1984 年 8 月第 60 号。

④ ［日］松浦章：《徽州商人の历史经营史：〈徽商研究论文集〉》，日本《东方》，1987 年 3 月第 75 号。

⑤ ［日］平田昌司：《徽州休宁的言语生活》，《未名》，1996 年第 14 号。

⑥ ［日］平田昌司主编：《徽州方言研究》，东京：好文出版社，1998 年。

⑦ 李恒、重村力：《水系との关わりからみた集落空间の构成に关する研究：中国安徽省徽州集落事例研究》，载《日本建筑学会大会学术近畿支部研究报告集》，1991 年第一期。

⑧ ［日］铃木博之：《明代における宗祠の形成》，日本《集刊东洋学》，1994 年第 71 号。

居住空间及其景观的变化和再生保护方法作了探讨。[①] 沟口正人以休宁县古民居调查为例，对徽州传统民居的构造进行了解读。[②] 铃木博之还以明清时期的婺源县为中心，从史学角度对徽州的村落与祠堂布局结构进行了讨论。[③] 京极宽以"徽州民居访问记"为题，记述了其对徽州古民居的观感。[④]

这一时期，随着中国对外开放政策的实行，日本学者率先组团对中国社会科学院历史研究所进行访问，深藏该所的徽州契约文书受到鹤见尚弘等日本学者的特别关注。以此为契机，日本对徽州契约文书研究此时也逐渐由此展开，小山正明撰写的《文书史料所见明清时期徽州府的奴婢和庄仆制》，[⑤]是其中代表性之作。鹤见尚弘发表的《明代永乐年间户籍关系残简略论——中国历史博物馆藏徽州契约文书》，[⑥]对中国历史博物馆收藏的明代徽州赋役黄册作了简要介绍。1989年，草野靖发表《从徽州地主江崇芸堂置产簿看田地底面归并趋势与租田收回分种》[⑦]一文，对江崇芸堂地主的置产簿进行了分析，并由此探讨其田底和田面权。铃木博之则发表了《明代徽州的族产与户名》，[⑧]对明代徽州的宗族族产与户名进行了研究。

---

① ［日］荒川朱美、大西国太郎等撰：《中国"徽州民居"における集住空间と町并み景观の变化および保存再生手法に关する日中共同研究》，载《トヨカ研究报告》，东京：トヨカ财团，1996年。

② ［日］沟口正人：《住まいの空间构造を读み解く：徽州休宁における传统民居の调查》（〈第2部〉艺术工学へアプローチ），载《艺术工学への诱い》第1号，名古屋：名古屋市立大学，1997年。

③ ［日］铃木博之：《徽州の村落と祠堂——明清时代の婺源县を中心として》，日本《集刊东洋学》，1997年第77号。

④ ［日］京极宽：《徽州民居を访ねる——中国安徽省》，载日本《造景》第9号，东京：建筑资料研究社，1997年。

⑤ ［日］小山正明：《文书史料かいみた明清时代徽州府下の奴婢庄仆制》，载《西鸠定生博士还历纪念：东アヅア史おける国家と农民》，东京：山川出版社，1984年。

⑥ ［日］鹤见尚弘：《明代永乐年间、户籍关系残简について——中国历史博物馆藏の徽州契约文书》，载《榎博士颂寿纪念：东洋史论丛》，东京：汲古书院，1988年。

⑦ ［日］草野靖：《徽州地主江崇芸堂の置产簿に见える底面の趋势と租田の收回分种》，载草野靖《中国の近世寄生地主制——田面惯行》，东京：汲古书院，1989年。

⑧ ［日］铃木博之：《明代徽州の族产と户名》，日本《东洋学报》，1989年第71卷第1・2号。

在中国的港台地区，徽学研究也在前期取得成就的基础上继续向前发展。这种发展体现在两个方面：一是港台地区一批学者致力于徽学研究，发表了一系列高水平的徽学研究成果；一是大陆和其他国家的学者在港台学术刊物上发表徽学研究成果。本节重点介绍港台学者徽学研究的成果。

徽商研究受到港台学者的特别关注，发表和出版了一系列成果。刘石吉在《一九二四年上海徽帮墨匠罢工风潮——近代中国城市手艺工人集体行动之分析》[①]一文中，对 1924 年上海徽墨工匠因工资和待遇问题引发的罢工风潮进行了较为系统的探讨和研究。陈其南则以明清时期的徽商为例，从儒家文化与传统商人职业伦理的角度，对传统商人的职业伦理与儒家文化之间的关系进行了论述。[②]

20 世纪 70 年代后期至 90 年代末，对徽州契约文书和文献研究自 70 年代初方豪公布其在抗战胜利后收购的徽州契约文书之后，也开始步入正轨。美国学者居密连续发表研究有关徽州契约文书和方志、族谱的论文，把徽州契约文书与文献研究推向了一个新阶段。在《明清徽州地区租佃文书介绍》[③]一文中，居密公布和介绍了一批徽州地区的租佃契约文书，随后，又发表了对安徽的方志、谱牒及其他地方资料的研究论文，对徽州地区的地方志、族谱和文书等资料进行初步探讨。[④] 与此同时，陈其南和邱淑如也对包括徽州在内的地方志中的《氏族志》和宗族的发展进行了分析和研究。[⑤] 香港地区对徽州契约文书的研究的真正开始是源于一件人们对嘉庆二十三年（1818年）徽州含有租佃等多种成分的“断骨绝卖田皮契约”的公布与寻解。1998

---

① 中央研究院近代史研究所：《近代中国区域史研讨会论文集》，台北：中央研究院近代史研究所，1986 年。

② 陈其南：《儒家文化与传统商人的职业伦理——明清徽州商人的研究》，《当代》，1987 年第 10、11 期。

③ [美]居密：《明清徽州地区租佃文书介绍》，载《汉学研究通讯》，1985 年第 4 卷第 1 期。

④ [美]居密：《安徽方志、谱牒及其他地方资料的研究》，《汉学研究》，1985 年第 3 卷第 2 期“方志学国际研讨会论文专号”第 1 册。

⑤ 陈其南、邱淑如：《方志〈氏族志〉体例的演变与中国宗族发展研究——附清光绪〈乡土志〉总目录》，《汉学研究》，1985 年第 3 卷第 2 期“方志学国际研讨会论文专号”第 2 册。

年10月,香港科技大学《华南研究资料中心通讯》刊出《征求解读一张地契》[①]一文,引来了中国大陆和香港知名学者的参与。郑振满发表《徽州地契浅释》,[②]对这种公布出来的地契进行解读和阐释。黄永豪则发表《对〈徽州地契浅释〉一文的一些补充意见》,[③]对郑振满的"浅释"展开讨论,提出了不同的见解。周绍泉为分析和解释这张地契,专门撰文《试解清嘉庆年间一张徽州地契——兼论明清佃权的产生及典买》,[④]该文结合这张地契所蕴含的丰富内容,结合徽州地区其他相关契约文书,从佃权及典买的视角,对其进行了令人信服的解释和研究。

徽州方言和徽州建筑研究,也在港台地区得到关注,发表了不少成果。马希宁发表了《再谈徽州方言古全浊声母》,[⑤]对徽州方言中的古全浊声母进行了初步探讨。唐至量则对徽州民居进行了系统介绍和说明。[⑥] 1998年,《汉声》杂志刊登《婺源乡土建筑》,[⑦]对婺源县的乡土建筑进行了介绍。

需要特别指出的是,20世纪70年代末至90年代,海外各国和中国港台地区之所以在徽学方面取得重要的学术成就,主要还是得力于中国实行改革开放政策后中外学者之间的学术交流。这种交流对推动徽学研究无疑是有益的。还有就是1983年叶显恩撰写的《明清徽州农村社会与佃仆制》著作的出版,在海外引起了强烈反响,美国和日本相继出现了数篇关于该著作的评论。这一著作的出版,极大地吸引了海外学者对徽学的兴趣。徽州契约文书、徽商及其独特的宗族社会结构和顽固存在的佃仆制,都成为海外学界感兴趣的研究领域,而这些领域正是徽学研究的主体与核心内容。可以负责任地说,正是这种中外交流,才使得徽学逐渐成为一门享誉国际的显学。

---

① 载《华南研究资料中心通讯》1998年第10期。
② 载《华南研究资料中心通讯》1998年第11期。
③ 载《华南研究资料中心通讯》1998年第11期。
④ 载《东方学报》1999年第71册。
⑤ 载《清华学报》1996年第26卷第3期。
⑥ 唐至量:《徽州民居》,载唐至量:《电车道上》,香港:获益出版事业有限公司,1997年。
⑦ 《婺源乡土建筑》,《汉声》,1998年第113期。

二、20世纪90年代海外徽学研究的繁荣和中外交流的深入开展

20世纪90年代是海外徽学全面繁荣发展阶段。这一阶段，海外的徽学研究不仅成果多，而且质量高，其整个研究方向和领域几乎与中国国内学者同步。这一局面的形成，是中外学界交流频繁且深入的结果，中外学者通过互相讲学和参加彼此主办国际徽学会议的方式展开互动。

这一时期，在美国，有多篇关于徽学研究的学位论文发表，内容涉及徽州的戏剧、学术、宗族与社会各个领域，研究视野进一步拓宽。1994年，美国的郭琦涛出版了他的博士学位论文《徽州目连戏：通过"地狱与天堂"的儒家伦理传播》，①该书从徽州目连戏叙事的视角，通过对目连救母戏剧的故事解析，阐释了儒家伦理——孝道的传播与表达。同年，祝平一也发表了他的博士学位论文《技术知识，文化实践与社会边界：皖南学者和耶稣会士天文学的重塑，1600—1800》，②对1600年至1800年期间包括徽州在内的皖南地区学者与耶稣会传教士对天文学的重塑，在技术知识、文化实践和社会边界等问题上进行了探讨。杨建宇则撰写了硕士学位论文《徽州和苏州民居设计原理对美国社区发展的应用价值》，③从徽州与苏州古民居比较视角，讨论徽州与苏州的古民居设计理念对美国社区发展的应用价值。1996年，刘祥光完成了《教育与社会：徽州公共和私人学校机构，960—1800》一文，该文对宋代至清代中叶徽州的地方官办儒学和民间私塾及书院教育同社会的关系进行了分析和探讨。1998年，林丽江的博士学位论文《图像的传播：〈方氏墨谱〉和

---

① Guo Qitao（郭琦涛），*Huizhou Mulian Operas*：*Conveying Confucian Ethics with "Demons and Gods"*，Ph. D. dissertation，University of California，Berkeley，1994.

② Chu Ping-yi，*Technical and Knowledge*，*Cultural Practices and Social Boundaries*：*Wn-nan Scholars and the Jesuit Astronomy*，1600—1800，Ph. D. dissertation，University of California，Los Angels，1994.

③ Yang Jianyu，*The Application of Huizhou and Suzhou House Design Principles to American Community Development*，M. A. Thesis，Texas Technology University，1995.

〈程氏墨苑〉墨条的设计与印刷》,[1]对明代徽州两大制墨名家方于鲁和程君房编纂的《方氏墨谱》与《程氏墨苑》之徽墨的设计与印刷进行了探索。

20世纪90年代的日本,有关徽学的研究,无论是选题还是研究深度与广度,都远远超过以前任何一个时期,达到了繁荣的鼎盛阶段。

承接以往的传统,对明清时代的徽商和商业书研究继续受到日本学者的关注,其中尤以新崛起的中青年一代学者如臼井佐知子等,发表了一系列深入系统的研究成果,将日本和中国已有的徽商研究向前推进了一大步。

与前代学者相比,臼井佐知子的徽商研究系列成果有两大突破:一是使用徽州契约文书对徽商进行研究,一是将对徽商的考察与宗族结合起来。她的研究始于1991年,而后不断推出新作,[2]尤其是其代表作《徽州汪氏的移动与商业活动》,[3]对徽商的商业网络进行了迄今为止最为系统的探索。张冠增从徽商与同乡组织的视角,对明末清初北京的歙县会馆展开了探讨。[4] 大田由纪夫则对元末明初徽州货币动向作了探索。[5] 滝野正二郎研究了清代乾隆年间包括徽商在内的两淮盐商与官僚之间的关系。[6] 日本著名中国法制史学者滋贺秀三也利用新史料研究了清代徽商店铺、家产分割的问题。[7]

---

① Lin, Li-chiang, *The Proliferation of Images: The Ink-stick Designs and the Printing of the Fang-shih mo-p'u and the Ch'eng-shih mo-yuan*. Ph. D. Dissertation, Princeton University, 1998.

② [日]臼井佐知子的徽商系列研究论文包括:(1)《徽州商人とそのネットワ》,《中国一社会と文化》,1991年第6号;(2)《徽州探访记》,《近代中国》,1994年第24号;(3)《徽州における家产分割》,《近代中国》,1995年第25号;(4)《中国江南における徽州商人とその商业活动》,载《地域の世界史(9):市场の地域史》,东京:山川出版社,1999年。

③ [日]臼井佐知子:《徽州汪氏の移动と商业活动》,《中国一社会と文化》,1993年第8号。

④ 张冠增:《明末清初北京の会馆——徽州商人とその同乡组织》,《アジア文化研究》,1993年第19号。

⑤ [日]大田由纪夫:《元末明初期における徽州府下の货币动向》,《史林》,1993年第76卷第4号。

⑥ [日]滝野正二郎:《清代乾隆年间における官僚と盐商——两淮盐引案を中心として(二)》,《九州大学东洋史论丛》,1994年第22号。

⑦ [日]滋贺秀三:《家产分割における店铺をめぐる一史料》,《东洋法制史研究会通信》,1997年第11号。

铃木博之还以歙县西溪南吴氏宗族为中心,分析了徽州商人的家族系谱。[①]对明清时期日用类商业路程书的研究在20世纪90年代的日本成为热门研究领域。1994年,山根幸夫撰写发表的《明代的路程书研究》,[②]对明代包括徽商在内的徽商的路程书进行了全面介绍和研究。谷井俊仁发表《路程书的时代》[③]一文,对徽商黄汴编纂的《天下水陆路程》的明代日用类商业路程书进行了介绍和探索。其他日用类书的研究也对徽商的商业书有所涉及,如本田精一的《〈三台万用正宗〉算法门与商业算术》[④]和小川阳一的《日用类书——〈万用正宗〉〈万宝全书〉〈不求人〉》[⑤]等。

对明清时代徽州的乡村社会及文化生活状况的研究,20世纪90年代,日本学界也推出了许多较有力度的研究成果。铃木博之1990年发表专题论文,以清代歙县唐模许荫祠文书为例,探讨了徽州的族产。[⑥] 同年,他又发表《明代徽州府的乡约研究》一文,对明代徽州的乡约作了深入探讨。这篇论文和中国社科院历史所陈柯云的《略论明清徽州的乡约》[⑦]几乎同时问世,这进一步说明了中外学者在90年代已经共同关注相同或相近的选题和研究领域。此外,铃木博之还对清代徽州的宗族、祠堂与村落作了系统研究。[⑧] 日

① [日]铃木博之:《徽州商人の一系谱——溪南吴氏をめぐゐて》,《东方学》,1999年第98辑。

② [日]山根幸夫:《明代の路程书について》,《明代史研究》,1994年第22号。

③ [日]谷井俊仁:《路程书の时代》,载小野和子编:《明末清初の社会と文化》,京都大学人文科学研究所,1996年。

④ [日]本田精一:《〈三台万用正宗〉算法门と商业算术》,《九州大学东洋史论丛》,1995年第23号。

⑤ [日]小川阳一:《日用类书——〈万用正宗〉〈万宝全书〉〈不求人〉など》,《月刊しにか》,1998年3月号。

⑥ [日]铃木博士:《清代におけゐ族产の展开——歙县の许荫祠をめぐついて》,《山形大学史学论集》,1990年第10号。

⑦ 载《中国史研究》,1990年第4期。

⑧ [日]铃木博士:《清代徽州府の宗族と村落——歙县の江村》,《史学杂志》,1992年第101卷第4号;《明代におけゐ宗祠の形成》,《集刊东洋学》,1994年第71号;《徽州の"家"と相续惯行——瑞村胡氏をめぐついて》,《山行大学史学论集》,1999年第19号。

本著名戏剧史学者田仲一成则对徽商与徽州目连戏的关系进行了深入探讨。[①] 涩谷裕子以收藏在南京大学的徽州祭祀会簿《祝圣会簿》为中心，对明清时代徽州地区的农村社会祭祀组织进行了分析。[②] 由此考察入手，涩谷裕子还对清代徽州农村社会的生员地位及作用展开了分析。[③] 小松惠子发表《宋代以降徽州地域发达与宗族社会》，[④]将宋代以降徽州的地域开发与宗族社会结合起来进行考察。涩谷裕子对清代中叶以后徽州府休宁县的社会问题——棚民问题进行了调查和研究。[⑤] 中岛乐章则以徽州契约文书为中心，探讨了明代中叶的老人制度与乡村裁判活动。[⑥] 他还考察了明代中期徽州府的值亭老人制度。[⑦] 对明代里甲制下纷争的处理、望族与明代老人制度，中岛乐章都进行了系统的研究。[⑧] 高桥芳郎则以《著存文卷集》为例，对明代徽州府休宁县的争讼案件进行了介绍和剖析。[⑨] 熊远报也以清代婺源县西关坝诉讼案卷为中心，探讨了清代徽州的地域纠纷。[⑩] 对徽州版画与印刷的

---

① ［日］田仲一成:《明代江南における宗族の演剧统制について》，载《山根幸夫教授退休纪念明代史论丛》(下)，东京:汲古书院，1990年。

② ［日］涩谷裕子:《明清时代、徽州江南农村社会における祭祀组织について——〈祝圣会簿〉の绍介(1)》，《史学》，1990年第59卷第1号;《明清时代、徽州江南农村社会における祭祀组织について——〈祝圣会簿〉の绍介(2)》，《史学》，1990年第59卷第2·3号

③ ［日］涩谷裕子:《清代徽州农村社会における生员のコミユニティについて》，《史学》，1995年第64卷第3·4号。

④ ［日］小松惠子:《宋代以降の徽州地域发达と宗族社会》，《史学研究》，1993年第201号。

⑤ ［日］涩谷裕子:《杉とトウモロコシ——安徽省休宁县の棚民调查》，《日中文化研究》第14号，东京:勉诚出版，1999年。

⑥ ［日］中岛乐章:《明代中期の老人制と乡村裁判》，《史滴》，1994年第15号。

⑦ ［日］中岛乐章:《明代中期、徽州府下における"值亭老人"について》，《史观》，1994年第131号。

⑧ 参见［日］中岛乐章:《明代前半期、里甲制下の纷争处理——徽州契约文书を史料として》，《东洋学报》，1995年第76卷3·4号;《徽州の地域名望家と明代の老人制》，《东方学》，1995年第90辑;《明代徽州の一宗族をめぐゐ纷争と同族统合》，《社会经济史学》，1996年第62卷第4号。

⑨ ［日］高桥芳郎:《明代徽州府休宁县の一争讼——〈著存文卷集〉の绍介》，《北海道大学文学部纪要》，1998年第2号。

⑩ ［日］熊远报:《清代徽州地方における地域纷争の构图——乾隆朝婺源县西关坝诉讼として》，《东洋学报》，1999年第81卷第1号。

研究，也是这一时期日本史学界和艺术学界探索的热点，松村茂树《关于浙江与徽派版画的关系》[①]阐释了浙江与徽派版画的关系。美国学者居密在日本发表了《明清时期徽州的刻书和版画》[②]一文，对明清时期徽州发达的刻书业和版画发展，进行了探索和分析。

20世纪90年代日本史学界徽学研究的最大亮点是徽州契约文书被大量介绍和用于专题问题的研究，臼井佐知子、涩谷裕子和中岛乐章等徽学学者其专题研究使用的大多是徽州契约文书史料。对徽州契约文书的状况和分类的研究，成为这一时期日本史学界新的研究领域，尤其是森正夫等所倡导的地域社会构造研究，徽州契约文书史料为其提供了坚实的史料支撑。这一时期，整体上介绍徽州契约文书和各类专门文书的文章大量问世，中国学者周绍泉的《徽州契约文书的由来、收藏、整理》《徽州契约文书的分类》先后发表在1992年第20号的《明代史研究》和1992年第32号的《史潮》上。接着，鹤见尚弘发表《中国历史博物馆藏万历九年丈量的鱼鳞册一种》、[③]臼井佐知子发表《徽州契约文书与徽学研究》[④]和《中国明清时代文书的管理与保存》、[⑤]山本英史发表《明清黟县西递胡氏契约文书的检讨》、[⑥]中岛乐章发表《明末徽州的里甲文书》、[⑦]熊远报发表《抄招给帖与批发——明清徽州民间诉讼文书的由来与性格》。[⑧] 总之，20世纪日本学者这些介绍和研究徽州契

---

① [日]松村茂树：《浙江と徽派版画について》，《大妻女子大学纪要文系》，1992年第24号。

② [美]居密：《明清时期徽州的刻书和版画》，载《芦田孝昭教授退休纪念论文集：二三十年代中国と东西文艺》，东京：东方书店，1998年。

③ [日]鹤见尚弘：《中国历史博物馆藏万历九年丈量鱼鳞册の一种》，载《和田博德教授古稀纪念：明清时代の法と社会》，东京：汲古书院，1993年。

④ [日]臼井佐知子：《徽州契约文书と徽学研究》，《史潮》，1993年第32号。

⑤ [日]臼井佐知子：《中国明清时代における文书の管理と保存》，《历史学研究》，1997年第703号(增刊号)。

⑥ [日]山本英史：《明清黟县西递胡氏契约文书の检讨》，《史学》，1996年第65卷第3号。

⑦ [日]中岛乐章：《明末徽州の里甲文书》，《东洋学报》，1998年第80卷第2号。

⑧ [日]熊远报：《抄招给帖と批发——明清徽州民间诉讼文书の由来と性格》，《明代史研究》，2000年第28号。

约文书的论文，有力地推进了日本学术界徽学研究的发展。

20世纪90年代，韩国的徽学研究在朴元熇的主盟下，从起步逐渐走向繁荣发展。1996年，朴元熇发表《徽州宗族组织扩大的契机——以歙县柳山方氏为中心》，①以歙县柳山方氏宗族为中心，探讨了明清时期徽州宗族组织的扩大化及其契机。次年，朴元熇又发表《明清时代徽州真应庙之统宗祠转化与宗族组织——以歙县柳山方氏为中心》，②对明清时代方氏宗族真应庙向统宗祠转化以及转化过程中的宗族组织，进行了深入细致的考察。同年，朴元熇还在韩国《明清史研究》1997年第7辑上发表考察徽州的学术经历《徽州纪行》，完整记录了他参加1993年黄山市举办的首届全国徽学学术讨论会暨黄山建设关系研究会及学术考察的历程。1996年夏，朴元熇再次考察徽州，寻访歙县方氏宗族的真应庙。1998年，朴元熇将这次徽州考察完整地记录在《歙县柳亭山真应庙——再访徽州》③一文中。同年，朴元熇发表了《明清时代徽州商人与宗族组织——以歙县柳山方氏为中心》一文，④以歙县柳山方氏宗族为中心，探讨了明清时期徽商与宗族组织的关系。在参加了1998年8月绩溪县召开的'98国际徽学研讨会之后，朴元熇第三次考察了绩溪和歙县，这次考察记录也被撰写成《探访歙县方氏族谱——三访徽州》一文，发表在1999年第10辑的《明清史研究》杂志上。此后，朴元熇先后于1999和2000年撰写发表了《明清时代的中国族谱——以〈方氏会宗统谱〉为例》⑤和《明清时代徽州的市镇与宗族——歙县岩镇与柳山方氏环岩派》⑥，分别对明清时代包括徽州在内的中国族谱的纂修和体例等进行了深入系统的考察和论述。徽学的魅力深深地吸引了朴元熇，使得朴元熇不仅自身沉醉于徽学的探索与研究，而且亲自指导博士研究生对徽学展开研究，洪性鸠、权仁

① 载《东洋史学研究》第55辑(1996年)。
② 载《东洋史学研究》第60辑(1997年)。
③ 韩国《明清史研究》第8辑(1998年)。
④ 韩国《明清史研究》第9辑(1998年)。
⑤ 韩国《韩国史市民讲座》第24辑(1999年)。
⑥ 韩国《明清史研究》第12辑(2000年)。

溶、金仙憓等博士生在朴元熇的指导下，先后撰写和发表多篇徽学论文，使韩国的徽学研究顿时出现了繁荣的景象。权仁溶不仅连续参加了1995、1998年举办的两届国际徽学研讨会，而且撰写发表了《'98国际徽学研讨会参加记》[①]一文，对'98国际徽学研讨会进行学术述评。1998年，权仁溶又发表《明末徽州的土地丈量与里甲制》，[②]利用徽州契约文书，探讨和研究了明末徽州的土地丈量和里甲制之间的关系。次年，他再次撰写并发表《明末清初徽州的土地丈量单位与图正——以里甲制的关联为中心》。[③] 洪性鸠也发表了《明中期徽州的乡约与宗族之间的关系》[④]一文，该文以明代隆庆年间的祁门县《文堂乡约家法》为中心，对明代中叶徽州的乡约与宗族之间的关系展开了探讨和分析。金仙憓则发表了《明末徽州的诉讼样相与特征——〈歙纪〉的事例分析》，[⑤]对明末歙县知县傅岩撰写的《歙纪》一书所记录的各种审判案件进行分析与研究。

在中国的香港与台湾地区，徽学研究再次起航，并取得了骄人的成果。陈其南认为：中国人的家族伦理相对于商人企业精神和儒家伦理所构成的循环关系，使得其本身无法有所突破。[⑥] 谢国兴则从政府视角，对19世纪30年代祁门红茶的产销问题进行了探讨。[⑦] 林皎宏以潘之恒为中心，对晚明徽商的文化活动进行了分析和阐释。[⑧] 姚会元在《徽商义利观的儒学之源》一文中，[⑨]探讨和分析了徽商义利观的儒学渊源。余英时发表的《士商互动与儒

---

① 韩国《明清史研究》第9辑(1998年)。

② 韩国《东洋史学研究》第63辑(1998年)。

③ 韩国《东洋史学研究》第65辑(1999年)。

④ 《大东文化研究》第34辑(1999年)。

⑤ 《明清史研究》第12辑(2000年)。

⑥ 陈其南：《明清徽州商人的职业观与家族主义：兼论韦伯理论与儒家伦理》，载陈其南：《家族与社会：台湾和中国社会研究的基础理念》，台北：联经出版公司，1990年。

⑦ 谢国兴：《政府角色：1930年代祁门红茶产销问题》，载《中国现代化论文集》，台北："中央"研究院近代史研究所，1991年。

⑧ 林皎宏：《晚明徽州商人的文化活动——以徽商族裔潘之恒为中心》，《九州学刊》，1994年第6卷第3期。

⑨ 姚会元：《徽商义利观的儒学之源》，韩国《中国研究》，1997年第3卷第6期。

学转向：明清社会史与思想史之一面相》[①]一文，从明清社会与思想史角度，对明代中后期士商之间的互动与儒学转向进行了极为深刻的阐释。

值得注意的是，20 世纪 90 年代，中国大陆连续举办徽学学术研讨会，美国、日本和韩国学者纷至沓来，提交学术论文，参与学术讨论与交流。这些国际学术交流的全面开展，直接促使徽学研究走向了国际化轨道。1993 年，由中国社会科学院历史研究所、安徽大学和黄山市联合主办的首届全国徽学学术讨论会暨黄山建设关系研究会在徽学故里黄山市隆重召开，中国大陆来自京、津、沪、冀、赣、皖等地的 55 名代表参加了会议，日本和韩国的臼井佐知子与朴元熇两位学者也闻讯到会。这次会议的成功举行，"不仅有力地推动了徽学学术事业的繁荣和发展，而且也标志着徽学研究进入了一个新的时代"。[②] 1994 年，由安徽大学、安徽师范大学、安徽省社会科学院、安徽省社联和黄山市人民政府共同主办的首届国际徽学学术讨论会在黄山市举行，日本、美国、韩国和中国大陆、台湾、香港的 74 名专家和学者应邀出席了会议，这次会议共收到论文 53 篇，内容涉及徽学综论、徽州社会史、经济史、文化史、历史人物五个方面。会议精选其中 14 篇论文，汇编成《首届国际徽学学术讨论会文集》，由出版社公开出版发行。[③] 日本学者臼井佐知子参加了此次会议，并考察了徽州。她在《徽州探访记》一文中，对这次会议和学术考察进行了记录，并发表在《近代中国》杂志 1994 年第 24 号上。次年，规模更大的'95 国际徽学学术讨论会再次在黄山市召开，这次由中国社会科学院徽学研究中心、安徽大学徽州学研究所和黄山市社联共同发起主办的国际徽学盛会，吸引了来自国内八个省、直辖市和日本、韩国、美国及中国台湾、香港等近 80 位代表参加。会议就徽州宗族、徽州社会、徽商、新安理学和徽州历史人

---

① 余英时发表的《士商互动与儒学转向：明清社会史与思想史之一面相》，载郝延平、魏秀梅主编：《近世中国之传统与蜕变：刘广京院士七十五岁祝寿论文集》；又载《"中央"研究院近代史研究所特刊 5》（上册），台北："中央"研究院近代史研究所，1998 年。

② 张脉贤：《迎接徽学研究新时代（代前言）》，载黄山市社联、《徽州社会科学》编辑部编：《徽学研究论文集》，黄山：黄山市社联，1995 年铅印本。

③ 参见赵华富编：《首届国际徽学学术讨论会文集》，合肥：黄山书社，1996 年。

物等专题，进行了热烈的讨论。会后，由周绍泉和赵华富主编的《'95 国际徽学学术讨论会论文集》，由安徽大学出版社公开出版发行。[1] 1998 年，由安徽大学、中国社会科学院徽学研究中心和安徽师范大学联合主办的第三届国际徽学学术讨论会在绩溪隆重召开，中国大陆、日本、韩国和中国台湾、香港等 70 余位学者应邀与会，并着重就徽州宗族、徽商、徽州社会、徽州法制、徽州文化与徽州历史人物等问题进行了深入且全面的讨论。

20 世纪海外徽学研究的发展和繁荣，得益于中国大陆改革开放以后中外学术界的频繁交流。随着 1991 年《徽州千年契约文书》的影印出版，以及一批徽州珍贵文献资料的整理问世，徽学研究在更深更广的层次上逐渐走向世界，并逐渐使徽学成为一门国际性的显学。

---

① 参见周绍泉、赵华富:《'95 国际徽学学术讨论会论文集》，合肥:安徽大学出版社，1997 年。

第六章　20世纪徽州契约文书的发现、流传、整理、出版与研究

1949年至1976年是20世纪徽学研究发展的第二个阶段，也是徽州契约文书继40年代后期首次发现之后，再次进入大规模发现、流传和徽学学科的初步形成时期。

第一节　徽州契约文书的发现和流传

一、徽州契约文书的第一次发现和流传

徽州契约文书的第一次发现和流传，还要追溯到徽学的萌芽和早期发展阶段，即20世纪40年代后期。

1945年抗日战争胜利后，百废待兴，民生维艰，流落于南京、杭州和上海等地的徽州人开始把家中收藏的一些祖传契约文书与古籍、古董等文物拿到市场上出售，借以换取微薄的收入，接济十分窘困的生活。寓居南京的方豪教授，在当地的地摊上偶尔购买了这些契约文书。这是迄今所知，徽州契约文书向外流传的最早记录，但这次流出没有引起有关部门的重视。至今，徽学界同仁依然把徽州契约文书的最早外传时间视为20世纪50年代之后，显然是不准确的。

随着徽州契约文书于1946年向外流传并被方豪所收藏，时任复旦大学新闻系教授的方豪亦因此成为迄今所知最早在南京市场上收购徽州契约文书并将其披露于世的学者。方豪收集到的这批徽州契约文书及其研究成果，先后以12篇论文的形式发表在1971年至1973年台湾复刊的《食货》杂志上，12篇论文全部以《战乱中所得资料简略整理报告》为副标题进行编次。在《明万历年间之各种价格——战乱中所得资料简略整理报告之一》一文的《前言》中，方豪对自己所收购的这批文书之由来、文书的发生地和文书本身的品相等作了简单说明，指出："民国三十五年暮春，寓居南京，难民充斥，地摊上百物杂陈。有人以大批原始文献求售，本拟全部收买，但财力不足，乃选购若干……全部资料，似均出于皖南；时间则多属明代，而余收购部分中，亦有清代初叶、中叶而末叶者。一切文件，保存情形非常良好。仅少数有残损；惟字迹则有许多为三四百年前商人习惯写法，或亦有地方俗体字。"[①]据《方豪先生年谱》记载，1946年春，复旦大学复校返沪。作为该校新闻系教授的方豪应马星野之邀，前往南京，担任《中央日报》主笔，兼任文史周刊主编，于4月6日先行搭机抵达南京就任。由此可见，方豪收购这批徽州契约文书的时间应当是在1946年4月6日之后。[②] 而根据方豪为我们的提供的线索，徽州契约文书流传于当时南京地摊的数量应当是不少的。但是苦于财力不济，方豪并未能够将当时所见全部徽州文书予以收购，而是只挑选了其中一部分，令人感到十分遗憾。至于当时地摊上那些未能被方豪收购的徽州契约文书，至今流落何处，恐怕永远都是难以知晓的了。

这一时期，除了徽州契约文书流传出来以外，元明清及民国时期编纂和刊刻或手写的徽州家谱也大量外传。这些文书和家谱不仅被一些收藏家和研究者所收藏，而且当时诸如北平和上海等地的国立图书馆及研究机构也有目的地开展了系统的收购与收藏工作。

---

① 载《食货月刊》复刊，1971年第1卷第3期。

② 李东华：《方豪先生年谱》，新店：台湾国史馆，2001年。

二、徽州契约文书的第二次发现和流传

(一)土地改革运动的开展与徽州契约文书的大量流出和损毁

1950 年至 1951 年期间,随着徽州土地改革运动的全面展开,一批深藏徽州民间宗祠、宗族、地主、乡绅及原徽商家中的珍贵古籍文献与契约文书,被当作浮财次第流向社会。由于当时不少人将包括族谱在内的古旧书籍及契约文书视为封建糟粕,唯恐有变天账之嫌,纷纷将所收藏的古旧书籍变卖,将契约文书焚毁。据《徽州地区简志》记载,仅 1953 年,屯溪和歙县两地私营土特产信托公司收购化作纸浆的古旧书籍即达 3 万多斤。[①] 又据 50 年代之初屯溪一位旧书摊主回忆,徽州土地改革以后,是先分土地,再分浮财。"一九五四年,地主的浮财已经分完了,但从地主家抄没的古书和契纸等还没分。当时对这些东西也不太重视,有的就一把火烧了。据说婺源县就烧了许多。我们把这些东西买了来,或卖给火炮点做爆竹纸捻,或卖给歙县个体开的土纸坊做造纸原料,或转卖给废品收购店,或卖给山货店作包装纸,包香和水果等。买卖古籍时间一长,也懂一点版本,把买来的好版本收藏起来,等卖个好价钱"。[②] 1951 年 7 月,祁门县在发放土地房产证的同时,即将旧社会标志产权的凭证——契纸焚烧了不少。而等米下锅的歙县棉溪造纸厂,甚至长年派人进驻屯溪,专门收购古籍文书,作为纸浆材料。据说,当时每天都有整船整船的古籍文书被从水路源源不断地运往棉溪。

20 世纪 50 年代之初,百废待兴,人们无暇顾及徽州古籍、契约文书等文物的命运,致使徽州大量珍贵古籍文献和契约文书被焚被毁,对徽州文化造成了不可挽回的损失,直接造成了新旧文化的断层,这是至今仍引以为憾的惨痛教训。

---

① 徽州地区地方志编纂委员会:《徽州地区简志》,合肥:黄山书社,1989 年,第 320 页。

② 周绍泉:《徽州契约文书的由来、收藏、整理》,日本《明代史研究》,第 20 号特集号(1992 年 3 月)。

(二)抢救和保护徽州契约文书行动迅速展开

徽州契约文书和珍贵古籍文献大量被焚被毁事件的频繁发生,引起了皖南行署、徽州专署文化部门和稍后成立的安徽省人民政府的高度重视。1950年10月,皖南人民文物馆配合土地改革,受命开始重点对徽州地区的古籍文献等文物进行抢救。他们一方面派人耐心地向广大人民群众宣传国家对文物的保护政策,一方面对各县古籍文献进行集中接收和清理,并装箱待运。经过二三年的努力,从当地装箱运出的珍贵古籍图书总数达20万册之巨。[①]

1952年皖南和皖北行署合并后成立的安徽省人民政府,对文物工作高度重视。第二年,即建立了安徽省博物馆筹备处,并于1954年底成立了安徽省文物管理委员会,作为安徽省文物管理的最高行政机关。这样,自1954年以后,对徽州古籍文献的抢救与保护便有了统一的领导机构,从而逐步使工作步入了正轨。1955年,安徽省文物管理委员会在屯溪市设立了收购站,集中对徽州地区包括古籍文献在内的文物进行统一的征集与抢救。

1953年4月,为加强党和政府对文物工作的领导,实现依法保护文物的目的,安徽省人民政府还以“皖文管字第435号”文件的形式,颁布了《关于文物保护的通知》,要求“在镇压反革命运动、反恶霸斗争及土地改革期间,各地没收反革命分子、恶霸、地主之图书文物,未上缴者,应速开具清单通知文物管理委员会处理,不得隐瞒不报,并防止损坏、遗失”。[②]

1954年之后,安徽省博物馆派出了罗长铭、殷涤非、胡悦谦、葛介屏和石谷风等工作人员深入徽州各地抢救和征集古籍文物。对这次系统地征集徽州契约文书情况,石谷风回忆道:“我到徽州所见许多人家将一大捆、整麻袋的文书、账册、古旧书籍等或付之一炬,或卖给废品收购站和造纸厂,深感痛心。”[③]石谷风还记述了征集徽州契约文书工作的艰辛,云:“那时,我一去徽

---

① 姚翁望:《文物工作三十年的回顾与前瞻》,安徽省博物馆编:《安徽文博——建馆三十周年纪念刊物》,1986年。

② 转引自周心田主编:《安徽文物志》,北京:方志出版社,1998年,第789页。

③ 石谷风口述,鲍义来、王恽忠整理:《亲历画坛八十年:石谷风口述历史》,南京:江苏文艺出版社,2014年,第186页。

州，就是半年之久，当时徽州的交通极其不便，乡村又多坐落在大山丛中，我时常搭乘进山运木柴的货车。一次由于雨天路滑，加上山路陡窄，发生了翻车事故，我被抛出车窗，摔得满身伤痕，所幸没有伤及要害。同行的人劝我回县城休息，改日再去，我坚持照计划行事。有时遇山路不通汽车，还要跋山涉水，也不知有多少次忍饥受冻。一次我来到一座古村落，见村民正在焚烧一堆废纸，赶上前去一看，原来是一大堆古旧的民间契约文书、鱼鳞账册等。我见状立即亮明身份，劝阻乡亲，同时冲到火堆旁抢救出这批旧物。还有一次，在一造纸厂的化浆池边，我发现正等待入池化作'还魂纸'的徽州契约文书几麻袋，立即找到负责人收购下它们。也因此，我为安徽省博物馆收集了大量珍贵的徽州契约文书，宋、元、明、清历代都有。"①

尽管如此，还有为数不少的古旧书籍和契约文书等被付之一炬或化为纸浆。面对这一状况，长期在徽州从事古籍收购并贩往上海发售的书商韩世保也忧心忡忡。为能尽快有效地抢救和保护这些珍贵的历史文化遗产，他于1955年给时任文化部副部长的著名版本学家和版画家郑振铎写信，汇报了徽州古籍文书被化为纸浆、制作鞭炮和用作包装纸的情况。郑振铎收信后，当即向当时的中共安徽省委书记曾希圣通报了情况，并建议安徽省加强对这批珍贵历史文化遗产的抢救与保护。在收到郑振铎的建议后，中共安徽省委迅即采取了一系列抢救与保护措施，责成安徽省文化局在屯溪、安庆、合肥等四地设立古籍书店，专门负责对当地古籍文献的收购与保护工作。

文物管理机构的建立健全和依法保护文物法规的公布与实施，在很短时间内即有效遏制住了珍贵古籍文献和文书遭受焚烧和销毁之风，从而为保护徽州文化免遭浩劫而作出了重要贡献。据不完全统计，1956年9月，屯溪市文化馆从屯溪爆竹合作社的废纸堆中，一次性就抢救出珍贵古籍800斤。1956年10月，屯溪古籍书店开业，仅头四个月，就收购古籍70000多册，其中明代成化刻本《沧海遗珠》、嘉靖刊本《新安大族志》《唐妙法莲华经卷》等珍贵

---

①　石谷风口述，鲍义来、王恽忠整理：《亲历画坛八十年：石谷风口述历史》，南京：江苏文艺出版社，2014年，第187页。

古籍1000余册，都是在这一时期收购入库的。此外，北京中国书店、上海旧书店一次性就选购了6700多册。[①] 书商囤积的一些珍稀古籍，也在安徽省文化局派人前往调查收集时，很快出手销售了出去。一位书商回忆道："1955年秋天，听说安徽省文化局派人来查，我怕吃官司，在一九五六年初就把手头上的一屋子古书都在(屯溪)老大桥书市上卖掉了。"[②]

徽州契约文书的抢救与保护工作在1956年屯溪古籍书店成立后也提上了日程。

(三)徽州契约文书的大规模发现、抢救和保护

屯溪古籍书店是在屯溪新华书店下设的专门从事古籍和文书收购、整理与发售的机构，地点设在屯溪老街原国民党屯溪中央信托局，其金库被当作仓库，集中存放从徽州各地收购上来的古籍文献与契约文书。收购古籍图书的资金来源于中共屯溪市委和市人民政府专门拨出的款项。负责屯溪古籍书店的年轻人余庭光是个有心人，他聘请当时文史知识丰富的章馨吾和经营古董的王多吾等为店员，集中前往徽州各县采购古籍图书。余庭光不仅亲自前往收购，而且动员个体书贩将收购的珍贵古籍图书卖给古籍书店，再由古籍书店集中整理并标出价格标签，制作成《屯溪古籍书店古旧书刊简目》寄往全国各地图书馆、博物馆和高等学校，供其选购采买。

1957年下半年，余庭光在祁门收购古籍文献时，意外地在祁门县供销社废品仓库里发现了堆积如山的契约文书。本来，数量众多的契约文书并不在屯溪古籍书店重点收购范围之内，但余庭光因为在其中发现了极其珍稀的宋元文书，遂果断决定将这有一万件(册)之多的契约文书悉数购买。与此同时，余庭光还前往歙县棉溪造纸厂检查该厂以每斤8分钱收购的契纸，将所需要的东西拣选出来，以每斤1角钱的价格收购。余庭光的这一决定在当时可谓是冒了风险的，但就是他这不经意的作为，竟然成了20世纪中国历史文

---

① 徽州地区地方志编纂委员会：《徽州地区简志》，合肥：黄山书社，1989年，第320页。

② 周绍泉：《徽州契约文书的由来、收藏、整理》，日本《明代史研究》第20号特集号，1992年3月。

化的第五大发现——徽州契约文书的发现。

1957 年 10 月 17 日，由余庭光撰写的《徽州发现宋元时代契约》一文在《人民日报》第八版公开发表。因该文非常重要，且鲜为学界所关注，故特将其全文照录如下：

> 旧社会买卖田地的契约，我们在土改中见到很多，但年代久远的契约见到极少。近年来新华书店屯溪支店在抢救古图书文物中，却陆续在农村发现了大批的远在宋元的田地山林买卖契约。这些契约是在祁门、休宁一带发现的，大部分是保存在原地主富农的家中。其中宋朝淳祐契纸是在祁门南乡发现的，上面写明是淳祐十二年（公元 1252 年），契纸上盖有朱色大官印，距今有七百年历史。元朝元统三年（公元 1335 年）的契纸，也是在同一地方发现，纸上布满方形官印。其他如明朝契约，上至洪武，下至弘光，每个朝代都有。我国历朝币制不同，在这些契纸上也得到反映，如宋朝用贯，元朝用钞，明初币制还未统一，除了用银、钞以外，还有用丝、稻、缎、绢等实物代替货币。到嘉靖以后，才一律用银子。如果将每个朝代的契约逐年连贯起来，就成为研究经济史的重要资料。另外，还发现有明末清初的借票封面。刻了五彩的版画，刻工精细，颜色鲜明，其中尤以万历大右歙人胡日从刻的借票上面有十竹斋记号，是采用凸版五彩精印，更是难得。

这是徽州契约文书发现的首次对外披露，它的披露，第一次向外界传递了徽州契约文书的信息。接着，《文物》1958 年第 4 期又连续发表了余庭光撰写的《歙县发现明代洪武鱼鳞图册》和《徽州地区收集到万余件珍贵资料》二文。尤其是《徽州地区收集到万余件珍贵资料》一文，透露了徽州万件（册）契约文书被发现的过程，意义非同一般。

> 屯溪古旧书店去年一年来承担了搜集历史资料工作，组织和鼓励群众收集徽州地区古代资料，发现了许多难得的资料。契约文书

方面收集到元代从元贞到至正十二个年号相连的契约，木刻契尾有延祐、至治、至正等年号。明代的契约已经差不多搜集完全，连在位极短的建文、洪熙、泰昌、弘光几个朝代的也没有遗漏，还有明代洪武至天顺年间附在契约上的收税文凭、成化至崇祯年间附在契约上的契尾。民间文约方面发现洪武合同议约、宣德分家书、卖身契，上钤有官印，有明代祠堂租簿、账簿，清代从康熙到乾隆的商业账簿，内容有茶、桐、粮、杂货、当铺等，还有明清两代的租约、借据、典约、佃约、当票等。官府公文收集到明嘉靖吏部尚书汪鋐的诰封、明万历休宁范涞的诰封，明正统至弘治官帖三张，明永历二年札付一张，明万历十九年知休宁县事祝世禄亲笔批押状纸四张，万历和崇祯告示四张和洪武木刻户口牌二张。近代资料方面，有太平天国某批示、光绪陕西同州府通缉哥老会的札文、光绪直隶提督马玉昆向天津和记洋行订购军火公文，还有河南军阀赵倜的电稿九百五十页。这一万多件的历史资料，内容极丰富，屯溪古籍书店拟整理编目出版，以供国内研究者参考。

徽州契约文书不断被大规模发现的消息频频见诸报刊，对徽州契约文书的学术价值和研究意义的认识也逐渐得到学术界的关注。屯溪古籍书店对收购上来的徽州契约文书一边整理一边定价，其中宋代文书 50 元一张，元代契约 40 元一张。余庭光将这些编目定价的文书同古籍一道，编成《屯溪古籍书店书刊简目》，并在每一件文书（含册籍）上贴上红底印刷的标签，寄往全国各大书店和图书馆、博物馆、高等学校、研究机构出售。屯溪古籍书店的做法，对徽州契约文书的抢救、收藏、保护与研究，起到了重要作用，对徽州契约文书的保存和流传贡献巨大。

（四）学者呼吁和中央与地方对徽州契约文书抢救保护力度加大

作为记录千年徽州历史文化的载体——徽州契约文书在 20 世纪 50 年代初因土地改革而大规模流出，又因屯溪古籍书店的设立及余庭光的格外重视和勤奋努力而日益为外界所关注，其不可估量的学术价值，在学术界业已引起了强烈反响。但是,屯溪古籍书店及1961年成立并接替屯溪古籍书店的徽州地区文物商店人为打破契约文书的完整性和连续性的做法,当时还是遭到了著名经济史学家中国科学院经济研究所副所长严中平的忧虑和批评。1962年2月6日,严中平亲自致信中央档案馆,建议中央档案馆派人了解情况、扩大对徽州契约文书的收集范围,并尽可能保持其完整性和连续性。信函全文如下:

负责同志:

近年来皖南地区发现大量公私档案、文书,内容包括鱼鳞图册、黄册、州县告示、札文乃至里甲门牌和民间的各种契约、合同、置产簿、分家簿、总祠祭祀用账簿等等,个别文书为元代遗物,大部分都是明清时代的原件。这些文书,大约从五九年起即由安徽屯溪市古籍书店陆续收集,陆续标价出卖(印有目录),就我们所知先后从这个书店买得文书的有历史博物馆、文化部、合肥安徽博物馆和经济研究所等单位。这些文书对皖南地区社会经济史的研究有极大价值,厦门大学傅衣凌教授已根据所见契约等件研究过皖南的"世仆"制度,经济研究所则从宗祠祭祀账簿所载资料整理出一七〇〇至一九三七年间的物价、银价统计。经济研究所在工作中认识到这批文件常常残缺不够完整,需要利用同一地区的各种原件互相补充,但原件已分散,整理便很困难。我们认为,这批档案文书是国家难得的财产,应保持其完整性,成为皖南这一地区社会经济史资料的一个专藏,所以建议你馆派人了解情况,扩大收集范围,将所得资料全部接收保管。目前负责收集和发卖的机构是安徽屯溪"徽州专区文物商店"。

严中平

一九六二年二月六日

作为著名的经济史学家,严中平充分认识到了徽州契约文书的学术价值,对破坏原文书收藏单位完整性所导致的残缺不全而不便于利用的弊端进行了批评。同时,建议中央档案馆全部接受保管,不要再继续破坏徽州契约文书自然生成的单位及规律，以便更好地为皖南地区社会经济史研究提供完整全面的史料。

国家档案局本着对徽州契约文书这份“国家难得的财产”收集与保护高度负责的精神，迅即于1962年3月下旬，以(62)档局办字第15号公文的名义，对严中平的信函予以转发。原文如下：

国家档案局

转发严中平副所长关于收集皖南地区历史文件、档案的建议

(62)档局办字第15号

安徽省档案局、档案馆并各省、市、自治区档案管理局(处)、档案馆(筹备处)：

现将中国科学院经济研究所严中平副所长关于建议中央档案馆收集皖南地区历史文件、档案的来信转发给你们。

我们认为，严中平副所长来信所提建议，值得引起重视。历史文件、档案大量散存在社会上这个问题，不仅在安徽存在，而且在其他地区也会存在。因此，除了请安徽省档案管理局、档案馆在省委秘书长和省委宣传部领导下对这件事情进行调查，并在可能条件下进行收集与收买以外，也希望其他省、市、自治区档案管理局(处)、档案馆(筹备处)能注意这个问题。调查收集时，要注意同文物部门保持密切的联系，对于还未收集起来的历史文件、档案可主要由文物部门进行收集，对于文物部门已经收集起来的历史文件、档案，除革命历史文件、档案应参照一九六二年三月十八日中央宣传部、中央办公厅转发国家档案局关于革命历史文件、档案保管与使用的几点意见的精神办理外，一般的可由他们继续保管，档案部门不要同他们争，但必要时可请他们为档案部门复制目录，以便利用。

请各省、市、自治区档案管理局(处)将这项工作的安排和进行情况告诉我们。

国家档案局

国家档案局对严中平抢救徽州契约文书的意见和建议给予了积极的答复，同时鉴于前期徽州契约文书主要是由文物部门抢救与收购，而如何与文物部门协调，国家档案局的这份文件也作了相应的建议和安排，那就是"请安徽省档案管理局、档案馆在省委秘书长和省委宣传部领导下对这件事情进行调查""调查收集时，要注意同文物部门保持密切的联系"，但不要和文物部门争。所有这些安排，都为徽州契约文书的妥善抢救与保护打下了良好的基础，这说明党和政府对包括徽州契约文书在内的珍贵民族文化遗产的抢救、收集与保护是高度重视的，也是富于智慧的。

3月27日，安徽省档案局在收到国家档案局的文件并登记后，迅速向当时的安徽省委和安徽省委宣传部作了汇报。4月14日，安徽省委和省委宣传部将文件转送安徽省文化局，要求省文化局"会同省档案局对这项工作研究一个意见"。4月27日，安徽省档案局、文化局研究后，向中共安徽省委办公厅和省委宣传部上报了《关于收集历史文物、档案资料意见的报告》，报告全文如下：

安徽省档案管理局、安徽省文化局

关于收集历史文物、档案资料意见的报告

根据国家档案局转发中国科学院经济研究所严中平副所长关于收集皖南地区历史文件、档案的建议和省委宣传部、办公厅的指示，我们于4月22日进行了专门研究。一致认为这项工作很重要，过去我们虽然做了一些工作，但做得很不够，许多重要的历史文物、档案资料仍然散存在民间，有的已流散外地，有的虽已收集上来，也缺乏统一管理，未能充分发挥其作用。这些宝贵的历史财富如不及时收集上来统一管理，任其流散和损毁，对于我国特别是我省的历史研究工作是极其不利的。为了把这项工作做好，我们意见除书面通知各地、市、县文化、档案机构协助收集外，计划由省文化局、档案局各抽调一至二人，省历史研究所、文史馆各抽一人，和由省博物馆、省新华书店常驻徽州、安庆地区的古书画文物调查研究、收购小组参加此项工作。收集经费初步估算两万元，其经费开支：属于历史文物方面的收集经费，由省文化局计划支出，属于档案资料方面的收集经费，由省档案局计划划拨。这项工作，拟由省文化局和档案局负责领导。具体工作计划待研究确定后另报。

以上报告是否可行，请批示。

附：国家档案局转发严中平副所长关于收集皖南地区历史文件、档案的建议

安徽省档案局、安徽省文化局

一九六二年四月

我们在安徽徽州文化博物馆展厅玻璃橱窗里，发现了严中平为抢救保护徽州契约文书信函的打印件和安徽省文化局、档案局起草的文件的原稿，以及国家档案局的文件、文件封面上的来文登记印戳和王某 1962 年 3 月 28 日在文件上批示的"请二科研究主办"的处理意见。

报告得到了安徽省委办公厅和省委宣传部的批准。1962 年 5 月，安徽省档案局、省文化局、省博物馆、省历史研究所和省图书馆联合成立了历史文物、档案资料收集办公室，并派出工作组常驻徽州地区。

1962 年 5 月之后，在中共安徽省委和省政府的高度重视下，对徽州契约文书的集中抢救、收集和保护工作也全面进入了一个新阶段。据统计，"经过三个多月的收集，仅安徽省档案局即收集明清档案 80 卷、2484 卷，民国档案 20 麻袋、资料 2649 册"。[①] 1963 年，徽州地区博物馆筹备处成立，并与徽州地区文物商店合署办公，集中收集了一批徽州契约文书资料。南京大学历史系收藏的徽州契约文书也是在这一时期购买完成的。据当年负责收集徽州契约文书的当事人、现南京大学终身教授茅家琦说，南京大学历史系收集的四千余件(册)徽州契约文书，都是在 60 年代初集中收集购买的。

20 世纪 50 至 60 年代徽州古籍文献和契约文书的抢救、收集与保护工

---

① 严桂夫、王国健：《徽州契约文书档案》，合肥：安徽人民出版社，2005 年，第 14 页。

作，一直持续到“文革”前夕。随着“文革”的开展，1966年，徽州地区博物馆关闭停办，徽州契约文书文献遭到空前浩劫，徽州契约文书被作为四旧或变天账而被人为地大量焚烧。我们在商人、进士辈出的歙县呈坎、休宁商山和祁门六都等地调查访问时，当地知情人无不痛心疾首地告诉我们，“文革”期间，包括族谱在内的许多珍贵古籍文献和契约文书被集中堆积起来付之一炬，熊熊大火甚至燃烧了数天数夜。徽州古籍文献和契约文书遭到了空前浩劫。

(五)20世纪50年代徽州契约文书抢救和保护的成果及意义

中华人民共和国成立初期，特别是在安徽省省级政权尚未全面建立之初，中共皖南区委、皖南行署、徽州专区党委、徽州行政专署及所属各县党委、政府在百废待兴之际，集中财力、物力，对珍贵的徽州古籍文献和契约文书进行抢救。中共安徽省委和安徽省人民政府成立后，又加大力度，设立文物部门，集中对徽州文献和文书开展大规模的抢救、征集和保护，这反映了党和国家重视文化遗产保护工作。文化部和国家档案局对徽州古籍文献和契约文书的抢救与保护工作的关心与关注，在一定程度上为徽州契约文书这一珍贵的人类文化遗产，使其免遭破坏和流逝，起到了极为关键的作用。

经过上自中央下至安徽省各级党委和政府的大力抢救和保护，数以万计的宋元明清时期的徽州珍贵古籍文献(含徽州人收藏的珍稀文献)和近10万件(册)自宋至民国时期的徽州契约文书得到了较好的抢救与保护。著名徽州乡土文献学家许承尧的包括敦煌文书在内的家藏文献与文书早在1951年即在皖南人民文物馆工作者的辛勤努力下，全部得以征集接收和妥善收藏，成为新中国初期抢救和保护徽州契约文书文献工作最大的亮点之一。另外，迄今所知11件宋代文书，全部是在这一时期抢救、收集与收藏的。大部分元代文书也是在这一时期得以发现和完整收藏与保护的。

20世纪50至60年代，中央和地方政府及知名学者等对徽州古籍文献和契约文书的抢救与保护，还为中华文化遗产的保护提供了良好的示范。党和政府、社会与民间的互动、民众保护文化遗产的自觉，创造出了一条具有中国特色的文化遗产保护之路。

三、徽州契约文书的第三次发现和流传

徽州文书的第三次流传出来是在1977年至2000年期间。

在十年"文革"期间,徽州文书被作为"四旧"而遭到大量焚毁。1977年,随着"文革"的结束,徽州文书率先受到海外特别是日本学者的重视,利用徽州文书进行社会经济史研究渐成学术界的风尚。这样,密藏于徽州山区的部分文书也开始引起了海内外学术界的关注,从事文物收购的商贩也认识到了这批原始资料的价值,大量进行收购转卖。海内外收藏和研究机构以及研究者个人,也加入了收购和收藏的行列。至2000年,短短的20余年时间里,又有30余万件(册)徽州文书被流传出来。据目前所知,黄山市档案馆和祁门县博物馆等单位所收藏的近10万件(册)徽州文书,大部分是在1980年至2000年期间集中收购的。一些20世纪50年代的徽州文书收藏机构,如中国社会科学院历史研究所、国家图书馆、安徽省图书馆、安徽省博物馆、黄山市博物馆,在这一时期又收购了不少于5万件(册)的徽州文书。

另外,据笔者保守调查估计,北京、上海、合肥和黄山等地的私人收藏者,在这一时期也购置收藏有徽州文书约10万件(册)。

总之,徽州契约文书的第三次外流完全是通过古玩市场进行的。其流通范围广、收藏者众。但在这一时期流出的徽州契约文书的数量究竟有多少,除已经公布的之外,我们目前尚无法进行确切的统计。

四、20世纪徽州文书的收藏单位情况

20世纪发现和三次流传的徽州契约文书,不仅存世数量大、跨越时间长和分布地区广,更为重要的是与同一时期所流传下来的其他文书相比,其具有启发性、连续性、具体性、真实性和典型性等显著特点,[1]其学术价值是显

---

① 周绍泉:《徽州文书与徽学》,《历史研究》,2000年第1期。

而易见的。有的学者甚至把它的发现与甲骨文、敦煌文书、大内档案和秦汉简帛等的发现相提并论，将其视为 20 世纪中国历史文化的“第五大发现”。[①]

徽州文书目前在国内外一些知名图书馆、博物馆、档案馆、高校和研究所均有收藏，另有不少个人亦拥有一定数量的收藏。个人收藏因其情况特殊，我们无法掌握其具体数量。

下面，我们仅就所知，对国内部分收藏机构的收藏情况作一简单介绍。

(一)北京和天津地区

▲国家图书馆：国家图书馆收藏的徽州文书包括散件和册籍两大类。散件的具体数量因尚未对外公布，我们无从知晓。册籍则主要包括祭祀簿、家谱等，有 500 余种，分藏在善本部和北海分馆。

▲中国历史博物馆：收集于 20 世纪 50 至 60 年代，因至今未系统对外公布，所以，具体数量不详。但据推测，其收藏总量应不下 1 万件(册)。

▲北京大学图书馆：多收集于 20 世纪 50 至 60 年代，类型包括土地买卖契、租佃契、合同等散件及一些册籍，总计约有 500 件(册)之多。

▲中国社会科学院历史研究所：绝大多数收集于 20 世纪 50 至 60 年代，是收藏徽州文书的大户，总量有 14 137 件(册)。所藏徽州契约文书时间起自南宋终至民国。从目前已公布的情况看，该所对所收藏的徽州契约文书的整理最为系统。该所收藏的徽州契约文书已经被整理编目，如中国社会科学院历史研究所藏《徽州文书类目》，2000 年由黄山书社出版。

▲中国社会科学院经济研究所：收集于 20 世纪 50 至 60 年代，总量 4000 件(册)以上。所藏徽州契约文书时间主要集中在清代和民国时期，其中分家阄书和各种账簿是其藏品的主要类型或特色。

▲中国第一历史档案馆：该馆收藏的徽州契约文书系 20 世纪 50 年代中国人民大学历史系从中国书店购买后移交而来的，总计有 1500 余件(册)。其所藏的明代徽州契约文书已收入《中国明朝档案》一书，2001 年由广西师

① 周绍泉：《从甲骨文说到雍正朱批》，《北京日报》，1999 年 3 月 24 日。

范大学出版社出版。

▲北京师范大学历史系:收藏于20世纪50至60年代,因该校未对外公布,其具体数量无从知晓。

▲天津市图书馆:收藏于20世纪50至60年代,类型包括路引、火票、庄仆文约等,合计约1000件(册),因种类独特而价值凸显。

(二)上海和江苏地区

▲上海图书馆:全部文书于20世纪50至60年代收藏入库,并编有目录供读者借阅,但总量不详。该馆收藏的徽州契约文书以册籍类为主,主要包括鱼鳞图册、清明祭祀会簿、分家阄书等,且有不少契约文书是明代的。

▲南京大学历史系图书馆:约收集于20世纪60年代初,计有徽州散件和册籍类文书近5000件(册),时间最早为元代。除严桂夫主编的《徽州历史档案总目提要》收有南京大学历史系所藏徽州契约文书目录外,该系另编有较为完整详细的内部目录可供借阅参考。该系所藏徽州契约文书分为散件和册籍类两种,其散件契约文书的主要特色是明清时期各类合同,特别是轮役合同极为稀见,弥足珍贵;其册籍类的主要特色是会社文书和典当文书,特别是装订成5大册的休宁县《祝圣会簿》,自明崇祯十年(1637年)一直延续到民国三十七年(1948年),每年的会社活动情况,都有详细记录,学术价值极高。

▲南京图书馆:据传,该馆的徽州契约文书是在20世纪40年代末和50年代中叶收藏的,但因至今未予对外公布,估计总数有近千件(册)。

(三)安徽地区

▲安徽省博物馆系统:安徽省博物馆、黄山市博物馆(今中国安徽徽文化博物馆)及所属县博物馆约收集有徽州契约文书5万件。其中,安徽省博物馆于20世纪50至60年代在徽州集中收集的散件和册籍合计有4000余件(册),时间自南宋、元、明、清,直至民国,其收藏特色主要是明代各种赋役黄册、会票、会社文书等。黄山市博物馆收藏徽州契约文书总量有3万余件(册),主要来源于20世纪60年代徽州地区文物商店移交,各种册籍类文书

应有尽有，散件类文书亦种类繁多，价值连城。歙县博物馆收藏的主要是歙县契约文书 300 余件（册），其中以散件居多。

▲安徽省档案馆系统：主要收藏在安徽省档案馆、黄山市及其所属县区档案馆和绩溪县档案馆，总量 9 万余件（册）。其中安徽省档案馆约收藏 83 000件（册），其散件中之休宁县土地归户票较为齐全完整，其他诸如清末祭祀类文书和民国官府移交档案文书较有特色。该馆和黄山市所属市县区档案馆所藏徽州契约文书目录已被整理出版，题名《徽州历史档案总目提要》。黄山市档案馆收藏 5 600 多件（册）。歙县档案馆收藏 2 052 件（册），以散件居多。休宁县档案馆收藏 4 240 件（册），其最大特色是藏有 20 世纪 70 年代发现的清代休宁 1 138 卷鱼鳞图册，不仅系统，而且完整。

▲安徽省图书馆：该馆收藏的徽州契约文书约有 3 000 件（册），多收集于 20 世纪 50 至 60 年代，内容多系土地山场买卖与租佃契约。该馆收藏的各类册籍文书，如诉讼类文书、会社类文书和各类日用杂书等颇具特色。

其他收藏徽州契约文书的单位还有江西省图书馆、山东省图书馆、浙江省博物馆和图书馆、重庆市图书馆、南开大学图书馆等，因较少对外予以专题公布和利用，其具体数量尚不得而知。国外诸如美国国会图书馆、犹他州家谱学会、哈佛燕京图书馆，日本东洋文库、东京大学东洋文化研究所，亦收藏有不少徽州家谱、书信和文书。

至于私人收藏者，至 2000 年，已知有海内外收藏者 20 余人，其收藏数量估计当不下 10 万件（册）。

因此，综合国内外收藏的基本情况，我们乐观地推测，20 世纪发现和流传出来的徽州契约文书总量约为 50 万件（册）。

以上是有关 20 世纪徽州契约文书收藏的基本情况。由于各收藏单位尚未全部予以系统整理和对外公布，加上阅读范围的限制，因而我们所了解到的情况还很不全面。而私人收藏者所藏徽州契约文书的数量，更是无从知晓。因此，要想对 20 世纪三次发现和流传出来的徽州契约文书数量作一精确统计，至少在目前还是一件十分困难之事。

第二节　徽州契约文书大量遗存的原因

大量千年徽州契约文书能够被完整地保留了下来，其中有着深刻而复杂的社会原因。归纳起来，我们大概可以从以下几个方面来认识：

一、徽州契约文书本身数量巨大

经过汉末战争至西晋永嘉之乱、唐末黄巢农民大起义和两宋之交的三次大规模中原地区世家大族为躲避北方战乱向徽州地区移民，徽州逐渐形成了较为稳定的社会局面，社会经济与文化教育逐渐走上了繁荣发展之路。诚如民国《歙县志》所云："邑中各姓，以程汪最古，族亦最繁。忠壮公越国之遗泽长矣。其余各大族，半皆由北迁南，略举其时，则晋宋两南渡，及唐末避黄巢之乱，此三期为最盛。又半皆官于此土，爱其山水清淑，遂久居之，以长子孙焉。"[①]自宋代以来，封建王朝采取了"不抑兼并"的政策，土地买卖极为活跃，"贫富无定势，田宅无定主，有钱则买，无钱则卖"，[②]社会上甚至有所谓"百年田地转三家"谣谚。[③] 作为土地买卖和纳税产权凭证的徽州土地买卖与税契文书，由于徽州的土地买卖活动极为活跃，因而留下了大量土地买卖文书和官方税契。可以说，目前在遗存的近百万件(册)徽州契约文书中，土地买卖和税契文书占了60%。而由于租佃关系的发达，徽州的租佃文书和地租收入文书的数量也非常丰富。明代中叶异军突起的首屈一指的地域性商帮群体——徽商，贾而好儒，素有"儒商"之誉，他们在商业活动中重视契约文书合同等文字凭据的作用。因此，徽商在其经营与管理中积累了数以万计包括经营账簿、分家阄书和商业诉讼等在内的各类文书。作为一个聚族而居的宗族社会，包括祭祀、祠产购置与收支及宗族诉讼等各类徽州契约文书尤为众多。

① 民国《歙县志》卷一《舆地志・风土》。

② (宋)袁采:《袁氏世范》卷三《治家・田产宜早印契割产》。

③ (清)钱泳:《履园丛话》卷四《水学救荒附・协济》。

徽州教育文化异常发达，有关学校、书院、科举等文书也为数颇丰。此外，大量的合同议约、官府告示、会社规约、民刑诉状、土地赋役文书（如鱼鳞图册、赋役黄册）等，也构成了徽州契约文书的主体。正是由于徽州契约文书本身数量的众多，才直接形成了今日遗存下来徽州契约文书数量众多的局面。

二、徽州地理环境为徽州契约文书的保存创造了物质条件

徽州僻处皖浙赣三省交界之地，境内高山纵横、峰峦叠嶂，仅有为数不多的几条河流与外界相通。弘治《徽州府志》云："本府万山中，不可舟车，田地少，户口多，土产微，贡赋薄。"[①]相对封闭的地理环境，使得徽州历史上少有战乱和兵火之灾，除唐末农民战争和咸（丰）、同（治）"兵燹"曾造成较大破坏之外，徽州在千余年的历史发展长河中，基本未受到大的兵燹影响。正如民国歙县长陔《巨川毕氏宗谱》所说，"徽居东南万山间，自中世以来，不大遭兵燹，故邑多旧家，能保其族至数百年者，盖他郡所未有也"。南宋以来徽州历史上最大的一次战争为太平天国与清军的拉锯战。尽管这次战争对徽州文化的发展破坏极其惨重，但深藏于民间的各种文书却因被束之高阁而幸存了下来。此后，徽州虽然也还不断发生一些小的战乱，但对整个徽州社会经济与文化的发展影响不大。即使是抗日战争时期，由于徽州高山阻隔，侵华日军并未能够进入徽州，从而使徽州契约文书基本未受战火的洗劫。这是近百万件（册）徽州契约文书得以保存下来的自然条件。

三、徽州宗族和民间保护文书与文献的传统

徽州拥有良好的宗族和民间保护文书与文献的传统。民国《祁门县志氏族考》云："江南氏族，衣冠文物，儒雅彬彬，自昔称盛。有唐之世，王仙之、黄巢扰乱东南，所过之处，庐舍为废墟，士大夫挂冠远引，入山唯恐不深，各就所居，自成村落，一姓相传，至千百年而不易。非故为畛域，盖山川形势使

---

① 弘治《徽州府志》卷二《食货一》。

然。”[①]世家大族的聚族而居和势力扩张，逐渐使徽州社会成为典型的宗族社会，“家多故旧，自唐宋来，数百年世系比比皆是。重宗义，讲世好，上下六亲之施，村落家构祠宇，岁时俎豆其间”。[②] 徽州拥有悠久的编纂族谱、保存宗族资料的传统，许多宗族都在其族谱中对宗族文书和文献保护规定了详细的措施。成书于明代万历年间的祁门善和程氏宗族的《窦山公家议》就明确规定：“递年管理开注手册在匣凡若干本，及后开新旧文契一应什物，中元交递之时，管理同接管告家长家众，照依上年交递手册，眼同检点明白。如有失落手册一本并失一契一物者，接管务要告家长家众，即时追出，仍加重罚，方许交递。”[③]民国歙县《府前方氏宗谱》也在《祠规》中要求：“公匣，特设大柜一所，以贮红谱及本祠一切契据，慎重封锁，由族长妥为保管，无故不许私开。”而一册《余庆堂清明会老簿》更在封面上书有“此本老簿紧要，不可遗失，以便查阅”文字。[④] 此外，徽州民间还普遍拥有敬惜字纸的传统，明清时期徽州各地敬惜字纸炉和敬惜字纸会的存在，本身就说明了轻易销毁包括契约文书在内的各种写有文字的纸张（含文书和文献等），在徽州被视为一种不良行为，这在一定程度上有效地避免了各种写有文字的文书与文献免遭丢弃和焚毁。显然，徽州宗族和民间这种有意识保护自身形成的文书和文献行为，是徽州契约文书得以留存下来的社会文化基础。

四、徽州民间传统“健讼”行为和观念的影响

徽州自宋代以来，逐渐形成了“好讼”和“健讼”的传统，每遇哪怕是极其微小的事，徽州人都可能诉诸官司。明末歙县知县傅岩曾深有感触地说：“新安健讼，每有一事，冒籍更名，遍告各衙门，数年不已。”[⑤]而宗族和徽商的大规模卷入，使得徽州的民间“健讼”风气愈燃愈炽，“至于涉讼，群起助金，恃富

① 民国《祁门县志氏族考》（不分卷）。

② 嘉靖《徽州府志》卷二《风俗》。

③ 万历《窦山公家议》卷一《管理议》。

④ 《余庆堂清明会老簿》，清抄本，原件藏上海图书馆。

⑤ （明）傅岩：《歙纪》卷五《纪政绩·事迹》。

凌人，必胜斯已”。[1] 因而，为避免可能引起的纠纷与官司之讼，徽州人十分重视文字证据的保存。每有一事，总是尽可能地留下文字依据，即使是家庭内部兄弟、子女的借贷分家，徽州人都会立下字据为凭，这也就是徽州契约文书中无以计数的借贷契约和分家阄书的由来。同时，在万不得已被迫诉讼之后，为使家族成员牢记赢得官司的艰难，徽州人还把整个诉讼的过程记录下来，甚至刊刻成书面文字。刻于明代嘉靖十七年（1538年）的歙县呈坎《罗氏杨干院归结始末》，就是呈坎罗氏宗族在历经8年打赢官司之后，为让全族成员永远铭记这一事件，而专门印制刊刻颁行的家族诉讼文书。正是这种重视文字凭据的作用的观念，使得包括法律文书在内的明清徽州契约文书比全国其他地区，无论是从数量还是种类上来说，都堪称是独一无二的。

五、徽州契约文书本身具有的实用性价值

历史上形成的徽州契约文书本身具有重要的实用性价值，这是其得以保存和流传下来的一个毋庸忽视的因素。“民间执业，全以契据为凭”“有契斯有业，失契即失产”。[2] 民间田宅买卖文书是田宅产权的重要凭证，田宅私有产权受到封建法律的保护。每逢政权更迭，前代的田宅买卖文书总是被新政权要求进行重新验证确认。很多明清甚至宋元时期的土地买卖契约，在民国改元之后，都没有失去其效用，而是接受当时政府的验契，在证明合法、被粘贴上一张验契纸后，即重新获得了新政权的认可，成为拥有某块土地合法的文字凭据。这从一个侧面说明徽州契约文书虽经数百年乃至千年但依然具有现实法律效力这一基本的历史事实。因此，徽州契约文书能够如此完整地被大量保存下来，其本身的实用价值是最主要的因素。

六、旧政权移交的档案文书数量不菲

明清至民国时期，因政权的更迭，新政权对旧政权官府所保存遗留的数

---

① 万历《杭州府志》卷十九《风俗》。

② 乾隆《治浙成规》卷一《严禁验契推收及大收诸弊》。

量不菲的各类档案进行移交，这是徽州契约文书特别是官府文书能遗存至今的重要原因之一。如休宁县的 1 138 卷的清代鱼鳞图册、民国歙县官府办理各种事务所形成的档案文件，就分别被休宁县档案馆、安徽省档案馆完整移交，从而形成保存至今的徽州官府文书。

第三节 20 世纪徽州契约文书的整理与出版

随着徽州契约文书和徽学研究的不断深入，海内外学术界对徽州契约文书的整理、出版与研究也逐渐展开。

早在 20 世纪 60 年代之初，中国科学院历史研究所资料室即启动了对徽州契约文书的编目和整理工作。1982 年秋，在中国社科院历史研究所的倡议下，安徽省博物馆、中国历史博物馆、中国社科院历史研究所和经济研究所等单位在合肥召开有关徽州契约文书整理与出版研讨会，决定整理出版各自收藏的徽州契约文书。1983 年，中国社科院历史研究所设立了徽州契约文书整理组，专门负责对该所收藏的徽州契约文书的整理工作。

1988 年，由安徽省博物馆主编的《明清徽州社会经济资料丛编》第一辑，由中国社会科学出版社出版。该书分门别类地对安徽省博物馆系统馆藏的明清徽州契约文书进行点校整理，收录了明清时期徽州的卖田契等共 18 类徽州契约文书 950 件(册)，这是目前所知明清徽州契约文书最早也是最为系统的整理出版成果。1990 年，中国社科院历史研究所整理的《明清徽州社会经济资料丛编》第二辑，亦由中国社会科学出版社公开出版。1993 年，王钰欣、周绍泉主编的 40 卷《徽州千年契约文书》，其中宋元明编和清民国编各 20 卷，由花山文艺出版社出版。这部大型影印版徽州契约文书汇编，收录了 4000 余件(册)徽州契约文书。不久，张传玺主编的点校本《中国历代契约会编考释》(上下册)由北京大学出版社 1995 年出版。该书收录了包括北京大学图书馆和其他相关单位收藏的宋元明清至民国时期各类徽州契约文书 700 余件。这也是北京大学图书馆收藏的徽州契约文书首次向世人披露。

1996年，安徽省档案馆严桂夫主编的《徽州历史档案总目提要》由黄山书社出版。该书收录了安徽省档案馆系统及南京大学历史系收藏的9 600件(册)徽州契约文书。2000年，王钰欣、罗仲辉、袁立泽、梁勇编纂的《徽州文书类目》，亦由黄山书社出版。该书收录的徽州契约文书目录都根据中国社会科学院历史研究所的收藏编写。

概而言之，20世纪徽州契约文书的整理与出版，主要有以下几种形式：①

一、目录式整理与出版

即将所收藏的徽州契约文书以题名目录并标收藏单位和检索号的形式著录整理和出版。这种类型的整理与出版成果主要有：(一)严桂夫主编的《徽州历史档案总目提要》。该书将徽州历史档案即徽州契约文书分为上、下两卷，上卷为徽州历史档案总论，下卷为徽州历史档案要目。该要目从大量徽州历史档案中选编宋、元、明、清和民国时期重要档案9 600条，分宋、元、明、清和民国时期两部分进行编排，将宋、元、明、清档案要目依次分为政务、宗法、文化、土地、赋税、工商、邮政和方志等8类，后附录休宁县清代鱼鳞图册；歙县档案要目则分为政务、经济、财政金融、军事、司法、民政、教育、文化、卫生、邮电交通和宗教11类。条目由标题、时间、检索号(或藏地)组成，其中检索号包括档案馆代码(或收藏地点)和档号。但该书题名《徽州历史档案总目提要》名不副实，一是该书收录的仅仅是安徽省的部分市、县(区)档案馆系统及南京大学历史系所收藏的徽州历史档案，远非全国乃至国内外徽州历史档案机构收藏的目录，故不能称为《总目》。二是该书从头至尾无任何条目录书有提要，故称《提要》毫无根据。(二)王钰欣、罗仲辉、袁立泽、梁勇编纂的《徽州文书类目》。根据该书《编辑体例》，《徽州文书类目》条目所收均为中国社会科学院历史研究所收藏的徽州契约文书，总计14 137件；将所收文书分为3种9类、117目、128子目；编排原则是依据文书原件形式，将所收录的徽

① 参见吴光龙：《试论徽州文书的史学价值及其整理》，《安徽史学》，2000年第3期。

州契约文书分为散契、簿册和鱼鳞册 3 种；9 类则分别按照文书内容依次划分为土地关系与财产文书、赋役文书、商业文书、宗族文书、官府文书、教育与科举文书、会社文书、社会关系文书以及其他文书；各类目之下排列顺序依次为散契、簿册和鱼鳞册，每种再按时间顺序排列；著录内容包括时间、地点、事主、事由、附件诸项。客观地说，《徽州文书类目》也存在内容交叉和条目分类不当等问题。但不管怎样，《徽州历史档案总目提要》和《徽州文书类目》的出版，为海内外研究者提供了徽州契约文书的利用线索，对徽学研究的发展起到了一定的促进作用。此外，诸如中国社会科学院经济所、南京大学历史系、安徽省档案馆等徽州契约文书收藏单位，大多还编有馆藏徽州契约文书（历史档案）的内部目录。

二、汇编式整理与出版

将所收藏的徽州契约文书原件进行遴选，或点校或影印整理与出版，也是 20 世纪徽州契约文书整理与出版的重要形式。目前所知，20 世纪点校整理出版的徽州契约文书汇编主要有以下几种：

（一）点校整理与出版

《明清徽州社会经济资料丛编》第一、二辑，分别于 1988 年、1990 年由中国社会科学出版社出版。第一辑收录的是安徽省博物馆系统收藏的宋、元、明、清和民国时期徽州契约文书 950 件，其中 888 件为安徽省博物馆收藏、62 件为徽州地区博物馆（今中国安徽徽州文化博物馆）藏品。该书将所收录的契约文书分为卖田契、卖田皮契、卖地契、卖山契、卖塘契、典当田地契、加价契、租田地文约、租山文约、庄仆还约文书、对换田地文书、卖屋契、卖地基契、典屋契、租屋文约、卖身契、借贷券、其他 18 类，并拟写标题，分为若干目按年代先后顺序编排。第二辑收录的则是中国社会科学院历史研究所收藏的部分宋、元、明时期的徽州土地买卖契约文书 697 件。该书体例按编、章、节编排，其中第一编收录了宋元土地买卖文契 12 件；第二编共分六章，收录了明代土地买卖文契 685 件，六章分别是卖田文契、卖地文契、卖屋基文契、卖园文契、卖塘文契和卖山文契。若原文契无标题，则按契文内容拟名，契文则原文照录，不作内容上改动。《明清徽州社会经济资料丛编》第一、二辑的整理与出版，是1983年中国社会科学院历史研究所和经济研究所、中国历史博物馆和安徽省博物馆共同协作整理出版各自收藏徽州契约文书的成果。两辑《明清徽州社会经济资料丛编》的整理与出版，极大地推动了徽州契约文书的整理与出版工作，为徽学研究利用徽州契约文书深入发展作出了重要贡献。但遗憾的是，两部资料丛编也存在明显的缺陷，第一辑收藏的徽州契约文书尽管种类齐全，但不少文书并非全文，而是作了节略，未能展现契约文书的完整面貌；第二辑收录的徽州契约文书则仅仅收录了宋、元、明时期的各种土地买卖契约。最为遗憾的是，后续的第三、四辑至今未能出版问世。

1995年，张传玺主编的《中国历代契约会编考释》(上、下册)由北京大学出版社出版。这部契约汇编共收录了西周至民国各种契约1 402卷，其中属于徽州的各类契约上起南宋嘉定八年(1215)下迄民国三十七年(1948)，共有546件之多。这些契约绝大多数收藏在北京大学图书馆，其价值弥足珍贵。

值得一提的是，1985年由张海鹏和王廷元等主编、黄山书社出版的《明清徽商资料选编》，也收录了不少徽州契约文书。

(二)影印整理与出版

由王钰欣和周绍泉主编、影印整理的《徽州千年契约文书》，1993年由花山文艺出版社出版。该书分宋元明编和清民国编两部分，每编共20卷册，合计共40卷册。其中宋元明编汇集了中国社会科学院历史研究所图书馆收藏的徽州各类文书散件1 800余件、簿册43余册、鱼鳞图册13部；清民国编则汇集了该所图书馆收藏的各类文书散件1 400余件、簿册79册、鱼鳞图册3部。这是迄今为止海内外出版的种类最齐全、内容最丰富、部头最宏大的一部徽州原始契约文书资料汇编。“宋代文书原件传世的极罕见，就闻见所及，只有四件，本书所收的占一半，且时代较早，更为珍贵。这次本书电脑分色加红彩印，使读者可见传世之宝的真面目。所收《洪武四年祁门汪寄佛户帖》，是现存明初户帖洪最清晰的一件，全部文字均可读识，亦为珍品。《至正二十四年(龙凤十年)祁门十四都五保鱼鳞册》,弥补了史书记载的阙佚,也以实证结束了明政权始造鱼鳞册年代的论证。所收元明两代田土交易的税契凭证——税票、号纸、契尾、格眼契纸(官版契纸),使元明研究者对元明两袋土地买卖制度有更清楚的认识。从租佃文书中可以看出徽州佃权的历史演变,从投主应役文书、入赘文约、还文书、卖子女婚书、典妻契等,可窥见明代徽州农民的生活景况,也可知明末清初这里发生了颇具规模的佃仆反抗斗争的因由。此外,商业账簿中的徽商经营范围,会簿中的节日和诸神祭祀所反映的明代徽州民俗,状纸中的诉讼程序,置产簿中的地主土地积累,鱼鳞册、户帖、黄册底籍、条鞭由票所反映的赋税制度,等等,对研究宋元明三代特别是明代经济史、社会史、法制史、风俗文化史、宗法宗族制度史,都具有较高的价值和不可替代的作用。"[①]日本学者鹤见尚弘指出:《徽州千年契约文书》的整理与出版,"对于中国的中世和近代史研究上是一件值得纪念的重要成就,是一件划期性事件,其意义可与曾给中国古代史带来飞速发展的殷墟出土文物和发现敦煌文书新资料相媲美,它一定会给今后中国的中世和近代史研究带来一大转折"。[②]

三、著作式整理与出版

这类著作主要是将所藏具有重要学术价值的徽州契约文书簿册单独予以整理和出版,如由周绍泉和赵亚光整理、黄山书社出版的《窦山公家议校注》,[③]即是根据国家图书馆、安徽省图书馆和中国社会科学院历史研究所三家单位收藏的明清不同版本,进行校勘后整理出版的,其学术价值极大。

---

① 史克:《徽学研究第一步大型资料集——〈徽州千年契约文书〉》(宋元明编),载《明史研究》第三辑,合肥:黄山书社,1993年。

② [日]鹤见尚弘:《中国社会科学院历史研究所收藏整理徽州千年契约文书》,《东洋学报》第76卷第1、2号,中译文载《中国史研究动态》1995年第4期。

③ 周绍泉、赵亚光:《窦山公家议校注》,合肥:黄山书社,1993年。

第四节　徽州契约文书与经济史和法律史研究

徽学之所以能够建立，现存近百万件（册）徽州各种契约文书的发现与研究是一个重要原因。因而，在徽学研究中，契约文书作为一种最原始的资料，受到了海内外学者的广泛重视。在徽州契约文书的整理与研究中，一批学者分别将其与中国经济史、法律史和社会史等研究相结合，发表和出版了一系列令人瞩目的成果。

一、对徽州契约文书本身的研究蔚成风气

徽州契约文书种类繁多，内容丰富，如何对其进行分类与整理而为研究所用，这是徽州契约文书的收藏单位和研究者首先考虑的问题，也是徽学研究的基础性工作。

对徽州契约文书的分类，因收藏单位、整理者和研究者的角度不同而有不同的原则与标准。周绍泉不仅对徽州千年契约文书作了系统的分类和整理，而且为编校和影印徽州契约文书作出了卓越的贡献。他在《徽州契约文书的分类》一文中，以中国社会科学院历史研究所收藏的徽州契约文书为例，将现存徽州契约文书分成了8大类，即土地文书、赋役文书、商业文书、宗族文书、科举文书、官吏铨选和教育文书、社会文书、阶级关系和阶级斗争文书，以及官府案卷、档册、公文等。[①] 而从事档案工作的王国键把包括徽州契约文书在内的徽州历史文献全部归入历史档案的范畴，他在《徽州历史文化档案的种类及其利用》一文中，将徽州历史文化档案依次划分为教育档案、文化艺术档案、宗法制交租和经济档案、官文书档案。[②] 在1996年出版的由严桂夫主编的《徽州历史档案总目提要》，则将宋、元、明、清时期与民国时期的徽州历史档案区别分类，将宋、元、明、清时期的徽州历史档案分为政务类、宗法

---

① 周绍泉：《徽州契约文书の分类》，《史潮》，1993年第32号。

② 王国键：《徽州历史文化档案的种类及其利用》，《徽州社会科学》，1991年第1期。

类、文化类、土地类、赋税类、工商类、邮政类和方志类8种，外加清代休宁县鱼鳞图册。而对民国时期的徽州历史档案则分别划分为政务类、经济类、财政金融类、军事类、司法类、民政类、教育类、文化类、卫生类、邮电交通类和宗教类11种。[①] 而王钰欣、罗仲辉、袁立泽、梁勇编纂的《徽州文书类目》，则在周绍泉上述分类的基础上，将中国社会科学院历史研究所收藏的徽州契约文书划分为9类，即土地关系与财产文书、赋役文书、商业文书、宗族文书、官府文书、教育与科举文书、会社文书、社会关系文书和其他文书。[②]

对徽州契约文书的微观研究与考证，也受到学界特别关注。元代遗存的徽州契约文书数量原本就不多，但由于元代前后有两个“至元”年号，那么遗存下来的几件徽州元代至元年间的契约文书究竟是属于何时？为此，周绍泉专门对安徽省博物馆和中国社会科学院收藏的4件至元年间的徽州契约文书进行了考证，最后得出了客观的结论。[③] 这类考证对研究者避免发生错误，具有极为重要的作用。周绍泉还追本溯源，对徽州文书中的契约与合同的异同进行了探究。指出：“徽州契约和合同是既有区别又有密切联系的两种文书。”[④]

鱼鳞图册和赋役黄册是明代土地和赋役制度的重要凭证，是明代社会经济史研究中极为珍贵的原始资料。栾成显通过对徽州鱼鳞图册、赋役黄册及某些家族文书契约的研究，澄清了不少学界多年以为是正确或者是存在争议的问题。如栾氏通过对一册被标为成化年间鱼鳞图册的考证后认为，该册鱼鳞图册攒造的时间为龙凤十年(1364年)。据此，栾成显将明代鱼鳞图册的始造时间推溯至明朝建立之前的龙凤时期。[⑤] 不久，栾成显先后撰写并发表

---

① 严桂夫主编：《徽州历史档案总目提要》，合肥：黄山书社，1996年。

② 王钰欣、罗仲辉、袁立泽、梁勇：《徽州文书类目》，合肥：黄山书社，2000年。

③ 周绍泉：《徽州元代前后至元文书年代考析》，《江淮论坛》，1994年第4期。

④ 周绍泉：《明清徽州契约与合同异同探究》，载《第五届明史国际学术讨论会明史论文集》，合肥：黄山书社，1994年。

⑤ 栾成显：《龙凤时期朱元璋经理鱼鳞册考》，《中国史研究》，1988年第4期。

了《徽州府祁门县龙凤经理鱼鳞册考》[1]和《弘治九年抄录鱼鳞归户号籍考》，[2]正式将明代攒造鱼鳞图册的始造时间确定为龙凤年间，并对鱼鳞图册的攒造过程、抄录格式、登载内容，以及其中所包含的田土信息作了详尽分析。栾成显在对包括徽州在内的明代赋役黄册的介绍、考证及研究中作出了杰出的学术贡献。在《明代黄册人口登载事项》一文中，针对一些学者有关明初人口记载中不含女口的观点，栾成显从对黄册及其前身户帖的考证入手，以现存徽州及各地遗存的户帖和黄册底册原件为中心，结合大量文献史料，指出：黄册制度既是赋役制度，也是户籍制度，黄册登载的格式，每户均分为旧管、新收、开除、实在四大项，为四柱式格式。每项之下均载有人丁和事产。作为一种户籍制度，黄册对有关明代户口的记载，在各个时期并不相同。“从遗存至今的明初至明末的黄册文书档案来看，其所载人口事项均包括妇女在内，确凿无疑”。不过，明代中叶以后，黄册登载人口事项出现了混乱的现象。鉴于黄册登载事项的复杂性和前后变化，栾成显指出：“尽管从总体上看，明代黄册的人口登载事项一直包括妇女在内，但这决不等于说，明代中叶以后黄册上登载的人口数字是属实的、可信的。自明代中叶以后黄册制度开始衰败，黄册之中关于人口方面记载的弊病尤为突出。”[3]在此前后，栾成显还对黄册制度的起源、大小黄册等问题作了专门的考证和分析。[4]

除此之外，随着徽学研究的不断发展，一些研究者陆续在相关刊物上公布了一批馆藏或新发现的各类珍稀徽州契约文书。早在1978年，章有义就辑录并公布了皖南徽州地区的奴婢文约。[5] 1980年，刘重日、武新立整理公布了中国社会科学院历史研究所收藏的明代休宁县潢溪《齐保公置产簿》和清初祁门县石溪《各祠各会文书租底》两种抄本租底簿册文书，并对其进行了

---

① 栾成显：《徽州府祁门县龙凤经理鱼鳞册考》，《中国史研究》，1994年第2期。

② 栾成显：《弘治九年抄录鱼鳞归户号籍考》，载《明史研究》总第1辑，合肥：黄山书社，1991年。

③ 栾成显：《明代黄册人口登载事项考略》，《历史研究》，1998年第2期。

④ 栾成显：《明代黄册制度起源考》，《中国社会经济史研究》，1997年第4期。

⑤ 章有义：《清代皖南休宁奴婢文约辑存》，《文物资料丛刊》，1978年第2期。

初步分析和探讨，认为：这些文书中所反映的封建社会诸种关系是多方面的，也是十分具体的。它有助于我们用来探讨明清两代的许多重大问题。这的确是一批不易多得的珍贵资料。[①] 1984 年，刘和惠对安徽省博物馆收藏的明代祁门县《洪氏誊契簿》进行探究，从中辑录了 24 件胡氏佃仆文约，予以公布。[②] 栾成显则对元末明初祁门县的谢氏家族及其遗存的包括 10 件左右各类元代契约文书在内的契约文书进行了考证和深度探讨，分析了这批文书能够得以遗存至今的原因，指出：万山环绕、相对封闭的自然环境和世家大族文献典籍与文书档案的得以保存是有着密切关系的。指出，这批包括土地买卖契约与税契文凭、标分合同文书、退赎文书、户帖、出继文书、契本与税契文凭、换界文约、批契、垦荒帖文和鱼鳞图册等在内的元末明初谢氏家族文书，与族谱结合，对于研究徽州社会经济生活的实态具有重要的意义。[③]

1985 年，汪宗义等还在《文献》杂志上首次考证并公布了新发现的清代康熙年间休宁县渭桥谢氏徽商在京师前门外打磨厂长巷头条胡同开设的日成祥布店的一组 23 张会票。[④] 1992 年第 1 期《文献》刊发了伍跃、杨宴平辑录的《北图藏顺治年间契约文书十七件》一文，公布了 17 件属于祁门和休宁等县的土地买卖契约文书。[⑤] 第 2 期又公布张志清等点校辑录的北京图书馆(今国家图书馆)收藏的清康熙时期的 32 件土地买卖等契约文书。从内容上看，这批文书显然是属于徽州某县的。[⑥] 此后，不定期整理和对外公布北京图书馆收藏的徽州契约文书，成为《文献》的一个专门栏目。至 2000 年 1 月，

---

① 刘重日、武新立：《研究封建社会的宝贵资料——明清抄本〈租底簿〉两种》，《文献》，1980 年第 2 期。

② 刘和惠：《明代徽州胡氏佃仆文约》，《安徽史学》，1984 年第 2 期。

③ 栾成显：《元末明初祁门谢氏宗族及其遗存文书》，载周绍泉、赵华富主编：《'95 国际徽学讨论会论文集》，合肥：安徽大学出版社，1997 年。

④ 汪宗义、刘宣辑录：《清初京师商号会票》，《文献》，1985 年第 2 期。

⑤ 伍跃、杨宴平辑录：《北图藏顺治年间契约文书十七件》，《文献》，1992 年第 1 期。

⑥ 张志清、杨宴平、伍跃辑录：《清康熙年间契约文书选辑(一)》，《文献》，1992 年第 2 期。

《文献》陆续刊发公布徽州契约文书的专文还有:《清康熙年间契约文书选辑(二)》、[①]《清康熙年间契约文书选辑(三)》、[②]《清康熙年间契约文书(四)》、[③]《清雍正年间契约文书辑录》、[④]《清雍正年间契约文书辑录(二)》、[⑤]《清乾隆年间契约文书辑录(一)》、[⑥]《清乾隆年间契约文书辑录(二)》。[⑦]

王振忠结合自身的收藏和对国内外的文献调查,发现了不少价值连城的徽州文书和文献史料,并在公布于世的同时,对其进行初步的探讨。如《同善堂规则章程——介绍徽商与芜湖的一份史料》[⑧]《民国年间流传于徽州的一册〈(新刻)花名宝卷〉》[⑨]《徽州商业文化的一个侧面——反映民国时期上海徽州学徒生活的十封书信》[⑩]《一部反映徽商活动的佚名无题抄本》[⑪]《抄本〈便蒙习论〉——徽州民间商业书的一份新史料》[⑫]《晚清民国时期徽州文书中的"兰谱"》[⑬]《黄宾虹〈新安货殖谈〉的人文地理价值》[⑭]和《〈应急(杂

---

① 张志清、杨宴平、伍跃辑录:《清康熙年间契约文书选辑(二)》,《文献》,1992年第3期。

② 杨宴平、张志清、伍跃辑录:《清康熙年间契约文书选辑(三)》,《文献》,1992年第4期。

③ 杨宴平、张志清、伍跃辑录:《清康熙年间契约文书(四)》,《文献》,1993年第1期。

④ 杨宴平、张志清辑录:《清雍正年间契约文书辑录》,《文献》,1993年第2期。

⑤ 杨宴平、张志清:《清雍正年间契约文书辑录》,《文献》,1993年第3期。

⑥ 杨宴平、张志清辑录:《清乾隆年间契约文书辑录(一)》,《文献》,1993年第4期。

⑦ 杨宴平、张志清辑录:《清乾隆年间契约文书辑录(二)》,《文献》,1994年第1期。

⑧ 王振忠:《同善堂规则章程——介绍徽商与芜湖的一份史料》,《安徽大学学报》(哲社版),1999年第4期。

⑨ 王振忠:《民国年间流传于徽州的一册〈(新刻)花名宝卷〉》,《古籍研究》,1999年第3期。

⑩ 王振忠:《徽州商业文化的一个侧面——反映民国时期上海徽州学徒生活的十封书信》,载《复旦学报》(社会科学版)1999年第4期。

⑪ 王振忠:《一部反映徽商活动的佚名无题抄本》,《河南商业高等专科学校学报》,2000年第1期。

⑫ 王振忠:《抄本〈便蒙习论〉——徽州民间商业书的一份新史料》,《浙江社会科学》,2000年第2期。

⑬ 王振忠:《晚清民国时期徽州文书中的"兰谱"》,《安徽史学》,2000年第3期。

⑭ 王振忠:《黄宾虹〈新安货殖谈〉的人文地理价值》,《历史教学问题》,2000年第5期。

字)〉——介绍新近发现的一册徽州启蒙读物》等。[①] 最为难能可贵的是,王振忠还利用出访国外进行学术交流之机,对在日本发现的记录清代徽商史料的《唐土门簿》和《海洋来往活套》进行研究,钩稽出了清代中日贸易中徽商的史迹。[②]

此外,卞利也分别于1995年、2000年先后公布了安徽省图书馆收藏的一批清代顺治至乾隆初年的休宁县各类土地税票及个人收藏的新发现的明清契约文书。[③]

类似披露徽州各类契约文书的事例还有很多,限于篇幅,这里就不一一赘述了。

二、徽州契约文书与中国经济史研究

对徽州契约文书的研究,是徽学得以成立的关键。徽学和徽州契约文书研究的价值体现在两个方面:一是它为区域史研究提供了直接的样本;二是它为对中国古代特别是宋、元、明、清时期土地买卖、租佃、典当、赋税徭役、借贷和基层司法等制度史的综合实态度研究提供了最具价值的史料支撑,使我们能够对上述制度的实施及运行综合实态有一个清晰的了解。对此,栾成显曾撰文指出,包括徽州在内的明清契约文书所反映的社会经济制度与文化,既有地方性特点,又多有超越地方本身的普遍性一面,它对于同一时期的中国史研究具有重要的学术价值;对于中国古代基层社会研究也具有不可替代的重要价值;包括徽州在内的明清契约文书的发现,促进了诸如徽学等新学

---

① 王振忠:《〈应急(杂字)〉——介绍新近发现的一册徽州启蒙读物》,《古籍研究》,2000年第4期。

② 参见王振忠:《〈唐土门簿〉与〈海洋来往活套〉——佚存日本的苏州徽商资料及相关问题研究》,《江淮论坛》,1999年第2期;《〈唐土门簿〉与〈海洋来往活套〉——佚存日本的苏州徽商资料及相关问题研究(续)》,《江淮论坛》,1999年第3期;《〈唐土门簿〉与〈海洋来往活套〉——佚存日本的苏州徽商资料及相关问题研究(续)》,《江淮论坛》,1999年第4期。

③ 卞利:《清前期土地税契制度及投税过割办法研究——徽州休宁县土地税票剖析》,《安徽史学》,1995年第2期;《新发现的徽州契约文书初探》,《中国农史》,2000年第3期。

问的诞生。[1]

也正是由于徽学和徽州契约文书所具有的毋庸置疑的学术价值，它的发现引起了海内外学界的高度重视和强烈关注，并形成了一股研究热潮。

在现存的近百万件（册）宋、元、明、清至民国时期的徽州契约文书中，田宅、山场等土地买卖与租佃契约占据了半数以上，不仅单件的买卖与租佃等契约数量繁多，而且各种誊契簿和收租账簿等簿册类文书也不在少数。章有义较早对明清以降徽州的土地和租佃买卖契约文书进行了个案探讨与分析。

对明清徽州田宅交易中的赤契及明代赋役黄册、鱼鳞图册等与赋役制度问题的研究，其所具有的全国意义是显而易见的。王毓铨就是利用明代徽州田宅买卖中的赤契的契文程序，研究了明代全国的赋役制度及其相关问题。[2]

对于明初地主积累土地的途径，从来是仁者见仁，智者见智。栾成显以明初祁门谢氏土地文书为典型个案，令人信服地考察了明初地主兼并土地的途径。[3] 对赋役黄册研究，以往研究的主要问题在于缺乏实物原件，因而出现一些依据文献记载进行推测的现象。栾成显在大量占有明代徽州黄册底籍及黄册归户册的基础上，结合其他文献材料，对明代黄册的攒造时间、登录事项、户帖制度、小黄册与大黄册之区别与联系、黄册里甲的编制原则与图保划分、甲首户问题、黄册制度的本质及其衰亡原因等，都提出了不少全新的见解。他还纠正了梁方仲有关黄册研究中的错误，认为里甲编制与图保编制分属不同系统，并证实了黄册人口登载包括妇女的说法。作者还进一步对里甲中的甲首户问题作了深入研究，指出：甲首是一种职役，每里共设有百户甲首，而非一甲之首领，更非一里只有一甲首。栾成显还以休宁县朱学源户遗存下来的赋役黄册底册等文书史料分析为中心，对明末清初一户庶民地主的

① 栾成显：《明清契约文书的研究价值》，《史学月刊》，2005年第12期。

② 王毓铨：《明代赤契与赋役黄册》，《中国经济史研究》，1991年第1期。

③ 栾成显：《明初地主积累兼并土地途径初探——以谢能静为例》，《中国史研究》，1990年第3期。

经济状况，诸如人口情况、土地所有、土地买卖等，作了微观考察，着重分析了其人户构成情况和经济结构，并以此为典型，剖析了中国封建社会地主自身经济存在的具体形态。认为明清庶民地主大致可分为累世同居共业、析产而未分户、析产随即分户三种类型。栾成显对析产而未分户这一类型作了重点考察，指出其经济结构是在诸子均分制的原则下，形成了经济上各自独立的子户；在此基础之上，同时存在多层次、多分支的宗族所有制。此外，该文还阐述了析产分户的经济根源与普遍性。指出："在中国封建社会里，不时出现一些拥有良田万顷的大官僚地主，如明清时代的严嵩、董份、和珅。但这些大官僚地主在霸占巨额田产的背后，无一不是靠政治权力的支撑。他们一旦离开政治舞台，便立即土崩瓦解。其发也速，其败也快。从了解中国封建社会的经济结构来说，毋宁说像朱学源户这样的庶民地主更具有普遍意义。从表面上看，一户拥有八百余亩土地的地主，当是具有相当财力的。但由于人口众多和实行诸子均分制，实际上并不具有多大的经济实力。至于一般的农民就更不用说了。这对于理解中国封建社会后期为什么发展缓慢和难于向资本主义转变这一问题，或许有所启迪。"①栾成显所指明和揭示的其实正是徽州契约文书和徽学研究的学术价值之所在。

栾成显还指出：黄册不仅是一种赋役之法，而且是一种户籍制度。②

在对徽州契约文书的研究中，很多学者是把它同中国社会经济史研究联系起来一同考察的。张雪慧和陈柯云利用徽州契约文书研究了徽州历史上的山场林业经济与经营方式。③ 周绍泉和江太新等利用徽州契约文书，研究

---

① 栾成显：《明清庶民地主经济形态剖析》，《中国社会科学》，1996 年第 4 期；

② 参见栾成显：《明代黄册研究》，北京：中国社会科学出版社，1998 年；又见栾成显：《明代里甲编制原则与图保划分》，《史学集刊》，1997 年 4 期；《明代土地买卖推收过割制度之演变》，《中国经济史研究》，1997 年 4 期；《明代黄册人口登载事项考略》，《历史研究》，1998 年 2 期；《论明代甲首户》，《中国史研究》，1999 年 1 期；《中国封建社会诸子均分制述论——以徽州契约文书所见为中心》，载《'98 国际徽学学术讨论会论文集》，合肥：安徽大学出版社，2000 年。

③ 张雪慧：《徽州历史上山场林木经营初探》，《中国史研究》，1987 年第 1 期；陈柯云：《明清徽州山林经营中的"力分"问题》，《中国史研究》，1987 年第 1 期。

了徽州的土地亩产量。[1] 周绍泉和栾成显还分别利用徽州契约文书探讨了徽商的经营方式。[2] 此外,利用内容丰富的徽州契约文书研究明清农村社会与宗族制度和中国法制史等,都已取得了较为显著的成就。

三、徽州法律史研究成果厚重

明清徽州是一个封建法制相当健全的地区之一。民间争讼与民俗健讼风气极为盛行,"事起渺怒,讼乃蔓延"。[3] 那么,这种健讼民俗给徽州社会带来了怎样的影响呢?卞利通过对明代中叶以来徽州争讼与民俗健讼的研究,分析了徽州健讼的性质、原因、争讼的主要内容和处理程序以及民俗健讼的实质,指出:"明清时期徽州地区健讼风俗的形成,固然与这里长期以来存在的武劲之风和争讼之习的传承有关,但更主要的还是徽州地区社会经济的发展和社会文明的进步的结果。"徽州民俗健讼对明清徽州社会的进步和明清吏治的维系起到了重要作用。[4] 卞利通过对徽州民俗健讼的探讨,还提出了徽州在明代中期民间诉讼观念逐渐由传统的贱讼、厌讼向好讼和健讼转变的观点。[5] 为此,他着重就徽州明代的民事纠纷与民事诉讼问题作了较为全面而深刻的剖析,指出:尽管明代徽州的民事纠纷与民事诉讼同现代意义上的民事纠纷与诉讼在处理程序和方式上有很大不同,如法外用刑、民刑不分等,但它体现了中华法系的基本特征,反映了民事纠纷与诉讼以调解为主、判决为辅和解决在基层的现代民事诉讼法的基本精神。被统治者斥为"恶风""陋

---

① 周绍泉《明清徽州亩产量蠡测》,载《明史研究》总第2期,合肥:黄山书社,1992年;江太新、苏金玉:《论清代徽州地区的亩产》,《中国经济史研究》,1993年第3期。

② 周绍泉:《徽州契约文书所见徽商的经营方式》,载张海鹏、王廷元主编:《徽商研究》,合肥:安徽人民出版社,1995年;栾成显:《明末典业徽商一例——〈崇祯二年休宁程虚宇力分书〉研究》,《徽州社会科学》,1996年第3期。

③ 万历《祁门县志》卷四《人事志·风俗》。

④ 卞利:《明中叶以来徽州争讼和民俗健讼问题探论》,载《明史研究》总第3辑,合肥:黄山书社,1993年。

⑤ 卞利:《明代徽州的诉讼:兼析明代民间诉讼观念的变化》,《光明日报》,1997年5月13日。

俗”的“健讼风习，其实恰恰反映了明代徽州人群体法律意识的增强”。[①]

运用徽州法律文书研究徽州法制与社会是近年来国内较为热门的研究课题。卞利从树立法制观念、严格依法行事、恪守商业准则、拒绝商业欺诈和运用法律武器、保护自身合法权益等方面，论述了徽商的法制观念及其主要表现。指出：明清时期徽商法制观念中的“法”尽管带有很大局限性，但徽商对它的遵守和利用，是其在商业上取得了巨大成功的重要动因。[②] 周绍泉以徽州诉讼案件的审理过程为依据，探讨了清代徽州农村社会和农民的状况，这是周氏所提倡的对徽州社会做综合时态研究的大胆尝试。陈柯云也利用徽州法律文书研究了清雍正五年开豁世仆令在徽州的实施问题。[③] 作为财产转移的一种法律文书，批契是土地所有者为将土地批给指定的继承人而立的文契，但它书立的方式、反映的内容、所具有的法律效力具有什么特点？它主要发生在哪些领域？阿风在《明代徽州批契与其法律意义》一文中，利用现存大量明代徽州的批契，对此进行了探讨。认为：“批契作为实现财产转移的法律文书，它的主要特点在于其财产转移的无偿性，因此，‘批受’多发生于家族内部、亲戚之间，它既不同于土地买卖，也与家产分析有着许多不同。从现存的大量徽州文书中可以看出：有明一代，至少在徽州地区，‘批契’作为一种成熟的法律文书，在财产（主要是不动产）转移中占有一定的地位。”[④]此外，阿风还重点通过研究徽州大量土地买卖契约，结合相关文献，对明清徽州妇女在土地买卖中的权利与法律地位问题进行了深入探讨，并借此分析了当时社会的礼法观念与民间实际生活的结合程度与方式，认为：“在传统‘家事统于一尊’的父权社会中，一方面强调‘男尊女卑’，而另外一方面‘长幼尊卑’关

---

① 卞利：《明代徽州的民事纠纷与民事诉讼》，《历史研究》，2000年第1期。

② 卞利：《论明清时期徽商的法制观念》，载中国史学会编：《世纪之交的中国史学——青年学者论坛》，北京：中国社会科学出版社，1999年。

③ 周绍泉：《清康熙休宁“胡一案”中的农村社会和农民》；陈柯云：《雍正五年开豁世仆谕旨在徽州实施的个案分析》，均载《’95国际徽学学术讨论会论文集》，合肥：安徽大学出版社，1997年。

④ 阿风：《明代徽州批契与其法律意义》，《中国史研究》，1997年第3期。

系在实际生活中也起着相当大的作用。这种道德观念表现在土地买卖文书中,就是一方面国家与家族在很大程度上承认妇女的土地买卖行为,另一方面,妇女在出卖土地时也力图迎合法律与习惯的要求,以'携子卖产'、'主盟'等形式使其行为为社会与国家所认可。"[①]针对徽州文书中经常出现的"主盟母""主盟祖母""主盟父"和"主盟嫂"称谓及其性质,阿风也作了长篇专门研究,指出:"从《清明集》《元典章》到宋元明清徽州文书,'主盟'一词的含义其实是相似的,在徽州文书中,'主盟人'是特殊情形下的附署知押人。"[②]阿风还对明清时期处于徽州底层社会的"接脚夫"(招夫养子或坐产招夫)这一特殊婚姻进行了探讨,阐述了"接脚夫"在实际生活中的法权关系。[③]

① 阿风:《明清时期徽州妇女在土地买卖中的权利与地位》,《历史研究》,2000年第1期。

② 阿风:《徽州文书中"主盟"的性质》,载《明史研究》第六辑,合肥:黄山书社,1999年。

③ 阿风:《试论明清徽州的"接脚夫"》,载朱诚如、王天有主编:《明清论丛》第一辑,北京:紫禁城出版社,1999年。

第七章　唯物史观与20世纪徽学研究的发展

在马克思主义唯物史观的指导下,20世纪的中国史学研究取得了巨大的成就。无论是在中国史还是在世界史,抑或在地域史、专门史等领域,都获得了前所未有的发展。当然,由于受极"左"思潮的影响和作者本身的局限,20世纪的中国史学在运用唯物史观分析和研究具体问题时,也走过一些弯路,甚至出现了机械地运用唯物史观片面地分析某些问题的现象。但与中国史学取得的巨大成就相比,这些曲折只能算是悠悠历史长河中的小小回旋。

我们看到,20世纪后期,以唯物史观为指导的中国史学在拨乱反正后,逐步走向了正轨。经过几代学者的努力,起步于20世纪40年代的徽学研究也在80年代中期异军突起,成为巍巍中国史学百花园中的一枝奇葩。

唯物史观是指导我们进行人文社会科学研究的理论基石。作为一门新兴的学科,徽学研究也只有在唯物史观的指导下,坚持实事求是、探索真理的原则,以扎实的学风和严谨的态度,认真对待徽学这门新兴学科的发展规律,才能取得辉煌的成就,徽学的学科体系建设也只有在唯物史观的指导下才能更加系统、完整与科学。

第一节　以唯物史观为指导,开展徽学领域重大理论问题研究

徽学学科是一门新兴而年轻的学科,尽管对徽学具体领域的研究和徽学

的萌芽可以追溯到20世纪30年代。但是，徽学的真正产生还是在20世纪中叶以后。20世纪40年代末至50年代中后期，随着徽州近10万件(册)宋元明清至民国时期的契约文书的大量发现和流传，海内外一批社会经济史研究的专家和学者，开始把注意力转向对徽州社会经济史尤其是徽商的研究，并取得了一些成果，初步奠定了徽学学科的雏形。徽学研究真正形成和走向国际化的标志，是在党的十一届三中全会以后。20世纪70年代末至80年代，随着我国改革开放政策的实施、徽州契约文书的对外开放，国内和海外一批社会经济史和明清史研究专家逐渐展开了对徽商、徽州宗族和徽州社会与经济等领域的研究，并相继发表和出版了一大批数量和质量堪称上乘的研究成果。20世纪80年代中期，随着徽学研究向纵深领域的拓展，徽学研究者开始自觉地思考徽学研究中的理论和方法问题，并以科学的态度和求实的精神提出了一系列颇有见地的观点。这些观点和看法，概括起来主要集中在徽学研究的对象、徽学的学科体系和性质等方面。但是，由于研究者的学术背景和视角的不同，所得出的结论相对来说也就具有较大的差异。

如何科学地开展徽学研究，正确地确立徽学研究的对象，确立徽学研究的学科性质和建立学科体系？这不仅直接关系徽学研究的健康发展，而且还直接影响这门学科的科学定位等重大问题。因此，随着徽学研究的不断深入，我们很有必要在马克思唯物史观的指导下，对徽学研究中的这些重大理论问题进行研究，并在此基础上建立一个完整而科学的徽学学科理论体系。

首先是徽学的研究对象问题。这一问题在以往的研究中，曾经引起过一些争议，并在争鸣中逐渐形成了几个较有代表性的观点。这些观点概括起来，主要有徽州历史说、徽州文化说、徽州社会经济史说和徽州契约文书说等。应当说，这几种观点和见解都有一定道理，但又都有其不足之处。那么，哪一种看法是正确的，或者说是接近于徽学研究的真正对象的呢？要回答好这一问题，就要求我们必须要在坚持唯物史观的前提下，根据徽学研究的实际状况和深刻内涵，实事求是地进行探讨，并在深入系统地研究之后，得出符合事实的结论。平心而论，徽学之所以能够成为一门科学，主要在于新资料即近百万件(册)徽州原始契约文书的发现。正是新资料的发现与研究,才带来了新学科的产生。徽州契约文书是20世纪继甲骨文、敦煌文书、大内档案和秦汉简帛之后中国历史文化的第五大发现。但是,新资料即徽州契约文书的本身并不能单独构成徽学的研究对象。而把徽州历史文化作为徽学研究对象,则显得过于宽泛,缺乏特色。如果这一理论能够成立的话,那么,研究齐鲁历史文化、福建历史文化、浙江历史文化等地域历史文化,都应当成为一门独立的学科,这显然是不现实的。至于将社会经济史作为徽学研究对象,似乎也缺乏足够的说服力,而且犯了范围过于狭窄的毛病。

学科的研究对象,是一门学科特定的研究方面、部分、环节或层面、过程和功能等,学科研究对象有唯一性和特定性。徽学研究对象应当是发生或根植于徽州社会的具有唯一性、典型性、代表性和特定性的历史现象。当然,由于徽商活跃的地域范围较大,因而,徽商及由徽商所产生的某些特定事象也应属于徽学研究的对象和范围。客观地说,徽学主要是以徽州社会经济史特别是明清社会经济史研究为主体,综合研究徽州整体历史文化及徽人在外地活动的一门新兴学科。

其次,关于徽学研究的学科性质问题。学科性质与学科的研究对象密切相关,以往的徽学研究者基本上是把徽学定位在历史学的专门史或地方史范畴的,也就说,徽学的学科性质应当属于历史学领域。但是,近来关于徽学为综合学科的言论似乎占了上风。之所以得出这一结论,主要是由于对徽学研究对象缺乏全面系统地分析和研究,并不顾徽学研究的事实,仅仅从表面现象出发,以为只要是关于徽州的研究都是徽学。这种做法严重地偏离了唯物史观的轨道,其结果将是十分有害于该门学科发展的。马克思指出:“当庸俗经济学家不去揭示事物的内部联系却傲慢地断言事物从现象上看不是这样的时候,他们自以为这是做出了伟大的发现。实际上,他们夸耀的是他们紧紧抓住了现象,并且把它当作最终的东西。这样,科学究竟有什么用处呢?”是的,把徽学当作综合学科的人,他们所抓住的仅仅是徽学的表象。徽学属于历史学研究领域的一个分支,并且不仅仅是地方史,因为徽学的意义已经远远地超出了地方史的范围。因此，从学科的性质而言，徽学更多的应当归属于历史学中的专门史或历史文献学研究的范畴。

复次，关于徽学研究的方法论。徽学研究主要使用的是史学研究的理论与方法，通过唯物史观的指导，运用历史学考证、叙述和分析的方法，研究徽学领域中重大的学术问题，澄清事实，提供借鉴。历史学的方法，要求徽学研究者必须充分详细地占有第一手的研究资料，“分析它的发展形式，探寻这些形式的内在联系”，并由此得出符合历史事实的科学结论。我们在强调徽学研究的史学方法的同时，并不排斥对其他学科理论与方法的使用。事实上，研究徽州的法制、社会、徽商、宗族、理学和科技等重大问题，除了使用历史学的方法外，还要综合采用法学、社会学、经济学、哲学和自然科学的理论与方法，并由此展开对徽学的多学科、多角度、多层次的综合研究。这样，徽学研究的层次才能真正得到提升，徽学研究的水平才能得以提高。实际上，历史学的方法本来就是一种最综合的研究方法。

徽学研究中的另外一个重大理论问题，就是徽学研究的核心是什么？尽管徽学研究的领域十分广泛，但真正构成徽学研究的核心只能有一个。也就是说，徽学研究离开了这个核心，就不成其为徽学。相反，离开了那些非核心的问题，并不会从整体上影响该门学科的性质和体系的构成。显然，探讨这一问题，只有坚持马克思主义的唯物史观，并在这一原则指导下，实事求是，尊重学科发展的规律，才能得出符合实际的科学结论。众所周知的事实是，徽学之所以能够成为一门学科，并不仅仅是因为徽学研究的是徽州的地方史问题，而是因为通过对徽州丰富的原始资料的研究，为我们洞察中国封建社会后期社会经济和文化发展的一般状况提供指导，进而总结中国封建社会的发展规律，得出最为直接而现实的结论。由此而言，研究徽学，必须要把徽州放在当时中国历史的范围内进行检视。正如胡适在写给绩溪县志馆胡近仁的一封信中所云：“县志应注重邑人移徙经商的分布与历史。县志不可但见‘小绩溪’，而不看见那更重要的‘大绩溪’。若无那‘大绩溪’，‘小绩溪’早已饿死,早已不成个局面。”[①]徽学研究同样存在一个“小徽学”和“大徽学”的问题。我们不可只看到那些徽州本土发生的事情,而且要研究徽州本土以外包括徽商在内的徽州人所发生的事情,而且要分清它们在徽学研究中的地位和作用。

弄清楚以上几个理论问题,我们才能坚持和把握徽学研究的正确方向,才能将徽学这门目前还相对稚嫩的学科推向成熟和发展。

第二节 坚持唯物史观,尊重徽学发展规律

应当指出的是,经过几代学者的辛勤耕耘和努力开拓,徽学研究从无到有,从一片空白到繁荣发展。所有这些成就都为21世纪徽学研究的发展奠定了扎实的学术基础。但是,我们也要看到,20世纪徽学研究虽然取得了一定的成就,但就整体而言,其研究的领域还不够丰富,对许多问题还缺乏深入研究,而且随着徽州原始契约文书等资料的不断发现和公布,过去得出的许多结论甚至定论,可能还存在错误或缺陷,还要进行修订、补充和完善。因此,徽学研究的任务十分艰巨,形势也极为严峻。

同时,我们还注意到,近年来,徽学研究中还出现了一些浮躁的学风,如热衷于炒作,制造轰动效应。一部分人不愿埋头搜集资料,进行扎实的分析和研究,喜欢根据片言只语,或道听途说,或断章取义,或人云亦云,提出一些所谓的新观点和新看法。有的甚至是新瓶装旧酒,重复过去早已有过的研究结论,等等。这股浮躁的学风,如果任其盛行,不加制止,将会给徽学这门崭新而相对稚嫩的学科带来毁灭性打击。

因此,我们很有必要强调唯物史观在指导徽学研究中的作用问题。毕竟唯物史观是迄今为止最科学、最正确的历史观,能否坚持唯物史观的指导,尊重徽学研究的发展规律,将直接关系徽学研究的发展前途、方向和命运。

---

① 《胡适之先生致胡编纂函》,载《绩溪县志馆第一次报告书》,转引自张海鹏、王廷元主编:《明清徽商资料选编》,合肥:黄山书社,1985年,第215页。

马克思主义唯物史观强调详细地占有第一手资料，强调从历史事实出发阐明事物的内在联系。唯物史观还要求采用历史的观点，全面具体地观察和分析问题。尤其是在考察复杂的历史和社会经济问题时，唯物史观强调要善于把握主体，抓住典型。

徽学研究只有坚持唯物史观，尊重徽学研究的发展规律，全面开展对徽学各个领域主要问题的综合研究，才能更好地搞好这门年轻学科的理论体系建设，才能推动徽学研究走向健康的发展之路。

徽学研究的主体和核心是什么？这是我们首先必须要弄清楚的。根据徽学以往发展的客观事实，我们以为，徽学研究的主体应是徽州社会经济史，其研究资料主要是徽州 2 000 余种家谱、近百万件（册）契约文书和近百种方志及大量文集等文书文献，以及现存的徽州本土 12 000 多处地面文化遗存等。利用这些丰富的原始资料，坚持唯物史观，综合采用不同学科的理论与方法，全面开展对徽州社会经济史的研究，这势必会促进徽学研究的健康发展，形成研究的良性运行机制，从而为徽学科学的学科体系建设打下一个坚实的基础。我们以为，徽学研究的核心问题，或者说徽学研究的主体是包括徽商、徽州宗族和新安理学等在内的明清徽州的社会经济。为什么？因为宗族是明清徽州的社会基础，宗族的组织建设、层次结构、运作形式等，直接关系徽州社会经济的发展和社会文化的进步。历史上，聚族而居的徽州基本上就是一个宗族社会，“家多故旧，自六朝、唐、宋以来，千百世年系，比比皆是。重宗谊，修世好，村落家构祖祠，岁时合族以祭”。① 宗族族长控制着族人的命运和财产，是整个徽州社会的基础。离开了宗族，我们就无从了解徽州的社会与经济。徽商则是活跃在明清时期徽州乃至全国的一支重要的经济力量。作为明清时期全国最大的地域性商帮，徽商资本的投向和运作，直接影响徽州的经济发展和全国商业资本的运营，其意义是不言而喻的。忽略了徽商在徽学研究中的主体地位和作用，徽学研究就可能偏离正确的轨道，陷入

---

① （民国）许承尧撰，李明回、彭超、张爱琴校点：《歙事闲谭》卷十八《歙风俗礼教考》，合肥：黄山书社，2001 年，第 605 页。

对一些枝节问题毫无意义的争论之中。由朱熹所开创的新安理学，是徽州社会的指导思想，它决定了徽州人的价值观和职业观，徽州文化的繁荣、科第的兴盛、东南邹鲁的盛誉，都来自于新安理学的影响。正如休宁《茗洲吴氏家典》所云："我新安为朱子桑梓之邦，则宜读朱子之书，取朱子之教，秉朱子之礼，以邹鲁之风自待，而以邹鲁之风传之子若孙也。"[①]不认真研究新安理学对徽州社会与文化教育的影响，我们就无法解开徽学的很多不解之谜。还有就是徽州契约文书，徽学研究如果不将近百万件(册)徽州原始契约文书作为基本的史料支撑，那么，作为一门学科的徽学就很难建立。毕竟原始契约文书中涉及的一些制度性规范，往往带有普遍性。通过对其进行深入系统研究，不仅可以揭示当时徽州社会经济发展的一般状况，使传统的静态研究变为动态描述，从而尽可能地复原和重构当时的历史原貌。而且这种研究对揭示当时中国社会经济发展的一般情形，也具有一定的参考价值。我们说徽学研究超越传统徽州地方史研究的范畴，这是一个很关键的因素。

当然，我们还应全面研究徽州人的思想和观念，解剖这些观念对徽州社会经济和文化教育发展的影响，并在系统研究徽州宗族、徽商、新安理学和徽州契约文书的基础上，开展对徽州社会各个层面的研究与剖析。弄清楚徽商外出经商原因、经营领域、活动范围、融资渠道和价值取向等问题，不仅有助于推动徽学研究的发展，而且对其他地域社会经济和文化的研究，也具有极其重要的借鉴意义。

第三节 运用唯物史观，建构科学的徽学学科体系

徽学研究的发展已经走过了近一个世纪的历程，取得了不小的成绩。特别是在20世纪后期，海内外学者主动自觉地开展徽学的学科建设，并最终推进了徽学作为一门独立学科的形成与发展，徽学亦因此成为海内外史学界的

---

① (清)吴翟：《茗洲吴氏家典》卷首《序》，清雍正十三年重刻本。

热点研究领域。然而，我们也注意到，徽学作为一门独立的学科，由于时间相对较短、研究力量相对较为薄弱，因此，就整个学科建设而言，这门学科还显得较为稚嫩，徽学的学科体系远未能够有效的建立，对徽学的含义也还存在许多争议和分歧。所有这些，都给徽学研究的健康发展带来了不利的影响。

为了能使徽学研究进一步走向成熟，并沿着健康的方向深入发展，我们应当坚持马克思主义唯物史观，一切从事实出发，用联系的、发展和全面的观点与方法，实事求是地开展徽学研究，深入考察和研究徽学作为一门学科的学术内涵，并在此基础上努力构建科学的徽学学科体系。

关于徽学的定义和学术涵义，前人虽然已经作了不少探讨，但总的来说，还显得不够成熟和全面。而且，各种观点之间分歧也较大。就连“徽学”本身的名称问题，学术界都有不同意见，如“徽学”和“徽州学”。虽然在定义上，似乎看不出两者有多大的区别，但在这门学科的外延上，显然是不同的，徽州学更多的着眼点是放在徽州本土的所谓“一府六县”之地。而徽学所涵盖的范围，相对来说就不仅仅限于徽州本土，它不仅包括徽州本土的“一府六县”，而且包括徽州人和徽州文化所影响和覆盖的地域，如徽州周边的旌德、泾县、宁国、淳安、浮梁、景德镇、兰溪等等，甚至远在扬州、杭州、上海、汉口、南昌和北京等徽商聚居区，都在徽学研究的范围之内。显然，徽学的研究范围和徽学定义的外延，比徽州学要大得多。有鉴于此，我们认为，所谓徽学，主要是指利用徽州契约文书、家谱、方志、文集和杂记等珍稀文书文献资料和徽州丰富的地面文化遗存资料，以徽州社会经济史特别是明清社会经济史为主体，综合研究徽州整体历史文化和徽人在外地活动的一门历史学专门研究领域。就学科性质和归属而言，徽学应当归属历史学研究中的专门史或历史文献学研究范畴。徽学研究的意义在于，通过其研究成果，以重新反省和认识中国封建社会后期社会经济与文化发展的历程和特征，并从整体上把握中国封建社会发展的脉络和规律。

明确了徽学的定义和学术涵义之后，我们还必须就徽学这门学科的构成体系加以探讨和研究。作为一门相对较为独立的学科，徽学的学科性质已经确定为历史学。那么，在科学地构建徽学学科体系的时候，我们应当首先按照历史学学科体系来思考徽学的学科体系。显然，科学的徽学学科体系应当包括徽学基本原理（含徽学的涵义、研究对象、学科性质、徽学与相关学科的关系、徽学研究的目的和意义等）、徽学研究方法论、徽学发展史、徽学史料学、徽学分论（即徽学主要研究领域的概论，如徽商、徽州宗族、新安理学、徽州契约文书等）。由以上这些方面构建起来的徽学学科体系，不仅能够真实反映徽学研究的内涵和价值，而且相对完整全面、客观科学，符合一门学科应当具备的最基本要素。

我们在论述所构建的徽学学科体系中，基本上考虑到了徽学学科研究的具体而特定的对象问题，并不是凭空主观捏造。我们并不否认个别学者关于徽学研究徽州以义统利的义利观、公私兼顾的公私观、民富国强的家国观、遵守契约的诚信观和冲突融合的和合观的见解，但若是真的将徽学仅仅理解为徽州一种精神和学理的总和的话，那么徽学研究就可能最终走向虚拟化和玄学化。难道徽学研究的不是具体的东西，而只是一种纯粹的理念吗？因此，在徽学发展的历程中，我们有必要强调坚持马克思主义唯物史观，在尊重客观事实和学科发展规律的前提下，致力于徽学学科体系的建设，并力避浮躁学风，努力在唯物史观这面大旗下，认真扎实地探讨和研究，实事求是地建构筑科学的徽学学科体系，明确和把握徽学研究的主体与主导方向，努力把徽学这门尚显稚嫩的学科发展成为一门具有朝气蓬勃局面的成熟学科。

第八章　20 世纪中外史学交流与徽学学科建设

近代以来，随着科学技术的迅猛发展，具有专门研究对象和领域的新学科也层出不穷。作为一门以整体徽州历史文化特别是明清徽州社会经济史为研究对象，兼及徽州人在徽州本土之外活动为主要研究领域的徽学，亦如许多新兴学科一样，它萌芽于 20 世纪 30 年代，奠基于 20 世纪 50 至 70 年代，发展并成熟于 20 世纪 80 年代至今。

徽学的萌芽、发展和繁荣，经历了近一个世纪的时间。徽学的形成与发展，除了 20 世纪 40 年代后期至 90 年代末徽州本土近百万件（册）自宋至民国原始契约文书的发现和流传这一关键因素之外，还有一个最为主要的原因，那就是中外学者之间的交流。

正是在中外学者之间的切磋与交流中，徽学才得以以一门相对较为独立的学科取得自身的地位。

第一节　20 世纪中外徽学研究学术交流的简要历程

徽学作为历史学的一个分支学科，从产生的那一天起，就与中外史学界的交流与交往具有密不可分的关系。

徽学研究的历史，可以追溯到 20 世纪之初。如果说 20 世纪 30 年代徽学还只是萌芽的话，那么，从 30 年代中叶以后中国社会经济史学派的开创者和奠基人傅衣凌及安徽省图书馆吴景贤率先开始的对徽州佃仆和伴当研究，则可视为徽学研究的发端。正如傅衣凌本人所说的那样，“我对于徽州研究的发端，应追溯到三十年代。那时对于中国奴隶制度史研究感兴趣，曾从事于这一方面史料的搜集。嗣又见到清雍正年间曾下谕放免徽州的伴当和世仆，唤起我的思索”。[①] 从40年代开始，明清徽州独特的社会结构——宗族制引起了日本学者的关注。40年代末至50年代初，曾经活跃于明清商业舞台三百余年、独执商界之牛耳的徽商，分别进入了中外学者的视野。

1947年6月，傅衣凌在《福建省研究院汇报》4卷2期上，发表了题为《明代徽商考——中国商业资本集团史初稿之一》的专题论文，揭开了徽学三大主体研究领域之一——徽商研究的序幕。1953年至1954年间，日本学者滕井宏研究徽商的力作《新安商人研究》在《东洋学报》36卷1～4期上连载。这篇洋洋十余万言的论文，可谓是徽商研究的扛鼎之作。

但是，由于此时中日政府之间尚未建立外交关系，民间的学术交流也几近中断，两国学者关于徽商研究的成果很难得到及时的交流。这一局面，直到1955年郭沫若率领中国科学院学术访日考察团赴日交流，才有所改观。这年12月，郭沫若率领的代表团与日本史学界六大史学会——大冢史学会、史学会、东方学会、民主主义科学者协会历史部分、历史学研究会和历史教育者协会，联合在东京举行了两次会议，进行了深入的学术交流。[②] 中外史学界关于徽学研究的交流，也从此打开了局面。1956年，人民出版社出版了傅衣凌包括徽商在内的中国地域商人研究的论文集《明清时代商人及商业资本》一书。次年，寺田隆信即撰文将这本著作介绍给了日本学术界。随后，傅衣凌通过天野元之助，索取到了滕井宏《新安商人研究》的日文合订本，并着手进行翻译，1958年至1959年间，由傅衣凌与黄焕宗合译的《新安商人研究》中文译本，在《安徽历史学报》和《安徽史学通讯》杂志上连载。与此同时，

---

① 傅衣凌：《序言》，载刘淼辑译：《徽州社会经济史研究译文集》，合肥：黄山书社，1988年，第1页。

② 姜胜利：《战后日本的明史研究》，《中国史研究动态》，2000年第5期。

美国华裔学者何炳棣也在自己的《中国人口研究，1368—1953》著作中介绍了滕井宏的徽商研究成果。陈学文也于不久后撰文，对滕井宏著作中一些观点提出了不同意见。[①] 这是中外学者第一次就徽商问题展开的学术交流。交流的结果，不仅推动了徽商研究的进展，而且对徽学的形成客观上起到了催发和促进的积极作用。尽管囿于种种限制，这种交流还停留在隔空进行论著交流的低层次水平，还未能形成学者面对面的对话与交流局面，但是，毕竟徽学研究由此而逐渐受到中外史学界的关注。

如果说40年代末徽州契约文书的外传还只是零散个案的话，那么，到了50年代初至60年代，随着徽州土地改革和"文化大革命"的进行，原先收藏在宗族、地主、商人和农民家中的近30万件(册)宋元明清至民国时期的各种原始契约文书被大量发现并传诸于世。包括《人民日报》和《文物参考资料》在内的国内许多媒体，在50年代中叶以后，都相继刊发了徽州发现宋元地契、鱼鳞图册以及大量历史文献材料的报道。国内以傅衣凌为代表的史学家，对这些契约文书给予了高度重视，他在1960年写成并发表了利用徽州庄仆文约研究徽州庄仆制的论文《明代徽州庄仆文约辑存——明代徽州庄仆制度之侧面的研究》。[②] 与此同时，日本著名法史学者仁井田陞也于1961年发表了他研究徽州庄仆制的成果——《明代徽州的庄仆制——特别是劳役婚》。[③] 显然，仁井田陞对徽州庄仆制的研究明显受到了傅衣凌的启发。

在1966年至1976年十年"文革"时期，同其他人文社科研究一样，徽学研究也受到了严重的冲击，几乎处于停滞状态，中外史学界的徽学交流亦因此陷入了中断。在此期间，日本和中国台湾地区的研究者在徽州社会经济史研究中逐渐取得了优势。日本学者重田德关于徽商的研究、斯波义信关于宋代徽州地域经济的研究、台湾学者方豪关于抗日战争胜利后的1946年春于

---

① 陈野:《论徽州商业资本的形成及其特色》,《安徽史学通讯》,1958年第5期。

② 载《文物参考资料》1960年第2期..

③ [日]仁井田陞:《中国法制史研究·奴隶农奴法·家族村落法》,东京大学出版会,1962年。

南京收集到的徽州各种契约文书及其系列研究等，都在一定程度上反映了海外徽学研究的进展。

真正意义上的全方位的中外史学界关于徽学研究的学术交流，开始于中国十年"文革"结束以后特别是80年代至今。十年"文革"结束以后，中国学者被压抑的激情迅速爆发出来，傅衣凌、章有义、叶显恩、刘重日和张海鹏等一批学者经过长期的学术积累，相继在70年代末至80年代初，发表了关于明清徽州佃仆制、徽商、徽州农村社会与经济等一系列研究论著。其间，叶显恩出版了他自60年代以来即已关注并深入徽州进行大量调查和研究的成果——《明清徽州的佃仆制与农村社会》。[①] 这部著作全面研究了明清时期徽州的农村社会、佃仆制、人口、土地、经济与文化，是迄今为止徽学研究中最具综合性和代表性的一部力作。这部著作出版以后，很快便引起了海内外明清社会经济史学界的强烈关注，成为徽学学科得以最终形成的重要标志。80年代中期，安徽省和徽州地区徽学会的成立，以及90年代连续三届国际徽学学术讨论会的举行，中外学者面对面的学术交流与探讨，直接促成了徽学作为一门学科的形成。

如今，徽学研究的中外交流日益频繁，中外学者之间的访问与交流也更加深入。我们看到，不仅中国学者出版了他们专门研究徽学的学术著作，而且在日本和韩国，较为系统研究徽学的学术专著也很多，较有代表性的如日本学者中岛乐章的《明代乡村の纷争と与秩序——徽州契约文书を史料として》[②]和韩国学者朴元熇的《明清徽州宗族史研究》[③]等。

不仅日本、美国、法国和荷兰等国学者对徽学产生了浓厚的兴趣，而且韩国、英国、意大利和加拿大等国的学者也加入了徽学研究的阵营。徽学研究领域也由传统的徽商、徽州宗族与社会、新安理学和契约文书等，扩展到徽州

---

① 叶显恩：《明清徽州的佃仆制与农村社会》，合肥：安徽人民出版社，1983年。

② ［日］中岛乐章：《明代乡村の纷争と与秩序——徽州契约文书を史料として》，东京：汲古书院，2002年；中译本《明代乡村纠纷与秩序》，南京：江苏人民出版社，2010年。

③ ［韩］朴元熇：《明清徽州宗族史研究》，Jisik-sanup Publications Co. Ltd. 2002. 中译本《明清徽州宗族史研究》，北京：中国社会科学出版社，2009年。

法制、徽州古建筑、徽派刻书、徽州雕刻、徽州民俗、徽菜、徽州艺术、徽州教育、徽州科技和徽州方言等诸多领域，徽学研究的内涵与外延正在随着徽学研究的不断深入而变得日益宽广起来。

第二节 20世纪中外史学交流与徽学学科的形成与发展

然而，徽学尽管研究范围在不断拓展，但其作为社会经济史的主体性质是无法改变的。也正是由于具备了这一性质，使得徽学研究的范畴超越了地方史的界限，成为治明清史或中国社会经济史者一个新的学术研究领域。特别是近百万件(册)徽州千年契约文书，更构成了徽学研究最基础的学术支撑。正如日本学者鹤见尚弘所说："对于中国的中世和近代史研究是一件值得纪念的重要成就，是一件划期性事件，其意义可与曾给中国古代史带来飞速发展的殷墟出土文物和发现敦煌文书新资料媲美。它一定会给今后中国的中世和近代史研究带来一大转折。"[①]日本徽学研究专家臼井佐知子在一篇题为《徽州契约文书与徽学研究》的论文中也指出："徽州研究的大特征可以说还是其丰富的资料。包括徽州文书在内的庞大的资料的存在，使我们得以把以往要分别研究的各种课题相互联系，做综合性研究。这些课题包括土地所有关系、商工业、宗族和家族、地域社会、国家权力和地方行政系统、社会地位和阶级以及思想、文化，等等。这种研究也可以纠正局限于具体课题研究中易于产生的失误。而且，上述这些资料是延至民国时期的连续性的资料，给我们提供了考察前近代社会和近代社会连续不断的中国社会的特性及其变化的重要线索。"[②]美籍学者约瑟夫·麦克德谟特(现任职于英国牛津大学)称包括徽州千年契约文书和家谱在内的徽州原始资料是"研究中华帝国

① [日]鹤见尚弘:《徽州千年契约文书/中国社会科学院历史研究所收藏整理》，原载《东洋学报》1994年76卷第1～2号；译文《中国社会科学院历史研究所收藏整理徽州千年契约文书》，《中国史研究动态》，1995年第4期。

② [日]森正夫等著，周绍泉、栾成显等译:《明清时代史的基本问题》，北京:商务印书馆，2013年，第473页。

后期社会与经济史的关键”。他认为20世纪50至60年代，徽州地区自宋至民国千年契约文书的大量发现，“为了解中华帝国后期的社会与经济状况奠定了基础，从本质上揭示了明清时期该地区社会的土地制形式、地租剥削率、地租与产品变化、典当和经商风俗、资本原始积累、乡村管理以及宗法活动等一系列人所关注的问题。对这些问题，目前我们仅仅能考察或解决其中的很小一部分。此外，我们还可以依据这些资料，将一个个单个家庭、宗族、村庄或县城历史的来龙去脉等问题，置于六百或七百年的范围之内来考察。因此，可以毫不夸张地说，对中华帝国后期特别是明代社会经济史的远景描述，将在很大程度上依赖于徽州的原始资料”。①

如果说20世纪20至70年代，研究徽州社会经济史还只是明清史或中国社会经济史研究领域中的一个组成部分的话，那么，到了20世纪80年代以后，伴随徽州社会经济史研究的不断深入和中外学术交流的日益推进，徽学作为一门独立学科逐渐在中外史学界已基本形成了共识。也正是因为如此，自20世纪80年代以后，徽学研究者开始自觉而有意识地对这门学科进行了科学的讨论与研究，“徽学”或“徽州学”的专有名词也开始频繁地出现在相关学者的论著、社会团体和研究机构中，如安徽省徽州学会、徽州地区徽学会、徽州学研究所和徽学研究中心等。《江淮论坛》和《安徽史学》等学术杂志在此时也分别设“徽商”或“徽学”研究的专栏。

20世纪80年代初，随着中国对外开放政策的实行，日本、美国和荷兰等国家的一大批学者，远渡重洋，来到中国收藏徽州原始契约文书最多的北京、南京和安徽各地，进行学术交流，并在深入交流中，取得了对徽学作为一门学科的共识。正如率先在学术论文中提及徽(州)学的叶显恩在1984年发表《徽州学在海外》一文中所指出的那样，“四十年来，自傅衣凌教授始，对徽州

---

① Joseph P. Mcdermott, *The Huichou Soures: A Key to the Social and Economic History of Late-imperial China*,《アジア文化研究》第15号，1985年；中译本部分内容参见约瑟夫麦克德谟特撰，卞利译：《徽州原始资料——研究中华帝国后期社会与经济史的关键》，《徽学通讯》，1990年第1期。

历史作研究的学者愈来愈多,论著灿若群星。这是因为徽州不仅以它传世文化典籍之丰富而对学者产生吸引力,而且其本身的历史丰富多彩,在许多方面既有独特性,又有典型性。去年(指1983年——引者注)我访问哈佛大学期间,著名的历史学家、哈佛大学费正清研究中心主任孔非力(Philipkuhn)教授曾对我说。徽州的研究,丰富了中国的历史,使人们懂得了许多以前不知道的历史。的确如此,对徽州历史的深入研究,将有助于我们从一个侧面探求中国历史的底蕴。面对徽州学研究方兴未艾的局面,去年夏天在纽约,周绍明(Josph. Mcdermott)博士和贺杰博士(Keith. Hazeton)就曾同我谈及建立国际性徽州学研究会的问题。"①

我们看到,在日本史学界,徽学与徽州契约文书研究已蔚成风气,徽学作为一门学科也已见诸于每年的关于中国古代史研究的综述中,成为日本明清史学界和中国社会经济史学界的共识。② 中国大陆所举办的徽学国际会议,也已得到海内外学者的普遍认同并积极参加。徽学作为历史学领域的一门崭新学科,正在被海内外学界广泛接受。

"学术乃天下之公器",徽学同诸多现代学术研究一样,其学科的形成应当具有一定的规范性,如研究对象的独特性、学科体系的完整性和学科性质的客观性等。徽学作为一门新兴而相对较为稚嫩的学科,其形成的过程经历了中外学者几代人的艰辛努力。建立在扎实的个案实证研究基础上的徽学,其底蕴丰富厚实。

从徽学学科形成的过程,我们不难看出,一门学科的建立,必须经过扎实的科学研究,并进行广泛的中外交流。那种闭门造车,或以行政手段硬性改变一门学科的性质和学科的归属的做法,是经不起实践考验的,其结果只能是阻碍这门学科的健康发展。

---

① 叶显恩:《徽州学在海外》,《江淮论坛》,1985年第1期。

② [日]涩野正二郎:《2000年日本史学界关于明清史的研究》,日本《史学杂志》第110编第5号(2001年5月);译文载《中国史研究动态》,2001年第10期。

第九章　徽学研究的前景和趋势展望

如果将1932年黄宾虹率先提出具有学术意义的“徽学”概念当作徽学研究开端的话，那么，至今，徽学研究大体已经经历了近百年的发展，并逐渐驶入了发展的快车道。

通过对20世纪徽学研究的萌芽、开端、形成和繁荣发展四个阶段的考察，我们不难发现，作为一门朝气蓬勃的新兴研究领域，徽学在产生和发展的过程中，并不是一帆风顺的，它有过曲折，特别是十年“文革”的破坏，使中国大陆的徽学研究陷入了停顿。但由于海外徽学恰好在这一时期出现了繁荣的局面，且中国大陆在结束十年“文革”之后，很快便与海外徽学研究接轨，并在中外交流中取得了长足的进步，直接促成了徽学研究百花齐放、百家争鸣局面的形成。

第一节　徽学研究的现状简评

一、20世纪徽学研究的特点

1977年，章有义在《文物》杂志第11期发表了题为《从吴葆和堂庄仆条规看清代徽州庄仆制度》的论文，直接把徽学研究带入了第三个发展阶段，这也是徽学进入繁荣发展和徽学学者自觉进行徽学学科建设时期到来的标志。

从此，徽学研究真正步入了繁荣发展的快车道。

这一阶段的徽学研究主要呈现出以下几个特点：

首先，徽学研究学术团体和研究机构的建立，在推动徽学研究发展和促进徽学学科建设中起到了举足轻重的作用。20 世纪 80 年代中期，徽州、杭州和安徽省徽学研究会等徽学研究学术组织相继建立，北京、合肥与芜湖等地研究机构和高等学校也纷纷成立徽学研究的专门学术机构，特别是 1999 年底新组建的实体性研究机构——安徽大学徽学研究中心被教育部批准为首批人文社科重点研究基地，这是徽学研究和学科建设的划时代事件，它标志着徽学作为一门独立的研究领域和专门学科，经过了几代学者的努力探索，得到了国家的正式批准和承认。徽学研究学术团体和研究机构建立后，积极致力于徽学学术活动的开展、徽学研究高层次人才的培养，以及研究课题的申报、组织与协调，至今先后组织召开了 30 余次徽学暨专题学术研讨会，承担国家和省级徽学研究项目 50 余项，从而有力地推动了徽学研究的健康发展。安徽大学徽学研究中心 2001 年以来，还创办了首部公开出版的大型徽学学术年刊《徽学》，目前已连续出版至第 9 卷；[①]主编出版了《安徽大学徽学研究中心学术丛书》和《徽学研究文库》等多种徽学研究系列丛书，[②]大大地促进了徽学研究的发展进程。

其次，徽学研究的队伍初步建立，这些专业学者和业余学者、国（境）内学者和国（境）外学者相结合的研究队伍，在项目研究和专题探索领域，彼此互动互补，相互合作交流。来自徽州本土的业余学者以他们所独具的乡土知识

① 《徽学》(2000 年卷)，合肥：安徽大学出版社，2001 年。

② 《安徽大学徽学研究中心学术丛书》由安徽大学出版社 2004 年出版，共有 5 种，2007 年后又增加 1 种，计 6 种。6 种著作分别是叶显恩：《徽州与粤海论稿》，合肥：安徽大学出版社，2004 年；卞利：《明清徽州社会研究》，合肥：安徽大学出版社，2004 年；朱万曙：《论徽学》，合肥：安徽大学出版社，2004 年；韩秀桃：《明清徽州的民间纠纷及其解决》，合肥：安徽大学出版社，2004 年；朱万曙、卞利主编：《戏曲民俗徽文化论集》，合肥：安徽大学出版社，2004 年；朱万曙：《论徽学》，合肥：安徽大学出版社，2004 年；薛贞芳：《徽州藏书文化》，合肥：安徽大学出版社，2007 年。

和自身的收藏及兴趣，为学界提供了许多重要而有价值的第一手资料与研究成果。而徽州本土之外的业余学者如汪崇筼发表的徽州盐商系列研究成果和出版的《明清徽商经营淮盐考略》[①]著作，显示出了较高的学术水准。徽学的专业学者分别来自国内外的高等学校和研究机构，其中尤以中国社会科学院、安徽大学、复旦大学和安徽师范大学的学者研究力量最为雄厚，国(境)外的学者则以日本、韩国、美国、法国及荷兰等国学者最为集中，实力最为雄厚。

第三，中外合作的不断开展与交流合作程度的深化，显示出徽学研究具有较强的开放性特征。20 世纪 80 至 90 年代，徽学研究领域的中外合作交流基本上以国(境)外学者参加中国举行的徽学国际学术研讨会为主，或是国外学者来中国进行课题研究收集资料；或是个别中国学者受邀到国外参加学术会议和短期讲学。20 世纪 90 年代后期至 21 世纪之初，徽学研究领域中外学者之间的双向交流与合作逐渐频繁密切起来。安徽大学徽学研究中心与法国远东学院，韩国国学振兴院、全南大学湖南学研究院，日本大阪市立大学文学研究科、熊本大学文学院，以及中国台湾东吴大学历史系等国家和地区不仅实现了学者互派的双向交流，而且开展了项目的合作研究，并产生了《徽州：书业与地域文化》[②]和《中国徽学与韩国安东学比较研究》[③]等研究成果。

第四，徽学学术内涵探讨和徽学学科建设取得显著成绩。与以往两个阶段的徽学研究不同，这一阶段的徽学研究从一开始就比较关注徽学学科自身的建设与发展。尤其在 20 世纪 80 年代中期以后，徽学界对徽学的内涵问题展开了热烈的讨论，并基本形成了以下几种具有代表性的观点：一种意见认为徽学是研究徽州历史文化的地方史学科；一种观点指出徽学是研究徽州契约文书的专门学科；另一种观点则主张徽学是以研究徽州社会经济史特别是明清社会经济史为主体，兼及徽州整体历史文化的一门综合性学科。对徽学

---

① 汪崇筼：《明清徽商经营淮盐考略》，成都：巴蜀书社，2008 年。

② [法]米盖拉著，见朱万曙主编：《徽州：书业与地域文化》，北京：中华书局，2010 年。

③ 双方学者发表的论文详见《徽学》与《安东学研究》。

的学科性质的讨论也由最初的主张史学而向综合学科发展。对徽学的学术价值也有深刻的认识。针对20世纪80至90年代，个别学者把徽学与敦煌学和藏学并提，称其为“三大地方显学”的观点，有的学者指出：“徽学在阐释整个明清历史文化乃至中国传统文化方面亦有特殊的重要价值。”[①]“那种把徽学与藏学、敦煌学一起称为‘三大地方显学’的说法是不恰当的，须知藏学和敦煌学从来就没有把自己称为地方学，敦煌学从其名伊始即称之为‘世界学术之新潮流’……徽学的研究对象虽有一定的地域性限制，但徽学的内涵则是具有普遍性的。它反映的历史文化的性质往往要超出地方本身，具有广泛的意义。”[②]更有学者认为：“徽学亦称徽州学，它不是地方史学、地域文化学，不是以徽州契约文书为中心的历史文化学或历史文献学，也不是徽州社会经济史。徽学是以徽州为中心，积淀和融汇于徽州土地上的中华传统文化之精华。既是区域文化，也是中华文化。”[③]徽学的繁荣与发展，深化了学界对徽学学科自身的认识，这对建立徽学学科体系和拓展徽学学科内容，都具有非常重要的学术意义。

第五，研究领域广泛，取得成果丰硕。从1977年至今，特别是2000年之后，徽学的研究领域更加广泛。有关徽商、徽州宗族、徽州佃仆制、徽州契约文书、徽州土地买卖、租佃与典当，以及新安理学、新安医学、徽派建筑、徽州历史人物和文化艺术等，都成为学术界研究的重要对象。可以这样说，这一阶段的徽学研究真正称得上百花齐放、全面发展。据不完全统计，自1977年以来，学术界已经公开出版了徽学研究的专著和译著200余种，公开发表徽学研究的论文5000余篇。

这一阶段具有开创性意义的是叶显恩所著《明清徽州农村社会与佃仆制》[④]一书的问世。这部专著，内容几乎涉及明清徽州社会、宗族、人口、土

---

① 栾成显：《徽学的界定与构建》，《探索与争鸣》，2004年第7期。
② 栾成显：《改革开放以来徽学研究的回顾与展望》，《史学月刊》，2009年第6期。
③ 陈学文：《徽商与徽学》，北京：方志出版社，2003年，第101页。
④ 叶显恩：《明清徽州农村社会与佃仆制》，合肥：安徽人民出版社，1983年。

地、文化、徽商、学术和历史人物等各个领域，是迄今为止研究明清徽州社会经济史最为全面系统的一部著作。此后，徽学研究领域逐渐被拓展开来，章有义的《明清徽州土地关系研究》[①]和《近代徽州租佃关系案例研究》、[②]张海鹏、王廷元主编的《徽商研究》、[③]栾成显《明代黄册研究》、[④]唐力行的《明清以来徽州区域社会经济研究》[⑤]和《苏州与徽州——16－20世纪两地互动与社会变迁的比较研究》、[⑥]王振忠《明清徽商与淮扬社会变迁》[⑦]《徽州社会文化史探微：新发现的16－20世纪民间档案文书研究》[⑧]《明清以来徽州村落社会史研究》[⑨]和《徽学研究入门》、[⑩]卢家丰主编的20卷本《徽州文化全书》、[⑪]赵华富《徽州宗族研究》[⑫]《徽州宗族论集》[⑬]和《徽州宗族调查研究》、[⑭]阿风的《明清时代妇女的地位与权利》[⑮]和《明清徽州诉讼文书研究》、[⑯]卞利《明清徽州社会研究》[⑰]《国家与社会的冲突和整合》[⑱]和《明清徽州族规家法选编》[⑲]等

---

① 章有义：《明清徽州土地关系研究》，北京：中国社会科学出版社，1984年。

② 章有义：《近代徽州租佃关系案例研究》，北京：中国社会科学出版社，1988年。

③ 张海鹏、王廷元主编：《徽商研究》，合肥：安徽人民出版社，1995年。

④ 栾成显：《明代黄册研究》，北京：中国社会科学出版社，1998年。

⑤ 唐力行：《明清以来徽州区域社会经济研究》，合肥：安徽大学出版社，1999年。

⑥ 唐力行：《苏州与徽州——16－20世纪两地互动与社会变迁的比较研究》，北京：商务印书馆，2007年。

⑦ 王振忠：《明清徽商与淮扬社会变迁》，北京：生活·读书·新知三联书店，1996年。

⑧ 王振忠：《徽州社会文化史探微：新发现的16－20世纪民间档案文书研究》，上海社会科学院出版社，2002年。

⑨ 王振忠：《明清以来徽州村落社会史研究》，上海人民出版社，2011年。

⑩ 王振忠：《徽学研究入门》，上海：复旦大学出版社，2011年。

⑪ 该丛书由20部著作组成，合肥：安徽人民出版社，2005年。

⑫ 赵华富：《徽州宗族研究》，合肥：安徽大学出版社，2004年。

⑬ 赵华富：《徽州宗族论集》，北京：人民出版社，2011年。

⑭ 赵华富：《徽州宗族调查研究》，北京：人民出版社，2014年。

⑮ 阿风：《明清时代妇女的地位与权利》，北京：社会科学文献出版社，2009年。

⑯ 阿风：《明清徽州诉讼文书研究》，上海古籍出版社，2016年。

⑰ 卞利：《明清徽州社会研究》，合肥：安徽大学出版社，2004年。

⑱ 卞利：《国家与社会的冲突和整合》，北京：中国政法大学出版社，2008年。

⑲ 卞利：《明清徽州族规家法选编》，合肥：黄山书社，2014年。

徽学研究专著相继出版，以及荷兰宋汉理、[①]日本臼井佐知子[②]和中岛乐章、[③]韩国朴元熇、[④]美国的居密、英国的麦克德谟特、法国的米盖拉和中国台湾的朱开宇[⑤]等关于徽州土地制度、戏曲、宗族、法制和出版、艺术等研究成果的问世，标志着徽学研究正向纵深领域拓展和延伸，海内外学者之间的交流更加频繁。

第六，包括契约文书在内的徽学研究文献得到系统整理与出版。随着徽学研究的不断深入，对徽州契约文书文献资料的整理与出版工作提出了更高的要求。适应徽学发展的需要，20 世纪 80 年代以后，对徽州研究资料的整理与出版工作提上了日程，并取得了显著成绩。至 2000 年，共标点或影印徽州契约文书、徽州文献 10 余种之多。这里最值得一提的是两部徽学文献资料专集：一部是张海鹏、王廷元主编的《明清徽商资料选编》，[⑥]这部分类辑录的徽商资料专集，至今仍是很多徽学入门者的必读之书；另一部是王钰欣、周绍泉主编的大型影印本《徽州千年契约文书》(分宋元明编和清民国编，共 40 册)[⑦]，这是研究徽州社会、经济和法制史的一部关键的史料之书。此外，如《新安医籍丛刊》(20 卷)[⑧]、《戴震全书》[⑨]、《窦山公家议校注》[⑩]等都是这一时

① *Change and Continuity in Chinese Local History*: *The Development of Hui-chou Prefecture* 800 *to* 1800，1989 Printed in The Netherlands by E. J. Beill。

② ［日］臼井佐知子：《徽州商人の研究》，东京：汲古书院，2005 年。

③ ［日］中岛乐章：《明代乡村の纷争と秩序——徽州契约文书をして》，东京：汲古书院，2002 年；中译本《明代乡村纠纷与秩序》，南京：江苏人民出版社，2010 年。

④ ［韩］朴元熇：《明清徽州宗族史研究》，Jisik-sanup Publications Co. Ltd. 2002 年；中译本由中国社会科学出版社 2009 年出版。

⑤ 朱开宇：《科举社会、地域秩序与宗族发展——宋明间的徽州，1100－1644》，台北：台湾大学出版社，2004 年。

⑥ 张海鹏、王廷元主编：《明清徽商资料选编》，合肥：黄山书社，1985 年。

⑦ 王钰欣、周绍泉主编：《徽州千年契约文书》(宋元明编，清民国编)，石家庄：花山文艺出版社，1993 年。

⑧ 《新安医籍丛刊》，合肥：安徽科技出版社，1990 年至 1996 年。

⑨ (清)戴震撰，杨应芹、诸伟奇主编：《戴震全书》(全七册)，合肥：黄山书社，1994 年。

⑩ (明)程昌撰，周绍泉、赵亚光校注：《窦山公家议校注》，合肥：黄山书社，1993 年。

期校点出版的徽学专题资料成果。这些徽州契约文书和文献资料的整理与出版，为海内外徽学研究的深入发展打下了良好的资料基础。尽管在1977年至1999年期间，徽州契约文书与文献得到了有效整理与出版，但还基本处在无计划的松散状态。2000年之后，徽州契约文书和文献整理与出版进入有计划和系统进行阶段。安徽大学徽学研究中心集中推出了两种出版计划，一是徽州契约文书出版计划。首先对徽学研究中心收藏的10 000余件徽州契约文书进行集中整理出版，并拟定相关藏书单位和个人收藏徽州契约文书的出版计划，目前已整理出版《徽州文书》6辑60卷，[①]按文书最初形成单位进行归户整理，这是该文书数据集的最显著特征；二是推出了《徽学研究资料辑刊》，即把徽学研究中最重要的珍稀典籍文献予以点校整理，目前已出版10种。[②] 安徽师范大学和黄山学院亦将其所收藏的徽州契约文书进行分类整理，并于2009和2010年分别推出了《安徽师范大学馆藏徽州契约文书》与10卷本的《中国徽州契约文书(民国编)》。[③]

二、目前徽学研究中存在的问题

徽学研究在几代学者的辛勤耕耘下，从萌芽发端、初步形成到繁荣发展，经历了近百年的发展历程，取得了丰硕的成果。徽学研究的学术价值和理论意义正在为海内外越来越多的学者所认同。徽学已不仅仅属于徽州地方史研究的范畴，更为重要的是，徽州作为中国晚期政治、经济、社会和文化发展的缩影，透过徽学研究的成果，我们可以更加清晰地审视中国封建社会晚期政治、经济、社会和教育文化发展的脉络。

---

① 刘伯山:《徽州契约文书》1～6辑，60卷，南宁:广西师范大学出版社，2005－2017年。

② 由黄山书社出版，10种文献分别是:(1)《新安名族志》(2004);(2)《太函集》(2004);(3)《新安文献志》(2004);(4)《徽人年谱丛刊》(2006);(5)《茗州吴氏家典》(2006);(6)《新安学系录》(2006);(7)《休宁名族志》(2007);(8)《寄园寄所寄》(2008);(9)《新安志整理研究》(2008);(10)《紫阳书院志》(2010)。

③ 周向华:《安徽师范大学馆藏徽州契约文书》，合肥:安徽人民出版社，2009年;黄山学院:《中国徽州契约文书(民国编)》，北京:清华大学出版社，2010年。

但是，由于徽学产生和发展的历史很短，研究的队伍还不稳定，徽州契约文书等珍稀史料借阅仍然困难，特别是由于来自不同学术背景的研究者整体素质和水平参差不齐，因此，在学科建设、队伍建设、研究史料和选题以及学术视野等方面，都还存在很多问题。归纳起来，这些问题大体有以下几个方面：

（一）研究力量过于分散，知名学者数量偏少

目前，徽学研究的学者虽然来自世界各地，但以中国安徽的学者为主，且学界公认的知名学者寥寥无几。受研究兴趣和项目申请的限制，国（境）外的学者很难长久持续地从事徽学领域的研究，这直接影响徽学研究的进一步发展。而庞大的业余研究队伍，则由于知识、视角、目的和水平的局限，无论是其选题、成果，还是学术规范，都很难达到专业学者应有的素质和要求。徽学研究团队建设亟需加强。

（二）徽州契约文书和珍稀文献被人为地限制阅读

徽学因徽州契约文书的发现和研究而得以成立，但近百万件（册）的原始契约文书，至今得到整理和公布的不足总数的十分之一，大量的文书依然被收藏单位束之高阁，无法得到借阅。一门学科的健康与可持续发展，主要在于研究资料的公开与占有。而国内各级图书馆、博物馆和档案馆等徽州契约文书收藏大户往往以种种理由与借口，拒绝向徽学研究者开放，而这些资料蕴藏着极高的学术价值。倘若这些资料能够得到整理和公布，势必会推动徽学研究向纵深领域拓展。

（三）研究选题和成果低水平重复，研究视野亟待拓宽

尽管徽学研究已经取得了很大成就，但我们也应看到，无论是研究的选题、项目，还是研究的成果，低水平重复现象依然广泛存在，有关徽商、徽州宗族、徽州契约文书本身等研究成果，基本上停留在前人的基础上，徘徊不前，当下有关徽商的研究成果绝大部分系人云亦云，低水平重复。数量丰富的徽州家谱仍然缺乏全面系统和深入的整理与研究。明代以前的徽州研究更是受到学者的长期冷落，这就直接造成对明清徽州的研究成为无源之水、无本之木。近十年来，具有法学、文学、经济学、社会学、人类学、艺术学，以及医学、建筑学等学科背景的学者，介入徽学研究领域且取得的研究成果不菲，使徽学研究呈现出多学科交叉的跨学科综合研究态势，但一些学者因为古汉语阅读与理解方面的障碍、历史学知识储备的不足，加上急功近利的不严谨学风，使得这些成果经常犯常识性错误，无法在质量上取得进展。而历史学领域的学者，则因学术视野的制约、问题意识的缺乏，在选题和具体研究上，难以将研究领域和研究对象置于更宏大和宽广的整体史视角进行讨论。学者们尽管注意到了比较研究的重要性，个别学者甚至进行了有益的尝试，如唐力行关于16至20世纪苏州与徽州的互动与社会变迁比较研究、安徽大学徽学研究中心与韩国国学振兴院联合开展的徽州与安东的比较研究，但总体水平相对不高，基本上还处于各说各话的状态，难以进行实质性的比较研究。至于将徽州契约文书与敦煌文书、徽州宗族与其他地区宗族等进行比较研究这一极富挑战性和前沿性的命题，目前尚未有任何进展。对于徽学来说，比较研究任重道远。

以上存在的问题，对于徽学研究者来说，既是挑战，也是机遇。

第二节 徽学发展前景和趋势展望

如何解决徽学研究和学科建设中存在的以上问题，科学健康地推进徽学学科建设？我们以为，应从以下几个方面入手。

一、准确把握徽学学科性质，促进徽学研究健康发展

准确了解和把握徽学研究的发展趋势，将徽州视为区域史而不是地方史，并在整体史视野的架构内来考虑徽州的历史与文化，特别是对徽州近百万件(册)各类契约文书所记录和反映的包括南宋至明清中国土地买卖制度、租佃制度、赋役制度、司法制度、科举制度、宗族制度等在内的制度史及其运行实态的考察，徽州与相邻地区的民众的日常生活和社会变迁比较研究等前沿问题，是徽学研究未来发展的必然趋势。离开了这些选题的研究，仅仅就

徽州论徽州，徽学研究就将失去它应有的学术价值和典型意义，最终沦为纯粹的地方史而走向衰亡。

二、开展数字化建设，为海内外徽学研究者提供资料使用上的便捷服务

对徽州契约文书和徽学专题资料的整理出版与数字化建设，将成为决定徽学研究发展方向的关键因素。我们欣喜地看到，在收藏单位人为封锁、徽学研究资料借阅困难的情况下，一些高校暨研究机构和徽州契约文书的收藏单位与个人，已经开始制定规划或计划，对徽州契约文书、徽州家谱和其他相关文献进行系统整理、公布和出版。安徽大学徽学研究中心作为教育部人文社科重点研究基地，业已着手开展对徽州契约文书的系统整理与出版，徽州契约文书和徽州家谱等专题数据库建设正在进行之中，不久将会逐步对中外学者开放。

三、高水平的学术队伍将直接决定徽学研究的未来走向

研究队伍建设与中外学术交流合作，将在更深更广的范围内开展。目前，包括日本、韩国和中国大陆、香港、台湾地区的博士、硕士研究生的培养逐步走向成熟，一支年轻的徽学研究队伍正在形成。随着越来越多中外学术交流与深度合作的开展，徽学研究的国际化趋势，将会直接促进徽学研究繁荣与发展局面的形成。

四、徽学的前途更加美好

徽学的学科发展将会更加成熟与完善。随着徽学研究资料数字化建设的逐渐完成、跨学科研究团队的次第形成、徽学有影响的创新性成果不断推出、徽学内涵讨论的不断深化，徽学的学术价值必将受到学术界的更多关注和认同，徽学的学科建设亦势必日益走向成熟与完善。

展望未来，我们有充分的信心把徽学研究推向一个崭新的发展阶段。徽学研究的兴起和徽学学科的形成，是依靠中外几代学人和众多学者艰辛探索

与不懈追求的结果。徽学的未来发展依然离不开我们大家的共同努力，徽学研究还有很大的空间和领域等待我们去拓展。愿我们共同携手，严谨治学，勤奋钻研，彼此共勉。

徽学的前景一定会更加美好！

参考文献

一、原始文献

[1](宋)袁采.袁氏世范.四库全书本.

[2](宋)罗愿撰,石云孙点校.尔雅翼.合肥:黄山书社,1991.

[3](宋)方岳撰,秦效成校注.方秋崖诗词校注.合肥:黄山书社,1998.

[4](元)赵汸.东山存稿.四库全书本.

[5](明)朱升撰,刘尚恒校注.朱枫林集.合肥:黄山书社,1992.

[6](明)程昌撰,周绍泉、赵亚光校注.窦山公家议校注.合肥:黄山书社,1993.

[7](明)归有光.震川先生文集.上海:上海古籍出版社,1981.

[8](明)傅岩.歙纪.明崇祯刻本.

[9](清)钱泳.履园丛话.北京:中华书局,1979.

[10](清)赵吉士.寄园寄所寄.清光绪刊本.

[11](清)吴翟.茗洲吴氏家典.清雍正十三年重刻本.

[12](乾隆)治浙成规.官箴书集成编纂委员会.官箴书集成.合肥:黄山书社,1997.

[13](清)江藩撰,钟哲整理.国朝汉学师承记附国朝经师经义目录　国朝宋学渊源记.北京:中华书局,1983.

[14] (清)凌廷堪撰，王延陵校. 梅边吹笛谱. 哈尔滨：哈尔滨出版社，1991.

[15] (清)黄生撰，徐定祥点校. 杜诗说. 合肥：黄山书社，1994.

[16] (清)戴震撰，汤志钧校点. 戴震集. 上海：上海古籍出版社，1980.

[17] (清)戴震撰，张岱年主编. 戴震全书. 合肥：黄山书社，1997.

[18] (清)戴震撰，戴震研究会、徽州师范专科学校、戴震纪念馆编纂. 戴震全集. 北京：清华大学出版社，1991—1997.

[19] (清)高廷瑶. 宦游纪略. 官箴书集成编纂委员会. 官箴书集成. 合肥：黄山书社，1997.

[20] (清)王茂荫撰，张新旭、张成权、殷君伯点校. 王侍郎奏议. 合肥：黄山书社，1991.

[21] (万历)杭州府志. 明万历七年刻本.

[22] 周心田主编. 安徽文物志. 北京：方志出版社，1998.

[23] (弘治)徽州府志. 明弘治十五年刻本.

[24] (嘉靖)徽州府志. 明嘉靖四十五年刻本.

[25] (康熙)徽州府志. 清康熙三十八年万青阁刻本.

[26] 徽州地区地方志编纂委员会. 徽州地区简志. 合肥：黄山书社，1990.

[27] (万历)歙志. 明万历三十七年刻本.

[28] (民国)歙县志. 1937 年铅印本.

[29] (万历)休宁县志. 明万历三十五年刻本.

[30] (道光)休宁县志. 清道光三年刻本.

[31] 休宁县地方志编纂委员会. 休宁县志. 合肥：安徽教育出版社，1990.

[32] 屯溪市地方志编纂委员会. 屯溪市志. 合肥：安徽教育出版社，1990.

[33] (康熙)婺源县志. 清康熙八年刻本.

[34] (光绪)婺源乡土志. 清光绪三十四年刊本.

[35] 婺源县地方志编纂委员会. 婺源县志. 北京:档案出版社,1995.

[36] (清)李家骧. 祁门县乡土地理志. 1944 年铅印本.

[37] (民国)祁门县志氏族考. 1944 年铅印本.

[38] 祁门县地方志编纂委员会. 祁门县志. 合肥:安徽人民出版社,1993.

[39] 黟县地方志编纂委员会. 黟县志. 北京:光明日报出版社,1989.

[40] 绩溪县地方志编纂委员会. 绩溪县志. 合肥:黄山书社,1998.

[41] 许承尧撰,李明回、彭超等校点. 歙事闲谭. 合肥:黄山书社,2001.

[42] 吴日法. 徽商便览. 民国八年铅印本.

[43] (嘉靖)新安名族志. 明嘉靖刻本.

[44] (嘉靖)新安休宁汪溪金氏族谱. 明嘉靖三十二年刻本.

[45] (民国)府前方氏宗谱. 1931 年刻本.

[46] 余庆堂清明会老簿. 原本藏上海图书馆.

二、史料汇编

[1] 汪世清. 渐江资料集. 合肥:安徽人民出版社,1964.

[2] 王国维. 王国维遗书. 上海:上海古籍出版社,1983 版.

[3] 张海鹏、王廷元主编. 明清徽商资料选编. 合肥:黄山书社,1985.

[4] 王钰欣、周绍泉主编. 徽州千年契约书(宋元明编,清民国编). 石家庄:花山文艺出版社,1993.

[5] 王乐匋主编. 新安医籍丛刊. 合肥:安徽科技出版社,1990—1996.

[6] 张传玺主编. 中国历代契约会编考释(上、下册). 北京:北京大学出版社,1995.

[7] 刘伯山主编. 徽州契约文书(1~6 辑,30 卷). 桂林:广西师范大学出版社,2005—2017.

[8] 周向华编. 安徽师范大学馆藏徽州契约文书. 合肥:安徽人民出版

社,2009.

[9] 黄山学院编. 中国徽州契约文书(民国编). 北京:清华大学出版社,2010.

[10] 卢辅圣、曹锦炎主编. 黄宾虹文集. 上海:上海书画出版社,1999.

三、中文研究论著

[1] 瞿同祖. 中国法律与中国社会. 南京:商务印书馆,1947.

[2] 傅衣凌. 明清时代商人及商业资本. 北京:人民出版社,1956.

[3] 张仲一、曹见宾、傅高杰、杜修均. 徽州明代住宅. 北京:建筑工程出版社,1957.

[4] 秦佩珩. 明清社会经济史论稿. 郑州:河南人民出版社,1959.

[5] 徐泓. 清代两淮盐场的研究. 台北:嘉新文化基金会,1972.

[6] 沈刚伯先生八秩荣庆论文集. 台北:联经出版事业公司,1976.

[7] 社会科学战线编辑部. 中国古史论集. 长春:吉林人民出版社,1981.

[8] 傅衣凌. 明清社会经济史论文集. 北京:人民出版社,1982.

[9] 叶显恩. 明清徽州农村社会与佃仆制. 合肥:安徽人民出版社,1983.

[10] 章有义. 明清徽州土地关系研究. 北京:中国社会科学出版社,1984.

[11] 江淮论坛编辑部主编. 徽商研究论文集. 合肥:安徽人民出版社,1985.

[12]"中央研究院"近代史研究所编. 近代中国区域史研讨会论文集. 台北:"中央研究院"近代史研究所,1986.

[13] 朱勇. 清代宗族法研究. 长沙:湖南教育出版社,1987.

[14] [英]杰克里·巴勒克拉夫著,杨豫译. 当代史学主要趋势. 上海:上海译文出版社,1987.

[15] 刘淼辑译. 徽州社会经济史研究译文集. 合肥:黄山书社,1988.

[16] 章有义. 近代徽州租佃关系案例研究. 北京:中国社会科学出版

社,1988.

[17] 马世云、宋子龙编. 徽州木雕艺术. 合肥:安徽美术出版社,1988.

[18] 陈乐生等编. 徽州石雕艺术. 合肥:安徽美术出版社,1988.

[19] 陈学文. 中国封建社会晚期的商品经济. 长沙:湖南人民出版社,1989.

[20] 宋子龙、马世云编. 徽州砖雕艺术. 合肥:安徽美术出版社,1990.

[21] 中国现代化论文集. 台北:中央研究院近代史研究所,1991.

[22] 朱世良等. 徽商史话. 合肥:黄山书社,1992.

[23] 张海鹏、张海瀛主编. 中国十大商帮. 合肥:黄山书社,1993.

[24] 高寿仙. 徽州文化. 沈阳:辽宁教育出版社,1993.

[25] 唐力行. 商人与中国近世社会. 杭州:浙江人民出版社,1993.

[26] 张脉贤主编. 徽学研究论文集(一). 黄山市,1994 年铅印.

[27] 王磊. 徽州朝奉. 福州:福建人民出版社,1994.

[28] 第五届明史国际学术讨论会明史论文集. 合肥:黄山书社,1994.

[29] 宋子龙等编. 徽州竹雕艺术. 合肥:安徽美术出版社,1994.

[30] 张海鹏、王廷元主编. 徽商研究. 合肥:安徽人民出版社,1995.

[31] 张海鹏、王廷元主编. 徽州商帮:翰墨儒商,信义为先. 香港:中华书局,1995.

[32] 高其才. 中国习惯法论. 长沙:湖南出版社,1995.

[33] 首届长江文化暨楚文化国际学术讨论会筹备委员会编. 长江文化论集. 武汉:湖北教育出版社,1995.

[34] 赵华富编. 首届国际徽学学术讨论会文集. 合肥:黄山书社,1996.

[35] 王振忠. 明清徽商与淮扬社会变迁. 北京:生活·读书·新知三联书店,1996.

[36] 刘森. 明代盐业经济研究. 汕头:汕头大学出版社,1996.

[37] 金家保主编. 近代商人. 合肥:黄山书社,1996.

[38] 张国标. 徽派版画艺术. 合肥:安徽美术出版社,1996.

[39] 程富金. 徽州风俗. 合肥:黄山书社,1996.

[40] 梁治平. 清代习惯法:社会与国家. 北京:中国政法大学出版社,1996.

[41] 周绍泉、赵华富主编. '95 国际徽学学术讨论会论文集. 合肥:安徽大学出版社,1997.

[42] 曹天生. 中国商人. 兰州:甘肃人民出版社,1997.

[43] 唐力行. 商人与文化的双重变奏——徽商与宗族社会的历史考察. 武汉:华中理工大学出版社,1997.

[44] 王世华. 富甲一方的徽商. 杭州:浙江人民出版社,1997.

[45] 唐至量. 电车道上. 香港:获益出版事业有限公司,1997.

[46] 栾成显. 明代黄册研究. 北京:中国社会科学出版社,1998.

[47] 范金民. 明清江南商业的发展. 南京:南京大学出版社,1998.

[48] 周晓光、李琳琦. 徽商与经营文化. 上海:世界图书出版社,1998.

[49] 王乐匋主编. 新安医籍考. 合肥:安徽科技出版社,1998.

[50] 赵华富. 两驿集. 合肥:黄山书社,1999.

[51] 唐力行. 明清以来徽州区域社会经济研究. 合肥:安徽大学出版社,1999.

[52] 唐力行主编. 家庭社区大众心态变迁国际学术研讨会论文集. 合肥:黄山书社,1999.

[53] 汪明裕主编. 古代商人. 合肥:黄山书社,1999.

[54] 中国史学会编. 世纪之交的中国史学——青年学者论坛. 北京:中国社会科学出版社,1999.

[55] 王鹤鸣、马远良、王世伟主编. 中国谱牒研究——全国谱牒开发与利用学术研讨会论文集. 上海:上海古籍出版社,1999.

[56] 麻国钧等主编. '98 亚洲民间戏剧民俗艺术观摩与学术研讨会论文集:祭礼·傩俗与民间戏剧. 北京:中国戏剧出版社,1999.

[57] 姚邦藻主编. 徽州学概论. 北京:中国社会科学出版社,2000.

[58] 李文治、江太新. 中国宗法宗族制和族田义庄. 北京:社会科学文献出版社,2000.

[59] 王振忠. 徽州社会文化史探微:新发现的 16－20 世纪民间档案文书研究. 上海:上海社会科学院出版社,2002.

[60] 陈学文. 徽商与徽学. 北京:方志出版社,2003.

[61] [日]滋贺秀三. 中国家族法原理(中译本). 北京:法律出版社,2003.

[62] 叶显恩. 徽州与粤海论稿. 合肥:安徽大学出版社,2004.

[63] 赵华富. 徽州宗族研究. 合肥:安徽大学出版社,2004.

[64] 卞利. 明清徽州社会研究. 合肥:安徽大学出版社,2004.

[65] 朱万曙. 论徽学. 合肥:安徽大学出版社,2004.

[66] 韩秀桃. 明清徽州的民间纠纷及其解决. 合肥:安徽大学出版社,2004.

[67] 朱万曙、卞利主编. 戏曲民俗徽文化论集. 合肥:安徽大学出版社,2004.

[68] 朱开宇. 科举社会、地域秩序与宗族发展——宋明间的徽州,1100－1644. 台北:台湾大学,2004.

[69] 卢家丰. 徽州文化全书. 合肥:安徽人民出版社,2005.

[70] 严桂夫、王国健. 徽州契约文书档案. 合肥:安徽人民出版社,2005.

[71] 唐力行. 苏州与徽州——16－20 世纪两地互动与社会变迁的比较研究. 北京:商务印书馆,2007.

[72] 薛贞芳. 徽州藏书文化. 合肥:安徽大学出版社,2007.

[73] 卞利. 国家与社会的冲突和整合. 北京:中国政法大学出版社,2008.

[74] 汪崇筼. 明清徽商经营淮盐考略. 成都:巴蜀书社,2008.

[75] 阿风. 明清时代妇女的地位与权利. 北京:社会科学文献出版社,2009.

[76] [韩]朴元熇. 明清徽州宗族史研究. 北京:中国社会科学出版社,2009.

[77] [日]中岛乐章. 明代乡村纠纷与秩序. 南京:江苏人民出版社,2010.

[78] [法]米盖拉 朱万曙主编. 徽州:书业与地域文化. 北京:中华书局,2010.

[79] 陈支平主编. 相聚休休亭:傅衣凌教授诞辰 100 周年纪念文集. 厦门大学出版社,2011.

[80] 赵华富. 徽州宗族论集. 北京:人民出版社,2011.

[81] 王振忠. 明清以来徽州村落社会史研究. 上海人民出版社,2011.

[82] 王振忠. 徽学研究入门. 上海:复旦大学出版社,2011.

[83] [日]斯波义信. 宋代江南经济史研究(中译本). 南京:江苏人民出版社,2012.

[84] [日]森正夫等著,周绍泉、栾成显等译. 明清时代史的基本问题. 北京:商务印书馆,2013.

[85] 赵华富. 徽州宗族调查研究. 北京:人民出版社,2014.

[86] 卞利. 明清徽州族规家法选编. 合肥:黄山书社,2014.

[87] 石谷风口述,鲍义来、王恽忠整理. 亲历画坛八十年:石谷风口述历史. 南京:江苏文艺出版社,2014.

[88] 阿风. 明清徽州诉讼文书研究. 上海:上海古籍出版社,2016.

四、外文研究论著

[1] 支那キルドの研究. 东京:斯文书院,1932.

[2] [日]根岸佶. 中国行会的研究. 东京:斯文书院,1932.

[3] 池内博士还历纪念东洋史论丛刊行会. 池内博士还历纪念东洋史论丛. 东京:座右宝刊行会,1940.

[4] [日]多贺秋五郎. 宗谱の研究・资料篇. 东京:东京大学出版会,1960.

[5] [日]仁井田陞. 中国法制史:研究奴隶农奴法·家族村落法. 东京:东京大学出版会,1962.

[6] 森三树三郎博士颂寿纪念:东洋学论丛. 京都:朋友书店,1979.

[7] 西鸠定生博士还历纪念论集编辑委员会. 西鸠定生博士还历纪念:东アヅア史おける国家と农民. 东京:山川出版社,1984.

[8] 榎博士颂寿纪念:东洋史论丛. 东京:汲古书院,1988.

[9] 芦田孝昭教授退休纪念论文集:二三十年代中国と东西文艺. 东京:东方书店,1998.

[10] [日]草野靖. 中国の近世寄生地主制——田面惯行. 东京:汲古书院,1989.

[11] 和田博德教授古稀纪念:明清时代の法と社会. 东京:汲古书院,1993.

[12] [日]小野和子编. 明末清初の社会と文化. 京都:京都大学人文科学研究所,1996.

[13] [日]平田昌司主编. 徽州方言研究. 东京:好文出版社,1998.

[14] [日]中岛乐章. 明代乡村の纷争と秩序——徽州契约文书をして. 东京:汲古书院,2002.

[15] [韩]朴元熇. 明清徽州宗族史研究. Jisik-sanup Publications Co. Ltd. 2002.

[16] [日]臼井佐知子. 徽州商人の研究. 东京:汲古书院,2005.

[17] Ping-ti Ho, *Studies on the Population of China* (1368—1953), Massachusetts: Harvard University Press, 1959.

[18] Thomas A. Metzger, *The Organizational Capabilities of the Ch'ing State in the Field of Commerce*: The Liang-gyua Salt Monopoly, 1740—1840, *W. E. Willmott ed. Economic Organization in Chinese Society*, Stanford University, Calif. Stanford University Press, 1972.

[19] Harriet Thelma Zurndorfer, "*Merchant and Clansman in a Local*

Setting in Medieval China: *A Case Study of Fan Clan of Hsiu-ning Hsien Hui-chou*, 800—1600", Ph. D. dissertation, University of California, Berkeley, 1978.

[20] Keith Duane Hazelton, *Partilines and the Development of Localized Lineages*: *The Wu of Hsiu-ning City*, *Hui-cgiy*, *to* 1528, Patrica Buckley Ebray and James L. Watson ed, *Kinship Organization in Late Imperial China*, 1000 — 1940, Berkeley and Los Angeles: University of California Press, 1986.

[21] Harriet Thelma Zurndorfer, *Change and Continuity in Chinese Local History* : *The Development of Hui-chou Prefecture*, 800 *to* 1800, Sinica Leidensia, Vol. 20, Leiden: E. J, Brill, 1989.

[22] Guo Qitao (郭琦涛), *Huizhou Mulian Operas*: *Conveying Confucian Ethics with Demons and Gods*, Ph. D. dissertation, University of California, Berkeley, 1994.

[23] Chu Ping-yi, *Technical and Knowledge*, *Cultural Practices and Social Boundaries*: *Wn-nan Scholars and the Jesuit Astronomy*, 1600 — 1800, Ph. D. dissertation, University of California, Los Angels, 1994.

[24] Yang Jianyu, *The Application of Huizhou and Suzhou House Design Principles to American Community Development*, M. A. Thesis, Texas Technology University, 1995.

[25] Lin, Li-chiang, *The Proliferation of Images*: *The Ink-stick Designs and the Printing of the Fang-shih mo-p'u and the Ch'eng-shih mo-yuan*. Ph. D. Dissertation, Princeton University, 1998.

后 记

作为一门以历史学学科为主体、多学科交叉的综合研究领域，徽学是20世纪产生的一门新兴学科。它经历了20世纪上半叶的萌芽与早期发展、中期的初步发展和70年代末至90年代成熟和繁荣发展阶段。1999年安徽大学徽学研究中心跻身教育部建立的首批人文社会科学重点研究基地以来，本人一直致力于对20世纪徽学的产生、发展和演变历程的梳理与总结，于2000年撰写完成了《20世纪徽学的回顾与展望》一文的初稿3万余字，先后在《人民日报》(2000年10月19日)、《安徽日报》(2002年2月19日)理论版及《徽学》(第二卷，2002年12月)发表了《20世纪徽学研究的兴起与发展》《徽学研究的回顾与展望》和《20世纪徽学研究的回顾》等多篇论文，集中对20世纪徽学研究的历史予以简要回顾与总结，对21世纪徽学的发展前景与趋势进行展望。2008年，安徽省教育厅将《20世纪徽学简史》列为省人文社会科学重点研究基地重点课题。2011年，该课题以15万字的学术专著形式提交鉴定，并于2012年顺利通过省教育厅组织的鉴定和结项。

2014年6月，为发挥安徽大学徽学研究的传统优势与特色，安徽大学出版社以徽学为选题，申报国家出版基金项目。考虑到徽学研究中心积累了一批通过鉴定结项的各类课题研究成果正在联系出版之中，于是，时任安徽大学徽学研究中心主任的我和出版社领导一拍即合。经过认真而缜密的论证，决定以徽学研究中心已经通过鉴定结项的教育部人文社科重点研究基地重点项目成果为基础，并吸收其他各类水平较高的项目结项成果，以《徽文化与徽学研究丛书》为题，申报国家出版基金项目。2015 年初，《徽文化与徽学研究丛书》成功获准国家出版基金项目立项。2016 年下半年，安徽大学出版社申请将《徽文化与徽学研究丛书》更名为《徽学文库》并获得批准。本书荣幸入选《徽学文库》，成为《徽学文库》收录的 10 种著作之一。由于在此期间我集中全部时间和精力进行教育部人文社科重点研究基地的评估，原拟继续对本书修订和充实，以便早日提交出版计划，但终因时间与精力所限而一再推迟。直到 2017 年 3 月，本人由安徽大学徽学研究中心调入南开大学历史学院工作，方才有充裕的时间，集中对本书进行修改、补充与完善。

经过补充、修改和完善，本书重新梳理了 20 世纪徽学研究从萌芽、初步展开到繁荣发展的历程，调整了部分章节结构，充实了相关研究内容，使原书的篇幅由 15 万字增加到了 20 余万字，并正式定稿交付安徽大学出版社出版。

本书在写作和修订过程中，参考了大量徽州原始文献、史料汇编及学术界徽学研究成果。这些原始文献、史料汇编和徽学研究成果的著作部分，现作为“主要参考文献”附于书后。书中参考引用了包括栾成显《改革开放以来徽学研究的回顾与展望》(载《史学月刊》2009 年第 6 期)、王世华《徽商研究：回眸与前瞻》(载《安徽师范大学学报》[人文社科版]2004 年第 6 期)和阿风《1998、1999 年徽学研究的最新进展》(载《中国史研究动态》2000 年第 7 期)、《徽州文书研究十年回顾》(载《中国史研究动态》1998 年第 2 期)等在内的数以千计的徽学研究论文及研究综述等，因篇幅有限，无法一一列出。在此，谨向被引用成果的作者致以衷心的感谢和深深的歉意！

需要特别指出的是，受本人学术水平和研究视野所限，本书对 20 世纪徽学发展历程的梳理还存在这样那样的缺点与不足，总体而言是研究综述有余，理论总结和概括不足，且可能遗漏一些重要成果而未能予以评述。对此，本人诚恳地期待读者给予善意的批评与指正，并努力在未来的修订本中予以补充和完善。

卞 利
2017 年 11 月 13 日于南开大学历史学院